河出文庫

ドイツ怪談集

種村季弘 編

河出書房新社

◉目次

ドイツ怪談集

ロカルノの女乞食

ハインリヒ・フォン・クライスト

ハインリヒ・フォン・クライスト

一七七七―一八一一。ドイツ・ロマン派の詩人・劇作家。若くして一女性と拳銃による心中自殺を遂げた。劇作品としては『ペンテジレーア』、『こわれ甕』などがあり、唯一の長編小説に『ミヒャエル・コールハース』がある。短編作家として定評があり、わが国にも森鷗外によってはやくから紹介された。「ロカルノの女乞食」は、おそらくドイツ語で書かれたもっとも短い怪談。

アルプスの山麓、高地イタリアのロカルノ近傍に、さる侯爵の所属になる古城があった。ザンクト・ゴットハルト方面から来ると、いまは荒れ果てて残骸をさらしている姿が見える。城は、天井の高い、ゆったりとしたゆとりのある部屋部屋をあまた抱えていたが、その一間の床に藁を打ち敷いて一人の年老いた病気の女が宿を借りていた。門前に物乞いに現われたところを侯爵夫人の同情を買ったのである。侯爵は、日頃から猟銃を降ろす場所ときめているこの部屋に、狩りの帰途たまたま足をふみ入れて、女乞食に、横になっている一隅を立って暖炉の背後に行くがよい、と不機嫌の色もあらわに命じた。女は起き上がるとなめらかな床の上で松葉杖を滑らせ、剣呑にも腰部にしたたかに打撃を受けたのであるが、そのため必死の思いでようやく身を起こし、命じられた通りに部屋を横切って暖炉の背後に達しはしたものの、そこで呻き喘ぎながらどさりと崩折れて息を引き取ったのである。

それから何年か経って、侯爵は、戦乱と凶作のためにすこぶる思わしからぬ財政状態に立ちいたった。このときフィレンツェのさる騎士が侯爵方を訪った。騎士は城の美しいたたずまいゆえに侯爵からこれを購い受けようと思い立ったのである。侯爵はこの取引にたいそう気を惹かれ、夫人に申しつけて、客人を先に述べた、さるほどにも美しくもきらびやかに整えつけていたあの空部屋に泊まらせた。けれども侯爵夫妻の狼狽したことには、真夜中になると錯乱して顔面蒼白となった騎士が駆け下りてきて、部屋に幽霊が出る、とおごそかに断言したのだった。目には見えない何者かがカサコソと藁の上に寝ているような物音を立てて起き上がり、それとはっきり耳に立つ跫音をたててのろのろと力なげに部屋を横切ると呻き喘ぎながら暖炉の背後に入り、そこでどさりと崩折れたというのである。

驚愕に打たれた侯爵は、自身何故かは分からぬながらも取ってつけたような磊落さもあらわに騎士の言い草を一笑に付し、ではこれからすぐ起き出して、お気が鎮まるようご一緒にあの部屋で夜を過ごしにまいることにしようではないかと申し出た。しかしながらフィレンツェの騎士は、一夜貴殿の寝室の安楽椅子に横にさせては下さらぬかと好意を乞い、朝が来ると馬車に馬をつながせて丁重にいとまごいをしたうえで旅立った。

この出来事はことのほか世の耳目を集め、侯爵にとってはまことに不本意なことに、幾人(いくたり)かの買い手に怖気(おぞけ)をふるわせたのである。侯爵の家僕たちの間には、奇怪にもまた不可解なことに、何者かが真夜中に部屋のなかをあるきまわるという噂が立った。それだけに断固たる処置をもってこの疑念に終止符を打たんがために、侯爵は次の夜自らの手で事情を踏査せんと意を決した。しかるがゆえに侯爵は、黄昏が迫りはじめると件(くだん)の部屋に寝台を設けさせ、まんじりともせずに真夜中を待ちうけたのである。けれども丑(うし)三つ時の刻の音と同時に、ほんとうに得体の知れぬ物音が聞こえたとき、侯爵は恐怖におののき震えたことである。人間が一人、寝台の下にきしめく藁のなかから立ち上がって部屋を横切り、ぜいぜいごろごろと咽喉(のど)を鳴らして暖炉の背後でどさりと崩折れる気配があったのである。翌朝侯爵が降りてくると、侯爵夫人は調査の結果がどうなったかを訊ねた。すると侯爵は焦点の定まらぬおびえた眼差であたりを見まわし、部屋の扉に鍵をかけてから、幽霊が出るというのは本当の話だと確言したのである。侯爵夫人は生まれてこのかた経験したことのないほどの恐怖に襲われたが、夫が事件を口外する前にもう一度、自分もともども立ち合いの上で冷徹な捜査の手に委ねては下さるまいかと申し出た。さるにてもこの日の夜、両人は伴に連れた一人の気心知れた家僕ともども、実際に前夜と同じ得体の知れぬ幽霊めいた物音を耳にしたのである。値はどうあろうとかまわぬ、とまれ早急に城を手放したいと思い、ひたすらそう思えばこそ恐怖に襟髪をつかまれても家僕の目の前ではひた隠しに隠し、事件の原因をいずれはつきとめられることになるはずの、取り立ててどうということもない、偶然の何やらになんとか被けおおせたのである。三日目の晩、二人が事の真相をつきとめようと、胸をふるわせて階段を客間の方へと登っていたときのことであった。たまたま鎖を解かれた飼い犬が件の部屋の扉の前に現われた。理由はしかとは説明できぬながら、おそらく自分たちのほかに何か生きている第三者を同行させたいという意識せざる気持からであったろう、二人はその犬を連れて部屋に入った。侯爵夫妻は、二本の蠟燭を卓子の上に置き、夫人は服を着たまま、侯爵は戸棚から取り出してきた剣と拳銃を傍らにして、十一時頃めいめいの寝台の上に腰を下ろす。おたがいに出来得る限り気楽に語り合おうと相努め、一方、犬は頭と脚を丸めて部屋の中央にこごまるとうつらうつらと眠りこける。やがて真夜中の瞬間が来て、またしてもあの恐ろしい物音が聞こえはじめる。眼には見ることのできない何者かが、部屋の片隅で松葉杖をついて立ち上がる。その足元にざわめく藁の音。タップ！　タップ！　最初の跫音で犬が目をさまし、耳をピンと立てて床（ゆか）からふいに身体を起こし、あたかも一人の人間がこちらをさしてあゆんでくるとでもいうように、呻り吼えたけりながら後退（あとじさ）りにじりじりと暖炉の方へと下がってゆく。と、この瞬間、侯爵夫人は総身の髪を逆立てて部屋の外へとび出し、馬車の用意を命じてただちに町に向かって発とうとする。一方、侯爵は剣を手にとって、「何者か、そこにいるのは？」と叫び、応（いら）えはなく、そこで狂気の人のようにめったやたらに虚空に剣をふり回すのである。だが、なにがしかの手荷物をまとめて脱兎のように馬車を門から走り出させようとして、その前に侯爵夫人は城があたり一面焔に包まれているのを目にとめる。恐怖のあまり激昂した侯爵が蠟燭を手に取り、四面総板張りとなっていた壁の四隅に、おのが生に倦（う）んじ果てて火をつけて回ったのである。侯爵夫人は不運な夫を救い出すべく城のなかに用人たちを送ったがむなしかった。侯爵はむごたらしくもすでに息切（ことき）れていたのである。そしていまなお侯爵の白骨は村人たちの手に拾い集められて、彼が女乞食にそこを立てと命じた、部屋のあの一隅に安置されている。

（訳・著者紹介＝種村季弘）

廃屋

E・T・A・ホフマン

E・T・A・ホフマン

一七七六―一八二二。東ドイツのケーニヒスベルク生まれ。大学法科を出たのち地方廻りの判事。ナポレオン軍の進駐にともない失職。劇場監督、楽長、作曲家として各地を遍歴。この間、ドイツ・ロマン派の詩人・作家を知る。一八一四年、最初の短編集『カロー風の幻想曲集』刊行、ついで『悪魔の霊液』『砂男』『くるみ割り人形とねずみの王様』を発表。ナポレオンの没落後、ベルリン大審院に入り、以後、昼間は精勤な判事、夜は飲んだくれの文士という二重生活を送る。作品はほかに『黄金の宝壺』『牝猫ムルの人生観』など。「廃屋」は一八一七年の作、短編集『夜の画集』に収録。

　事実は小説よりも奇なりというが実際そのとおりだろう。「これについては」とレリオが言葉をつづけた。

「歴史が証明しているところだし、いわゆる歴史小説がつまらないのも同じ理由によるのだろう。歴史小説の作者ときたら、なけなしの脳みそをしぼって根なし葉なしをでっちあげ、それでもって宇宙を支配している玄妙な永遠の力に仲間入りをしたつもりらしいが、洒落（しゃれ）ているどころの話ではない。ただおぞましいだけなんだ」

　フランツが口をはさんだ。

「まだ全然手つかずの秘密ってのがあるんだな。それが人間をとり巻いている。われわれ人間を支配している。その威力のほどによって、自分たちを動かしているものが何であるかが認識できるというものだ」

「おや、言うじゃないか！」

　レリオが言葉をひきとった。

「認識できるなどと口で言うのは簡単さ――しかし、まさしくその認識が欠けていたからこそ、原罪このかた人間はとほうもない堕落をつづけてきたのではないのかね」

「召されし者は多かれど選ばれし者はいと少なしと言うじゃないか！」

フランツが友人の言葉をさえぎった。

「その認識ということだが、人生の不思議を予感する能力であって、だれにでもそなわっているというわけのものではない。なんとも特異な感覚だとは思わないかね？　しかし抽象論の深みに溺れていてはらちがあかない。おてんとうさまの下にとび出してさ、風変わりな比較で申しわけないが蝙蝠を思い出していただこう。不思議を見てとる視力ってものは蝙蝠の目のようなものではないのかね。解剖学者のスパランツァーニ先生によると、蝙蝠にはとても結構な第六感というものがそなわっていて、茶目っけたっぷりにほかの五感の代理をするらしい。しかも実際のところ、そのほかの五感全部を合わせたよりもすぐれた能力だというんだな」

「やれやれ、蝙蝠くんか」

レリオが微笑を浮かべて言った。

「だからこそ生まれながらの夢遊の種族というものだろうぜ！　しかし、たそがれ時が大好きなあの獣はおてんとうさまの下というのに当るまい。ぼくならむしろこう言いたいね、驚くべき第六感は人であれ行為であれ事件であれ、風変わりなものを直観的に見てとることができるものだし、その風変わりさに対してわれわれの通常の生活にはあい応じるものがない。だからして不思議なものなどとよぶようになるのだが、だけど通常の生活とは何だろうね？　――しょせんは鼻と鼻とを突き合わせるような狭いところで堂々めぐりをしているだけだというのに、そんなお定まりの日常的な営みにあって、変に気どってみたりもする人間がいるんだな。千里眼の能力とでもいうのかね、そいつをたっぷり身につけているらしい人物を知っているが、どうやらそのせいらしい、歩き方とか服装とか言葉づかいとか目つきとかに少しでも変わったところのある人と出くわすと、一日中あとを追いかけたりするらしいのだな。のみならず何ごとであれどのような行為であろうとも、あっさり言えばなんてこともなく、だからしてだれの注意もひかないはずのことを意味ありげに思いこみ、関係のないものを強引に結びつけたり、だれひとり思いつかないようなつながりを想像したりするんだね」

「つまりがテオドールがそうじゃないか」

フランツが声を出した。

「ちょうどその種の想像のまっ最中らしく、ほら、妙な目つきで空をにらんでいるところだぜ」

とたんにこれまで沈黙を守っていたテオドールが口をひらいた。

「たしかに妙な目つきをしていただろう。心にみている奇妙なものの反映なんだな。先だって体験した事件のことをしきりに考えていた」

「ならば話せよ」

あとの二人が口をそろえて言った。

「話したいのは山々なんだ。その前にレリオに言っておきたいことがある。君がいま千里眼の能力にかこつけて言ったことはまちがっている。エーベルハルトの『類義語論』にも書いてあるが、理性によって根拠づけられない認識や欲望のあらわれをひっくるめて《奇妙な》などと言うのに対して、《不思議な》というのは、自然のよく知られた力を越えるものなんだ。あるいは自然の通常の道すじにさからうようなものをいうんだな。君は先ほどぼくにそなわっているらしい千里眼の能力を云々したとき、《奇妙なもの》と《不思議なもの》とをとっちがえてはいなかったかね。なるほど、みたところ奇妙なものは不思議なものの芽ばえであるらしい。にもかかわらずわれわれはしばしば、奇妙な枝や葉や花々が芽をふく不思議の幹をみないものだ。これから話すつもりの一件には、奇妙なものと不思議なものとがまじり合っている。おそろしく微妙に入りまじっているんだな」

そんなことを言いつつテオドールは手帳をとり出した。旅行のたびに彼が手帳にいろいろなことを書きつけていることを友人みんなが知っている。ときおり手帳に目を落としながら彼は次のような話をした。おもしろさにひかれて、以下ここにご披露したいと思うのだ。

君たちも知ってのとおり(と、テオドールは話しはじめた)、先年の夏をぼくは＊＊n市ですごした。昔なじみの友人や知人がどっさりいる。人々の生活ぶりは自由闊達だし、芸術学問は花ざかりだし、どうして早々に出ていく気持になるだろう。この上もなくたのしかった。もともと、ひとりで通りをふらふらとほっつき廻ったり、あちらに掲げてある銅版画やこちらに貼り出してある広告を眺めたり、往きあう人々を観察してこの人あの人の星まわりを考えたりするのが大好きな自分だが、そんな性分のおもむくままに時をすごしたものだった。芸術作品やもの珍しい品々を見て歩くだけでもたのしいのに、通りの両側には見飽きのしない建物があるじゃないか。とりわけても＊＊門への大通りがとびきりだ。いろいろ趣きのちがう建物がずらりと並んでいて、身分のある人や金持連中、町のお歴々のたまり場というわけだ。軒を競った宮殿風の建物の一階はおおかたが高級品の店になっていて、二階から上がいま述べたような人々の住居になっている。大通りにはまた高級ホテルがかたまっており外国の大使や公使たちが住んでいる。だからして首都のなかでもとりわけ活気のあふれたところだし、実際以上に人口が密集している感じがする。だれもがこの界隈に住みたがるので、いや応なく狭い住居で満足しなくてはならず、だから一つの家に何家族もが住んでいて蜂の巣そっくりのことだってある。

その大通りをもう幾度となくぶらついたあげくのことだが、ある日ふと一つの家に気がついた。なんとも奇妙なぐあいにほかの家からきわだっていた。窓が四つきりの背の低い建物で、左右は背高のっぽの美しい建物にはさまれている。こちらの二階が左右の建物の一階の窓よりほんの少し高いというだけの家だった。屋根が波打っていて窓には厚紙が貼ってあって壁の色がはげており、持主がほったらかしのままにしている次第はあきらかだった。こんなわけで趣味ゆたかに飾りたてた大通りの家並みにあって、この家だけがまったくの例外というものだった。

ぼくは足をとめた。近づいてみると、どの窓もしっかりとカーテンが下ろされている。一階の窓の前はわざわざ塀で目かくしされている。玄関脇にあるはずの呼鈴がなく、戸口に鍵穴もなければ掛け金もない。無人の住居にちがいなかった。それからというもの何度となく、ちがった時刻にこの家の前を通ったが人のけはいなど少しもなかった。人口密集のこの界隈に無人の家とは驚くじゃないか！　風変わりといえばそうにちがいないが、しかしごく単純な理由によるのかもしれない。持主が長い旅に出たままだともいえるし、どこかよそに地所をもっていて、この家を貸したくもなく、さりとて売り払う気にもなれないといった場合もある。いつかこの町にもどってきたとき、すぐに住居として使いたいからだ——などとそんなふうに考えてみた。その一方で、どういうわけか廃屋じみたその家の前にさしかかると、射すくめられたように足をとめずにはいられない。何をどう思案したというのでもないのだが、とりとめのない思いを抱かないではいないのだった。

花も実もある青春のよき道づれである君たちだ。君たちはこのぼくが千里眼を気どり、この世で怪異を見たがる妙なやつだってことはよく知っている。鼻先でせせら笑いされるのが関の山だというのにさ！　だからして早くもしかめっつらをしているようだが。この点、たしかにぼくはこれまで何度となく、ことさら神秘化してひとりで悦に入っていたりした。君たちはいま、この話もその手のものと思っているらしいけど——それがそうではないんだな。おしまいがみそなんだ。君たちもきっと驚く。だから茶々を入れないでまあ聞きたまえ！

ある日、ほどのよい時刻をみはからってぼくは例の大通りを行きつ戻りつしていた。廃屋じみた家を見つめながらあれこれ思いにふけっていた。突然、かたわらにだれかがいて自分を眺めているような気がした。目を上げるとP伯爵がいるじゃないか。このぼくとよく似た性分の持主として知られている人物だ。さては先生もご同様にこの家が気がかりなんだなと思いあたった。そこで早速、首都の一番にぎやかなところにこんな廃屋があるなんて奇妙ですねと水をむけると、伯爵は皮肉っぽい笑いを浮かべた。そのあと打ちわって話してくれた。伯爵はぼくなどよりはるかに事情通だった。その上で自分の気づいたことや諸般の事柄を照らし合わせて廃屋となるにいたった理由をさぐり当てたらしいのだ。伯爵の推論ときたら想像力ゆたかな詩人の頭にこそ宿るたぐいの珍しいものであったたし、一言半句忘れずにいるから今すぐにでも披露したいところだが、しかしぼく自身に起こった事実の方がもっと面白い。だから寄り道はしないことにするんだが、P伯爵はせっかく苦労して推論を仕上げたというのに、その矢先に耳にしたというんだな。つまり、この家はすぐお隣りの建物で立派な店をはっている菓子屋の仕事場だそうな。だからこそ一階の窓は壁で塗りこんである。パン焼き用の竈があるからであって、さらに焼きあげたパンやお菓子を保存するため、二階の部屋は厚いカーテンで太陽や虫などから遮ってあるという。はじめてこれを聞かされたときP伯爵もそうだったらしいのだが、ぼくは実にがっかりした。何であれ詩的なものには意地悪の悪魔野郎が、たのしい夢をみているこちらの鼻をいやというほどひねり上げたみたいじゃないか。

とはいえ味けない事実を知らされたあとも、通りかかるたびに目をやらないではいられなかったし、そのたびにひそかに冷たい戦慄をおぼえ、廃屋に閉じこめられているものについて想像をたくましくしたんだな。そこにはただ砂糖菓子や、マルチパンや、ボンボンや、ケーキや、蒸しリンゴがあるだけだなどとは到底おもえなかった。想像がわき起こると耳もとで甘いささやきが聞こえたね。たとえばこんなふうにさ——

「いいですかね、驚くにはあたりませんぜ。われわれはがんぜない子供のようなものではありますが、雷がちょいと落っこちることもありますからね」

しかしすぐに思い直して、われとわが身を叱りつけた。

「きさまってやつはなんという頭のおかしいとんちきだ。なんの変哲もないものをわけもなく奇異なものに変えたがる。友人たちが先見えのしない千里眼だなどと嘲うのも、もっともじゃないか」

その家にはそれからもべつだんの変化はなく、そのうちこちらの目も慣れてしまった。さすがのぼくも壁からあやしい姿が漂い出すなどといったことは、いつしか連想しなくなった。ところがある偶然のことから、うたた寝していた想像がやにわに跳ね起きたんだ。

いまも言ったように事のなりゆき上、いつしか日常に順応してはいたのだが、それでもその家のことが気にかかってならなかった。異常なものとなると目のないぼくの性分からして当然だろう。そんなわけである日、いつものようにお昼すぎにあそこの通りをぶらついていたときも、カーテンのかかった窓をしげしげと眺めていた。ところがどうだろう、菓子屋にいちばん近い窓のカーテンがふっと動いたじゃないか。まず手がみえた。ついで腕があらわれた。ぼくはいそいでオペラグラスをとり出して目にそえた。白々として美しい女の手がはっきりみえた。小さな指にはめたダイヤの指環がキラキラと輝いている。ふっくらと形よい腕に幅広のリボンをつけている。その手が奇妙な形をした背の高いガラス瓶を窓のふちに置くと、カーテンのうしろに消えたのだ。

ぼくは石のように立ちつくした。不安と喜びとのまじり合った感じで熱い電流がからだを突っ走ったぐあいだった。窓から目をそらすことができなかった。あこがれをこめた吐息がぼくの唇から洩れさえしたらしい。気がついてみると、いろいろな階層の物見高いやじ馬にとり囲まれているじゃないか。連中はぼくと同じ方向をぽかんとした顔つきで眺めている。ぞっとしたね。しかし、おもえば無理からぬことではある。都会の住人というものは、何であれことさえあれば群れつどうものであって、七階からナイトキャップが編み目一つほつれずに落ちたといっては首をひねって感心したりするものだ。ぼくはそっと立ち去りかけた。そのとき耳もとで、おめかし好きの菓子屋の女房が香水の空瓶をどうとかこうとか、ささやきかわす声が聞こえるじゃないか。

——ハッとしたね——突然ひらめいた——まわれ右をしてとって返し、例の廃屋と隣り合った菓子屋にとびこんだ。四方の壁に鏡を張りつめた明るい店の椅子にすわり、熱々のチョコレートの泡をふうふう吹きながら、なんの気なしにといったふうにつぶやいた。

「まったくの話、仕事場を隣りに移すなんていいことをしなすった」

亭主は小さな菓子袋に二、三のボンボンを手早く放りこみ店先の可愛い小娘にわたしたあと、テーブルに両手を突いて、こちらの言うことが呑みこめないといった顔つきで曖昧な微笑を浮かべて見返した。そこでぼくは、すぐ隣りにパン焼き場があるのは好都合というものだろうとくり返し言ったあと、もっともそのため、にぎやかな前の通りが一軒だけ異彩をはなち、陰気で哀れっぽくみえますねと言いそえた。

「お客さん、とんでもない！」

菓子屋の亭主が口をきった。

「あの家が私どものものだなんて、どこのだれからお聞きになりました？——そうなれかしといろいろ手をつくしてはみたのですが駄目でした。もっとも、今となっては駄目でよかったですよ。お隣りのあの家についちゃあ、いわく因縁がありますからな」

菓子屋の亭主の言葉を聞いてぼくがどんなに心おどらせたか、かつまた亭主にどうやって打ち明け話をせがんだか、君たちのことだ、すっかりお見通しというものだろう。

「申しますとも！」

と亭主はいった。

「しかし私自身、とりたてて知っちゃあいませんでしてね。こちらが承知している限りではS伯爵夫人の持物だそうです。ご領地にお住いで、ながらく当市におこしにならない。いまでこそ前の通りはこんなにもにぎやかですが、以前はもっと寂しいところでした。あでやかな建物などまだ一つもないころからお隣りの家は現在みるようなありさまでここに立っていたそうですよ。その当時から崩れ落ちる寸前って姿だったらしいのです。住んでいるのは二つの生きものとでも申しますか、おそろしく年をとった人間嫌いの老人と、陰気な目つきの仏頂面の犬でして、犬のやつめ、ときおり裏庭で月に向かって吠えておりますよ。あの家には幽霊が出るとのもっぱらの噂がございますが、まんざら出たらめでもありませんですよ。この店の経営は兄貴の方にまかしているのですが、兄と私とは静まり返った夜ふけに——とりわけクリスマスのころは夜なべ仕事に追われまして、夜ふけまで起きております——そんなとき何度も奇妙な泣き声を聞きましたよ。たしかに壁の向こうからの声でした。そのあとひと騒ぎがおっぱじまりましてね。背すじにぞっと走るものを感じましたよ。ひと騒ぎがあったあと真夜中だというのに歌うのですね。なんともいえない変てこな歌が聞こえてきました。あきらかに老女の声ってとこでしたね。パン屋渡世ではありますが、これでもわたくしは耳が肥えておりまして、イタリアやフランスはもとよりドイツ各地でいろいろな歌姫を聞いてまいった者なんです、しかしまったくもって聞きなれない歌声でした。すきとおるように澄んでいて、抑揚ゆたかにめまぐるしく変化するかとおもうと次には微妙なふるえをおびて高まるのです。フランス語の歌のような気がしましたが断言はできません。髪が逆立つほど怖ろしくてならず、長くは聞いていられませんでしたからね。しかもです、おりおり往来の音がとだえるとどこやらから深い溜息が聞こえるのですね。溜息のあとは地の底から響いてくるような笑いに変わります。壁に耳をつけるようにして聴き耳をたてますと、それがお隣りからのものだってことがわかりましたね。まあ、ごらんなさい――」

と亭主はぼくを奥の部屋につれていって窓ごしに指さした。

「あそこに鉄管が何本も壁から突き出ているのが見えますでしょう。ときどきあの鉄管から煙がもうもうと吹き出てくるのです。暖炉を燃やしたりする気づかいのない夏にもですよ。火事になりかねないといって兄貴が管理人の老人にねじこんだのですが、食事をつくっているだけだというのですね。いったい全体、何を料理しているものやら不思議でなりませんよ。とにかく鉄管から流れ出てくる臭いときたら、なんとも奇怪なんですから」

店のガラス戸がひらいた。亭主は引き返すなり振り向いて、顎で客を指しながら意味ありげな目つきをした。ぼくはすぐさま了解した。その奇妙な人物こそ秘密にみちた隣家の管理人にほかならないはずじゃないか。

骸骨のような肌をした小柄な痩せこけた男を想像してくれたまえ。鼻は尖っている。唇は薄い。目は猫の目のように緑色をしていてチカチカ光るんだ。口もとに薄気味の悪い笑みを浮かべている。今どき珍しい高々と盛り上げたかつらでごってりと髪白粉をふりかけた上に捲き毛を飾りつけ、うしろに大きな髪袋をぶら下げている。首のところにはリボンというでたちだ。くたびれた茶色の上衣には丹念に手入れのあとがみえた。足には灰色の靴下と石つきの締め金のあるばかでかい靴ときている。小柄で痩せこけてはいても、指は太くて長いし手はおそろしく大きいところからしても、からだつきの頑丈さの察しがつくというものだった。やっこさん、力強い足どりで店のテーブルに近づいた。口元をにやつかせたままガラスの容器に入った菓子類を食い入るように眺めていたが、やがてなんとも力のないなさけなさそうな声でこう言った。

「味つけ橙を少しと——甘いマカロンを少しと——栗の砂糖づけを少し」

君たちはただそれだけのことじゃないかと言いかねないだろう。ここに異常さをみるべきかどうか、人それぞれで意見が分れるところだね。それはともかくとして、菓子屋の亭主は老人の注文どおりの品を台にのせた。

「隣家の親父殿、秤に掛けてくだされ。秤に掛けてくだされ」

変てこな老人はうめくように言った。ぜいぜい咽喉をならしながらポケットから小さな革の財布をとりだすと、しきりに小銭をよっている。ぼくのみたところ、やっこさんが店のテーブルで数えていたお金には古い貨幣がまじっていて、なかにはもうめったにお目にかかれない古銭もあったようだった。金を数えている間にも、たえずブツブツつぶやいている。

「甘くなくちゃあならんわい——甘いのが何より——悪魔だって花婿の口に蜜を塗るそうな——まじりっけのない蜜だそうな」

菓子屋の亭主は笑いながらぼくを振り返った。ついで老人に声をかけた。

「おからだのぐあいがあまりよろしくないようですね。おとしですよ。おとしのせいですよ。齢(とし)をとるとだんだん力が失せていくものでございますよ」

顔つきは最前のままながら老人はかん高い声で叫んだ。

「おとしのせいですと？——力が失せていくとおっしゃったか？——だんだん弱っちまってお陀(だ)仏(ぶつ)するとおっしゃるか！　こりゃ——どうじゃ！」

両手を固く握りしめたので関節がポキポキと鳴った。つづいて両足を打ち合わせながら跳び上がったものだから店中が振動し、ガラス瓶が触れあって音をたてた。

この瞬間ものすごい悲鳴がおこった。すぐうしろに両脚をそろえてすわっていた黒犬を老人が踏みつけたのだ。

「畜生め！　悪魔のおつかい野郎だわい」

先ほどと同じようにうめくような口調で言うと、菓子袋をあけて大きなマカロンを一つとりだした。犬はワッと泣きだした人間同様の声をたてていたが、すぐさま啼きやみ後脚(あとあし)で立ち上がると、ちょうどリスがするような手つきでマカロンを食べはじめた。老人が菓子袋の口をとじてふところに収めるのとほとんど同時に犬はマカロンをたいらげた。

「ではおいとまするといたしますかな、隣家の親父殿」

老人はやおら手を差し出して、菓子屋の亭主が悲鳴をあげるほど強く握りしめた。

「よぼよぼの死にぞこないがおやすみなされと申しとります」

店を出ていった。そのうしろから黒犬が口もとにへばりついたマカロンを舐(な)めながらついていく。老人はぼくの姿には気づかなかったようだった。こちらはまったく驚きあきれ、呆然と立ちつくしていた。

「ごらんになりましたでしょう」

菓子屋の亭主が言葉をかけてきた。

「月に二、三度、ああなんです。えたいの知れない老人でしてね、なんでも昔はS伯爵の近侍をしていたそうですが、今はここに住みついて管理人となっていて、もう何年ごしかS伯爵家の面々のおこしを待ち受けているそうなんです。だからしてだれにも貸してくれないのですよ。いつだったか、例の真夜中の変てこな音のことで兄貴が談判にいったのですが、あの年寄りはこともなげに、幽霊が出るなんぞのもっぱらの噂だがどうか気にとめないでいただきたいと言ったそうでしてね。根も葉もないことだというのです」

良俗の命ずるところというのか、おりしもひそかに甘いものを買いにくる頃あいとなり女たちのご入来がはじまったので、ぼくはやむなく店を出た。

ともかくもはっきりしたことがある。まずP伯爵から聞いた情報がまちがっていたことだ。また当人の言葉はどうあれ、管理人の老人が一人きりで住んでいるはずがなく、何かしら秘密があるにちがいないということだ。菓子屋の亭主のいう奇妙なおどろおどろしい歌声と、窓辺にあらわれた美しい手とはどう結びつくのだろう？　あの白々とした腕がしなびた老女の肩先からのびたものだなどありえない。しかし亭主の話によれば、歌声は若い娘の咽喉から出るものではないという。

とまれ脳裏にはあの白い腕がやきついていたね。とすれば自分を説きふせるなどやさしいことじゃないか。つまり、菓子屋の亭主が老いぼれ女のしゃがれ声だとおもったのは耳の錯覚というもので、恐怖にとらわれていたのだから耳だって正常ではなかっただろう――ついでぼくは奇妙な煙のこと、変てこな臭いのことを考えた。自分の目でしかと見た風変わりなガラス瓶のことを考え合わせた。するとまもなく、おぞましい魔の手にとらわれた美しい女性の姿がまざまざと目の前に浮かんできた。例の老人は悪辣無道の魔王であって呪われた魔術師というわけだ。S伯爵家とは縁切りになって、いまや廃屋に住みつき、したい放題をしている――想像力が燃えたつと夢の中だけじゃない、寝入る前のうつらうつらとした状態のなかに早くも、指先にダイヤモンドをつけた手がのび、白々とした腕があらわれた。うっすらとした灰色の霧の中から次第しだいに一つの気高い顔が近づいてきて、美しい青い目で哀しそうに訴えている。みるまに匂いたつばかりに美しい女性の姿があらわれた。灰色の霧と思ったがよくみるとそうじゃない。彼女が手にもっているガラス瓶からまるい円を描きながらうねうねとこまかな蒸気が立ちのぼっているじゃないか。――おお、気高い幻の人よ、とぼくは陶然として呼びかけた。お願いだからおしえておくれ、おまえはどこにいる、何ものによってとらわれている？――なんという哀しげな目をしていることだ！　そうだとも、魔のとりこになっている。よこしまな悪魔の手に落ちたのだ。悪魔のやつめ、茶色の上衣に髪を袋でつつみ菓子屋なんぞを徘徊している。ひょいと跳び上がって店をふるわせ地獄の番犬を踏んづけたりしたあやつだ。犬めがキイキイ啼きだすとマカロン菓子でなだめたりした――そうですとも、わかっていますとも、うるわしい幻の人よ！――手のダイヤは心の輝きを示すものなのだ！　胸の血潮で染めたのにちがいありません。さもなくてはこんなに輝いたりしないでしょう。この世ならぬ愛の調べを色に変えてきらめかしたりしないはずだ――わかっていますとも、あなたの腕を飾っているリボンについて、あの褐色の上衣の老人は磁力をもった鎖だなどと言っている――よろしいかな、信じなさるな――かりにリボンのはしが垂れ下がって青い炎をあげるレトルトにつづいていようとも――この私におまかせあれ。ひょいと投げ返してやればあなたはもはや自由の身！――そうでしょう、まちがいないでしょう、ねえ、あなた！　どうか薔薇の蕾のような唇をひらいておくれ。何かひとこと言っておくれ――ちょうどこのとき、ぼくの肩ごしに節くれだった拳がのびてガラス瓶をつかもうとするじゃないか。瓶は粉みじんにくだけとんだ。かすかなすすり泣きがもれたかとおもうと美しい人の姿が闇に消えた。

ほらほら、全部お見通しといわんばかりににやついている！　君たちはさぞかしぼくを千里眼気どりの夢想家と思っているだろう。でも断言してもいいんだぜ。この夢がだね、ともかくもいまは夢としておかずばなるまいが、この夢がことの本質をあまさず示していたんだな。しかし疑わしそうににやにやしている君たちを前にして、これ以上夢に立ち入るのはやめにして、どんどん話をすすめるとしよう。

夜があけるのを待ち切れず、はやる心をおさえながら足を急がせて廃屋の前へやってきたと思いたまえ！――内側のカーテンどころか鎧戸までもがぴったりと下ろされている。通りにはひとけがない。これ幸いと一階の窓にすり寄って聴き耳をたてた。一心不乱に耳をすませた。しかし、何の音も聞こえなかった。深い穴の中のように物音一つしなかった――そのうち時がたって店がひらきはじめたので、ぼくはしおしおと立ち去らなくてはならなかった。

こののち日を変え時をわかたず家のまわりをうろついたことはいうまでもない。なんの甲斐もなかったね。あれこれ嗅ぎまわったり訊き合わせもしてみたが目星しい手がかりとはならなかった。そのうち幻の人の姿も色あせはじめた――

ある日、夜おそく散歩の帰りに前を通りかかった。ところがどうだ、戸口が半開きになっているじゃないか。近寄ると例の老人が顔をのぞかせている。ぼくは即座に心を決めた。

「枢密財務官ビンダーさまのお宅はこちらですか？」

そう言いながら老人を押しのけるようにして、ランプでぼんやり照らされた玄関に足を踏み入れた。老人は微笑を浮かべたまま小声でゆっくりと言った。

「そんなお方はここにはおられん。おられたためしがなく今後ともにおられる気づかいもなく、この界隈のどこにもおられんはずのお人でしょうな――当家には幽霊が出るといった噂があるが、よろしいかな、出たらめですぞ。気持のいい小綺麗な家でして、明日にもS伯爵夫人さまがおみえになる予定でしてな――では、おやすみ！」

玄関から押し出すと背後でパタンとドアを閉めた。ぜいぜいあえぎながら鍵束をじゃらつかせて奥へいく老人の足音が聞こえた。次には階段を下りていくように思われた。ほんのつかの間のことだったが、その間になんとか、部屋の床には古風な多色織りの絨毯が敷いてあり、まっ赤な緞子張りの大きな肘掛椅子が据えてあることだけは見てとった。実になんとも風変わりな形の椅子だった。

寝た子を起こすようなものじゃないか。冒険心が奮い立ったね！——しかもだ、いいかね、諸君、翌日のことだがお昼どきにいつもの通りをぶらついていた。なんの気なしに目を上げて例のあばら屋を見たときだ、二階のはしっこの窓辺に何やら輝くものがあるじゃないか——近づいてみた、外の鎧戸があけはなたれ、内側のカーテンが半開きになっている。そこにダイヤモンドがきらめいていた——そうとも、窓辺に肘をついて幻にみたあの顔が哀しげな目でこちらを見つめているではないか！——だが大通りのまん中で前後は人の波だ。立ちどまりなどできるかね？——このときベンチが目にとまった。散策者用に据えてあって腰を下ろすと廃屋に背をむける向きであったのだが、えたりかしこしとばかりにとびついて背もたれに寄りかかった。こうすれば心おきなく問題の窓を眺められるというものだ。そうとも、まさしくあの人だった。可憐な気高い娘だった。寸分ちがわない！——ただ目つきがなにやらあやふやで——はじめはぼくを見つめているように思ったが、むしろ両目は凍りついたようで、おりおり腕や手を動かさなかったら等身大の絵とまちがいかねないほどだった。心が烈しくわななき、窓辺の不思議な人に見とれていたあまり、イタリア人の行商人が耳の横でしきりに声をかけているのにも気づかなかった。そのイタリア人はもう長らく品物をすすめていたらしく、とうとうこちらの腕を引っぱる始末だ。いそいで振り返り、少々邪険に男の手を振り払ったのだが、一向にお願いをやめようとしない。しけた一日で全然商売にならず、せめて鉛筆数本、爪楊枝一束なりと買ってほしいというのだが、こちらは早く追っ払いたい一心でポケットの財布をさぐった。

「ほかにもすてきなのがございますよ！」

行商人は商品箱の下の引き出しをあけ、ガラス製品のなかから小さな丸い手鏡をとりだすと目の前でかざしてみせた。――背後のあばら家がくっきりと映っている。例の窓がみえ、幻の人の姿がまざまざと見てとれた。ぼくは手早く買いとった。その手鏡さえあれば、ごく自然な姿勢でだれの注意を惹くこともなく、心ゆくまで窓を眺めていられるというものだった。

ところが窓辺の顔を見つめていればいるほど、なんとも言いようのない奇妙な気持に襲われてきた。たとえば覚めた夢とでも呼ぶとしよう。からだはともかく覚めているのに目が夢をみているようで、鏡に吸いついたようにはなれない。恥ずかしながら白状するのだが、幼かったころに乳母から聞かされた恐い話を思い出した。夜になって父の部屋の大きな鏡に自分を映してみたり、のぞきこんだりしたがると、乳母のやつ、こんなおどかしを言ってベッドに追いやったものさ。つまり、子供が夜に鏡をのぞいたりすると、鏡の中から見知らないこわい顔がにらんでいて、もう二度と鏡から目がそらせなくなるというのだな。怖ろしくてたまらなかった。だが、こわいながらにも鏡が気になってならなかった。こわい顔というのに好奇心があったんだね。実際に一度、二つの怖ろしい目玉が鏡の奥でギラギラ光っているのを見たように思った。ぼくはひと声悲鳴をあげると気を失って倒れたらしい。偶然だろうがその日から長いあいだ、病いの床についた。むろん、昔のことだが、今でもぼくは二つの目玉が本当に光っていたような気がしてならない。

それはともかく、幼いころのたわいないことが不意に思い出されたりして全身に冷水をあびたような気持になり――鏡を見つめるのはよそうとしたのだが――それがうまくいかないのだな――気高い人の燃えるような目が見つめているじゃないか――いまやその目がひたと自分に向けられ、心を刺しつらぬくように輝いている。総身に走った恐怖はみるまに薄れ、入れ代わりに苦しいまでの陶酔がやってきた。甘美なあこがれにつつみこまれたようで全身に熱いものがこみあげてくる。

「けっこうな鏡をおもちですね」

かたわらで声がした。気がついて周りを見まわすと、左右には意味ありげな微笑を浮かべたいくつもの顔が並んでいる。いく人もの人々が同じベンチに坐っていたのだが、一心不乱に鏡をのぞきこみ無我夢中のあまり臆面もなく変てこな百面相をやらかしている道化者をひそかにたのしんでいたらしいのだ。

「けっこうな鏡をおもちじゃないですか」

こちらが答えないとみてとると、目つきまで物見高くして同じ言葉をくり返した。

「だけどそんなに熱心にのぞきこんで、いったい何が見えるというのです?」

さっぱりとした身だしなみのかなり年をくった老人で、言葉も目つきもなにかひどくやさしくてたのもしい気持を起こさせる人物だった。そこでぼくは躊躇なく、すぐうしろの家の窓辺に美しい女性が立っていて、その姿を鏡で見ていたのだと打ち明けた。つづいて逆に老人に、美しい顔に気づかなかったかと問いかけた。老人は目を丸くした。

「うしろのというと――あの古ぼけた家の――はしっこの窓のところ?」

「そうですとも、そうですとも」

とたんに老人は破顔一笑してこう言った。

「それはとんだお見立てちがいというもの——わたしの見たところでは——なるほど、老いの目であってみれば少々かすんではおりますが——窓辺の美しい顔だなんてあなた、本物のように生きいきと描かれた油絵ではなかったですかな。肖像画だったでしょうがね」

ぼくは急いで振り向いた。もはや何もない。鎧戸がぴたりと閉ざされていた。老人が言葉をつづけた。

「残念ながら、ちと遅かった。つい今しがた召使が奥に引っこめましたよ。あの召使はS伯爵夫人のお泊り用の家を管理して、ひとり住いだそうですが、今しも窓のところで肖像画の埃をはたいていましたね。そのあと奥に引っこめて鎧戸を下ろしたのですよ」

あっけにとられた思いでぼくはたずねた。

「ほんとうに油絵でしたか?」

「まあ、この目を信じていただくんですな」

老人は答えた。

「あなたは鏡ごしにごらんになっていたでしょう。だからよけい見まちがえをなさったのですよ——それに身に覚えがありますが、あなたのような齢ごろですと昼の日中に美しい娘の幻をみたからといって不思議ではありますまいね」

「だけど手と腕とが動いていましたよ」

ぼくは抗弁した。

「動きますとも。なんだってあなた、動きますとも」

にこやかな笑みを浮かべ、こちらの肩を軽く叩きながら老人は立ちあがった。立ち去りぎわにうやうやしく頭を下げるとこう言った。

「手鏡には用心なさいよ。まんまと一杯くわされますからな――では、失礼」

要するに幻に目がくらんだたわけ者とされたのだ。自分でも老人の言葉どおりと思わないではいられなかった。いわくありげな廃屋にまつわり、おぞましくも自分でひどく神秘化してありがたがっているというわけだった。

我ながらおぞけをふるう思いで駆けもどった。自分に三下り半を突きつけるようにして、廃屋の一件は忘れるべし、少なくともしばらくは例の大通りを避けるべしと心に決めた。そのとおり実行したし、それに翌日から書き物机にしがみつく仕事に追われ、夜は夜で洒落っけのある愉快な連中とのおつきあいですぎてゆき、当然のことながら不思議な家のことなどほとんどといっていいほど考えなかった。ただそんな日々にも、おりおりふと眠りからさめることがあった。何かが触れて目が覚めたぐあいで、この点、幻でみたし廃屋の窓辺でもみた不思議な女性への思いのせいとしか判断がつかなかった。執筆中にも、友人たちとの愉しいおしゃべりの最中にすら、突然、これといったわけもなしに、同じ思いが雷光のように頭をかすめた。とはいえ美しい幻を映してくれた手鏡だが、味けない日常品に下落させていたのだな。そいつを前にしてネクタイを結ぶという役割に定めていた。ところがある日、いつものようにその用向きでのぞいてみると曇っていて何もみえない。そんなときだれもがするところだが、こすって磨くつもりでフッと息を吐きかけた。――愕然とした！　息がつまった――甘美な恐怖とでもいうしかない、そんな気持に襲われた。ひと吹き息を吐きかけたとたん、青っぽい靄の中に気高い一つの顔が浮かび出て、なんとも哀しげな、こちらの胸を刺しとおすような目つきでぼくをみつめているじゃないか！

おや、笑ったね？　お見通しというわけだろう。あいも変わらぬ手のつけられない夢想家だと考えているはずだ。なんと言われてもいい。どう思われてもかまわない。たしかに鏡の奥から美しい顔がのぞいていた。もっとも、吐きかけた息のくもりが消えると、元のまっ白い鏡があるばかりだった。

あとの次第をくだくだしく述べるのはやめておこう。退屈させるばかりだからね。だがこのことは言っとかなくてはならない。つまり鏡に同じように息を吐きかけても、いつもいとしい顔が現われるとは限らなかったことだ。ときにはいくら根気よくやってみても顔のけはいすらみえなかった。そんなときぼくは狂人のように例の廃屋の前を行ったり来たりして一心不乱に窓を見つめていた。だが、人の姿などかけらもなかった。

ひたすらあの人のことばかり考えていた。ほかのすべてが死にたえたも同然だった。友人たちをうっちゃらかしにして仕事を怠けた——なんともひどい状態だ。いつしか苦痛はやわらいで夢みるようなあこがれに変わり、幻の人の姿もぼやけていく一方で、ときおり揺りもどしのように激しい高まりをみせることがあった。今でもあらためてぞっとするような思いに捉われる瞬間があった。——魂の状態というものだろう。深い奈落に落ちこもうとしていたときだ。だからこの点、鼻でせせら笑ったり軽口をとばしたりしないで聞いてほしいのだ。ぼくがこうむったところをともに感じてほしいのだ。

つい今しがたも言ったように鏡のなかの顔が消えっぱなしのことがある。そんなときはからだがけだるくてたまらなかった。とおもうと例の姿がまるで両手に抱きとめられるほど生きいきと、これまでになく輝かしく現われることもあった。そのうち、怖ろしいことに気がついた。例の姿は自分自身ではないのか、鏡の靄につつまれ、ぼんやりとかすんでいるのでそうとは見えないだけではないかと思いあたった。胸がしめつけられるようで苦しくてならない。苦痛が去ると全身がほどけたみたいで、からだの芯を蝕むようなもの憂さだけが残っている。そのようなときは息を吐きかけても鏡に顔は現われない。それでも自分を励まして頑張ると、ようやく鏡の奥からひょっこりと現われる。だからして思うのだが、自分でも気づいていない何かある特殊な体力の秘訣と関係があるらしかった。

いずれにせよ、このような緊張ずくめの毎日がからだにいいはずがない。死人のように色蒼ざめ、ふらふらしながらうろつき廻っているのをみて、友人たちはてっきり病気だと思いこみ口やかましく説教をする。そのうち自分でもわが身の状態をまじめに考えはじめた矢先、友人の一人で医学を勉強中の男が訪ねてきて、故意か偶然かはわからないが精神病に関するライルの著作を忘れて帰った。なにげなく読みだしたのだが、そのうち夢中になった。固定観念としての妄想について述べられているところはまるきり自分の場合と瓜二つじゃないか！

愕然としたね。自分はまさしく精神病院への途上にいたわけだ。正気にもどるとともに決断を下して早速それを実行することにした。手鏡をポケットに入れてK博士のもとに駆けつけた。精神病の診察と治療の点で有名であるばかりでなく、心の構造にも深く通じていて、病いは気からであって心を癒やせば肉体も健やかになるという考えの点でも知られている人物だ。ぼくはK博士に一切を打ち明けた。どんなにささやかなこともつつみ隠さず話して、自分の身に迫っているらしい怖ろしい運命から救ってくれるようにと懇願した。K博士は落ち着きはらって聞いていた。だが彼の目は深い驚きをたたえているようだった。

「ご自分でお考えになっているほど、それほど危険な状態ではありませんよ」

K博士が口をひらいた。

「それに断言してもよろしいが、きっと危険を追い払ってさしあげます。あなたが途方もなく心に傷を受けておいでであることは疑いのないところです。何かある邪悪な原理が心に傷を与えるわけですが、それが何によるものかをはっきり認識しさえすれば、身を守る武器を手に入れたわけでしてね。手鏡はわたしに預けてください。是が非でも全力をつくしてぶつかるような仕事をはじめてください。例の大通りには近づかないことですね。なるたけ早朝から仕事にかかってください。散歩をきっちりなさったあとは友人たちの集まりに加わってください。お仲間の人々もあなたがいないのでさみしい思いをしておりますよ。滋養のある食物を食べて強い酒をお飲みになることです。もうおわかりになったでしょうが、あなたの固定観念ですね、廃屋の窓に立った り鏡の中に現われたりしてあなたを悩ませるあやかしを退治するだけでなく、あなたの精神を別のものに導き、あなたのおからだを強壮にしたいのですね。わたしを信頼してですね、なにとぞご協力くださいよ」

手鏡を手ばなすのは辛いことだった。K博士はためつすがめつ眺めたのちにハァーと息を吐きかけると目の前に差しつけた。

「何か見えますか?」

「別になんにも」

とぼくは答えた。実際、そうだった。K博士は手鏡を返してこう言った。

「ご自分でやってごらんなさい」

声に応じて息を吐きかけると例の姿がこれまでになく鮮明に現われた。

「これです、これです」

大声で叫ぶと、K博士が横からのぞきこんだ。

「わたしにはなんにも見えませんよ。しかし先ほどあなたの鏡をのぞいたとき戦慄のようなものを感じたことは事実です。すぐに消え失せはしましたがね。わたしの方もつつみ隠さず申しますよ。だからどうか全幅の信頼を寄せていただきたいものでして、さあ、さきほどのことをもう一度やってみてください」

再び息を吐きかけたとき博士が背中を押したのだろう。背骨に手の圧力を感じた。——またもや例の姿が現われた。一緒に鏡を見つめていたK博士の顔色が蒼ざめた。手鏡をとりあげ、もう一度のぞきこんだのちに机の引き出しに収めて鍵をかけた。手を額にあてて黙ったまましばらく立ちつくしていたが、それからようやく近寄ってきた。

「先ほどお話しした注意事項をどうか守ってくださいよ。あなたは忘我のなかでみずからの自我を痛みとして感じる瞬間をおもちなのです。正直に申しますと、わたしにはまだその瞬間がいかなるものか、よくわかっておりません。しかし近いうちにもう少しましなことをお話しできると思いますよ」

どんなことがあってもやり抜いてみせると臍(ほぞ)を固めてK博士の指示どおりに努めてみた。気力を引きしめて仕事にかかり、食事や飲み物の点でもそれなりの効果を覚えたが、しかしながら正十二時になると、それもとりわけ夜の十二時になるときまって起こる発作の方はいぜんとしてつづいていた。酒が出て歌がとびかうにぎやかな集まりのさなかでも、突然、灼熱した刃でからだの芯を突き刺されるようで、どんなに心を励まして頑張っても我慢しきれず、そそくさとその場を出ていって発作が収まったのちにようやくもどってくるというありさまだった。

ある夜の会に顔を出したときのことだ。霊魂の力とか催眠術とかの未知の分野が話題になった。遠くはなれている人の心に働きかけができるものかどうかの議論になり、いろいろ実例がもち出された。人々のなかでもとりわけ一人の若い医学者が熱心で、彼は催眠術を信奉しているらしく、人並みに――いや、名の知れた催眠術師にもひけをとらず、霊魂に働きかけることによって遠くの人を動かすことができると言い張った。クルーゲやシューバートやバルテルスなど、この分野の知られた著作が口にされた。やがてその場にいた一人で、目の鋭い観察者として知られる医師がこんなふうに言いだした。

「何はともあれもっとも重要なことはですよ、日常体験というごくごく卑近なことがらにも幾多(いくた)の秘密のあることを催眠術が教えてくれたということでしょう。もちろん、この点、慎重でなくてはなりますまい。それにしても――これといってたしかな理由もなしにこちらの連想の糸を絶ち切るようにして、だれかある人とか何かある出来事の正確な情景がまざまざと浮かんでくるとはどうしてでしょう。圧倒的な力でもって迫ってきたりもするではありませんか。わけても夢にみるものが意味深いのですね。夢の情景は暗い奈落に通じておりますよ。べつだんなんのつながりもない夢のなかに、ありありと一つの情景が入ってきたりいたしますね。どこやら遠い国にいるじゃありませんか。そこの見知らぬ人の中から、やにわに数年来すっかり忘れていた人が現われたりするのです。もっと驚くべきことがありますよ！　同じようにしてです、ようやく数年後に知るはずの人を夢で先どりしたりもするのです。よく申すではありませんか、《たしかにはじめての人だのによく知っているような気がする、どこかで会ったことがあるような気がしてならない》などとですね。夢による記憶のせいではありますまいか。見知らない情景がわたしたちの思考の中に割って入るぐあいでしてね。他人の精神的操作によって引き起こされたあんばいでしょうがね？　ある条件のもとでは他人の心を左右して、思いどおりの術にかけることもできそうではありませんか」

別の一人が笑いながら口をはさんだ。

「すると、どうでしょう、魔術や魔よけや鏡人のたぐいですな、とっくに時効になっているばかげた時代の迷信じみた妄想と、たいして変わりばえしないではありませんか」

さらにつづいて言いかけるのを医師がさえぎった。

「失礼ですが、いかなる時代であれ時効になったりはいたしませんよ。それに現代も含めて人間がものを考えている限りばかげた時代というのはありはしません――法律にもとづいて証明さえされているものを無下に否定しようとするのは理不尽というものです。わたしたちの精神の故里であある暗い秘密にみちた王国には、唯一つにせよわたしたちの弱い目には眩しすぎるほど明るいランプが燃えているなどと言う人がおりますね。同感などとはとてもいえませんが、しかしこうは思うのですね、わたしたち人間がたとえ暗い土中のもぐらであっても、本性よりしてもぐらの才能と資質はさずかっているだろうとね。目はみえずとも暗い道をせっせと掘りすすんでいくのです。そして地上の盲人が樹木のさやぎや水のせせらぎによって涼しい影を投げかける森や咽喉の渇きをいやしてくれる小川を的確にさぐり当てるように、わたしたちもまた、たとえ未知であれ精神の触手をかすめる翼の羽音によって、遍歴のはてがパッと目のひらける光明の源に通じていることを予感するのです！」

　ぼくはもうこれ以上黙っていることができず医師のほうに向き直った。

「するとつまり、ある精神的原理といったものの力が他人の鼻づらとって引き廻すとでもお考えなのですか？」

　相手は答えた。

「過大評価しないためにもその力が万能だなどと考えてはおりません。催眠術的な状態によってあらためて生まれ出る精神の展開も、ひとしく力あるものだと考えております」

「とすると魔性の力がわれわれを破滅させようと働きかけることもありうるわけですね」

「落ちぶれた悪霊どもの悪あがきというものですよ」

　医師はにこやかに笑みを浮かべて言葉をつづけた。

「決してその種の力に呑まれたりいたしますまい。それにわたしの申したことは、しょせんは仮説でありましてね。仮説であるからにはつけたして言わなくてはなりますまい。つまりわたしはある精神的原理というものが、他人をすっかり掌中に収めるなんて信じてはおりません。むしろこう考えているのですよ、そのような力に呑まれるのは何か依存心だとか意志の薄弱だとか、そのたぐいの結果ではないでしょうか」

かなり年配の一人だが、それまで口をつぐんでじっと耳を傾けていた男が、このときはじめて言葉をはさんだ。

「ここまでうかがってようやくわかりかけてきましたよ、わたしたち人間をつつんでいる神秘についてのお考えのほどがですね。われわれ人間を脅(おびや)かす神秘的な力があるとすれば、それを見事に追い払う力と勇気とがあるものだし、何か異常が発生しての場合に限ってその力と勇気とが奪われる。いいかえれば精神の病いですな——罪があずかって魔性の力に呑まれるのです。ともあれ奇妙なことがありますよ、遠い昔とかわらず魔性の力がはびこるのは人の心を押しひしぐ心情の戯れによるのですね。つまりわたしの言うのは愛の魔力というもので大昔かられんめんとして語られてきたことでしょう。途方もない魔女裁判にもきまって顔を出すものですし、はなはだ理性的な国の法律書も愛の霊液を語っておりましてね。惚れ薬ですね。心を左右する飲みものだそうでして、興奮剤というものではなく、ある特定の人間を無我夢中にさせる薬なんだそうでしてね。ついては先ほどお話をうかがっていて、ある悲しい出来事を思い出しておりました。しばらく前にわが家で起こったことなのです。ナポレオン軍が怒濤(どとう)のようにわが国に押し入ってきた矢先のことでしたが、イタリア近衛兵の隊長がわが家に宿泊いたしました。彼は品性高貴をもって鳴る大隊の数少ない将校の一人でしたが、顔色が冴えず目は暗く曇っていて、なんらかの病いなり鬱病にとらわれているらしいのがみてとれました。その人がわが家にいたのはほんの数日のことながら、ふとした偶然から原因がわかったのです。同じ部屋にいあわせたときでした、突然、隊長は深い溜息をついたかとおもうと手を胸に添えましたね。いや、胸というよりも胃のあたりといいましょうか、強い差しこみに襲われたって風でした。口をきくのもままならず崩れるようにしてソファに坐りました。みるまに目が空ろになって石像のように硬直するではありませんか。そのうちようやく夢から醒めたように我にかえったのですが、しばらくは大儀そうで身動き一つできません。医者が駆けつけたのですが、どの薬も役立たずとみきわめたらしく催眠治療をほどこしたのです。効果あったようでしたね。もっとも医者自身が催眠治療の最中にひどい不快感に襲われまして、治療の方は早々に打ち切らなくてはなりませんでした。それはともかく、隊長の信頼をえたのですね。彼は医者に打ち明けましたよ。ピサの町で知り合ったさる女性の姿が不意にあらわれたというのです。燃えるような目で見つめられたとたんにひどい苦痛を覚え、意識を失ったそうです。まだ頭痛がすると言いました。まるで愛のおたのしみをやらかしたあとのようにぐったりしていましたよ。ピサで知り合った女性とおそらく何かあったのでしょうが、くわしいことは言いませんでした。そのうち部隊が出立する日がやってきて、荷造りその他の準備も終わり、馬車が戸口に待っているというときでしたよ。隊長は朝食をとっていました。マデーラ酒のコップを口もとに運びかけたとき、低くひと声叫んだかとおもうと椅子からころげ落ちました。

こと切れていましたよ。医者の見立てによれば卒中だそうでした。それから数週間たってからのことですが、隊長宛てに一通の手紙がとどいたのです。親類縁者といった人からだろうと思いましてね、とすれば突然の死のこともお知らせできると考えまして封を切ったのです。ピサから来たもので差出人の名前のない短い便りが出てきたばかりでした。《ああ、お気の毒に！　本日七日正十二時、あなたの似姿のアントニアは愛の手を差しのべたまま死にました！》とこれだけでしたね。わたしはカレンダーに目をやりました。隊長の死んだ日をたしかめたところ、アントニアの死の日とぴったり同じではありませんか――」

男はさらに話しつづけたようだったが、ぼくは聞いていなかった。イタリア人隊長の場合が自分の場合とそっくりである奇怪さに驚いたとたん刺すような痛みに襲われ、痛みに合わせて猛烈にあの窓辺の人が恋しくてならず、居ても立ってもおれなくなったのである。その場をとび出し、因縁づくめの例の家へと駆けつけた。

遠くからみると鎧戸ごしに明かりが洩れているようだった。だが、近づくと闇に消えた。愛の渇きにうながされ戸口にとびついた。すると扉がパタリとあいて鈍い明かりに照らされた玄関先にいるではないか。むっとした息苦しい空気のなかだ。不安と焦躁がいりまじった感じで胸が高鳴った。ふり絞るような女の声が家中に流れている。自分でもどうしてそこにいき着いたのかわからないのだが、気がつくとまばゆいばかりの広間にいた。数多くのローソクが燃えていて金箔ずくめの家具や日本渡来の什器などの並んでいる古風なしつらえの部屋を照らしていた。青い煙のかたまりのようなものが押し寄せてきて強烈な臭いが鼻をついた。

「よくいらっしゃいました――あなた、花婿さま――そうですとも、結婚式のときが来ました！」

女の声だ。その声が次第に高まってきた。どうしてその広間にきたのかわからなかったのと同様に、これまたどうしてこうなったのか見当がつかないのだが、やにわに煙のかたまりの中から華麗な衣服を身につけた背の高い若やいだ姿が歩み出た。

「よくいらっしゃいました、あなた、花婿さま」

声を絞って叫びながら両手をひろげて駆けよってくる――黄ばんだ老女だった。齢にくわえて狂気のせいか、おそろしくゆがんだ顔がまじまじとこちらを見つめている。愕然としてあやうくその場に倒れそうになった。ガラガラ蛇の刺すような目に射すくめられでもしたように、不気味な老女から目をそらすことができない。身動きがならない。老女はなおも近づいてくる。このとき彼女の醜悪な顔が薄い紗のマスクであって、そのうしろに鏡にみた気高い顔がかくれているように思われた。老女の手が差しのべられた瞬間だった、金切声で叫んだかとおもうと彼女は床に倒れ、背後に声がした。

「悪魔のやつめ、またぞろお館さまに悪ふざけをしでかしおって。さあ、お館さま、お床におもどりを！　さもないと痛い鞭を食らわせますぜ！」

あわてて振り向くと例の老管理人が下着姿で立っており、頭上で太い鞭をしごいてから、やにわに老女に打ってかかった。老女はひいひいと泣きさけびながらえびのように身を丸くした。こちらが割って入ろうとするのを老管理人は邪険にさえぎってこう言った。

「なんてことをなさる、あなた、すんでのところでしわくちゃ悪魔に殺されるところでしたぜ――さあ早いとこ、いったいいった」

ぼくは広間をとび出した。しかしまっ暗闇で戸口のありかがわからない。背後では鞭の音がして泣きさけぶ老女の悲鳴が聞こえた。助けを求めて叫ぼうとしたとたん、足が空を踏んで階段をころげ落ち、したたか扉にぶつかった。その勢いにドアが開いて小部屋にとびこんだ。つい今しがたまでだれかが寝ていたらしく、ベッドからしても、椅子にかけてある褐色の上衣からしても、老管理人の部屋であることはすぐに知れた。まもなくあわただしく階段を踏む足音がして当人が駆けこんできた。

「どうかお願いです――」

床にひざまずくと両手を上げて懇願するのだった。

「あなたさまがどこのどなたかは存じませんし、またあのしわくちゃ婆あがどんな手くだであなたをここに引きこんだかも知りませんが、どうか内密にしてください。ごらんになったことを胸一つにたたんでください。でないとわたくしめがここを追い出されます！――頭のいかれたお館さまにはお仕置きをいたしました。紐でくくってベッドに寝かせました。どうかお戻りになってぐっすりとおやすみください。何もかも忘れてぐっすりとですな。――心地よい七月の夜ではありませんか。お月さまこそおかくれだが星がキラキラ輝いておりますですよ――では、おやすみなされ」

こんな言葉とともに老人は立ち上がって明かりをとり、たくみに小部屋からつれ出したあと、ぼくを戸口から押し出してガチャリと鍵をかけた。

呆然として家にもどった。君たちもわかってくれるだろう、そのあと数日というもの秘密を知ったことで頭がいっぱいで、筋みち立てて考えるなど思いもよらないことだった。ともあれ、ながらく自分がとらわれていた魔性の力からようやく解放されたらしいことはたしかだった。鏡にみた不思議な姿に対する悲痛なまでのあこがれはうそのように消えていた。そのうち自分でも廃屋での出来事が、われ知らず精神病院に迷いこんだのと同じように思えてきた。高貴な生まれの女性だが気が狂っている。それは世間に知られてはならず、ついては老管理人がいやでも手ひどい監視役をつとめなくてはならないのだろう。そうにちがいないのだが——しかし鏡の一件はどうなのか——鏡にあらわれた不思議な姿はどうなのか——何はともあれ先をいそぐとしよう！

あるにぎやかな会合に顔を出したときのことだった。はからずもP伯爵と出くわした。伯爵はぼくを部屋の隅に引っぱっていくと、にこやかに言うのだった。

「ご存知でしょうかな、例のあやしげな家の秘密がそろそろわかりかけておりましてね」

耳をそばだてた。伯爵がつづいて話そうとしたとき、宴の間へ通じる両開きの扉がひらいた。食卓につかねばならない。伯爵の口から洩れかけた秘密のことで頭がいっぱいで、つとなにげなくかたわらの若い女性に腕を差し出し、儀式ばってうやうやしく歩いていく人の列に加わった。まずは女性をしかるべき席に案内して、しかるのちやおらご対面とあいなるわけだが——鏡に見たあの顔がすぐ目の前にあるじゃないか。まったくもう間違いのないところだった。君たちにも想像がつくだろう、肝（きも）がつぶれるとはこのことだ。しかし鏡に息を吐きかけて呼び出していたときのような物狂おしい愛の発作とは大ちがいでね。この点はっきり言っておく。

唖然(あぜん)としたね。愕然(がくぜん)としたと言ってもいい。おそらく顔色が変わったのだろう、彼女はいぶかしげにぼくを見る。こちらとしては腹を据えてだね、心をしずめてなにげなさそうに言うしかないではないか、一度どこかでお会いしたことがあるような気がする、たしかにお顔に見覚えがある、ときり出した。ところがそんなことのあろうはずがないわけなんだな。彼女はほんの昨日、生まれてはじめてこの＊＊n市にやってきたというのだ。これを聞いてあらためて唖然とせずにはいられなかった。おもわず口をつぐんだが、若い娘の澄んだ目を前にしてむっつり黙りこくってもいられない。こんなときは心の触手といったやつでそろりそろりと相手をたぐり寄せてのち、じんわりとおあいかたの人となりを吟味するものだが、ぼくもその手でいくうちにだんだんお隣りさんがわかってきた。しとやかな心やさしい娘であって、少しばかり敏感すぎるのが当人にも辛いという風だった。ぼくは会話をたのしく盛りつけた。料理にちょいと薬味を入れるように気のきいた言葉をはさみこむと彼女もおもわず笑みを洩らす。ただそれはなにかギクリとしたような痛々しい笑顔なんだね。

「お嬢さん、お疲れのようですね。さてはおつな一夜の朝帰りをなさいましたな」

近くの席の士官が言葉をかけてきた。そのとたん、隣りの男が腕をつつくと何やらいそいで耳にささやく。そうかとおもうとテーブルのはしの女性はパリでみてきたというオペラについて声高にしゃべっている。頬をそめ目を輝かせてほめたたえ、ご当地とはくらべものにならず、やはりパリでなくちゃあというのだった。

ふとみると娘の目に涙が浮かんでいる。

「わたくし、おばかさんなんですね」

顔をこちらに向けた。彼女は先ほども頭痛を訴えたばかりだった。ぼくはこともなげにこう言った。

「神経性の頭痛ってやつは涙を道づれにするものでして、となればこいつに限りますよ。詩人の飲み物である美酒ですね、この泡つぶが効能あらたかな良薬というものでして——」

そんなことを言いながらシャンペンをつぐと彼女ははじめは辞退していたが、そのうち少々口にした。自分でもこらえきれない涙だとわかってもらえたのがうれしげだった。次第に心が晴れていくようで、万事順調とみえた矢先にこちらが不注意にも前にあった薄手のグラスをぶつけるというへまをやらかした。鋭い音がした。やにわに相手の顔色が死人のように蒼ざめた。ぼくもまたぞっとした。グラスの触れ合うかん高い音に廃屋で耳にした狂女の声を聞いたからだ。

珈琲(コーヒー)が出るしおどきをみはからい、ようやくP伯爵に近づくことができた。伯爵は心得顔で口をきった。

「先ほどあなたのお隣りにいた女性はS伯爵の娘御のエドヴィーネ嬢でしょう？——何をかくそう、彼女の母親の姉ですね、例のあやしげな家に住んでいるのはその人ですよ。かなり前からとんと頭がいかれておりましてあの家に閉じこめてあるのですな。今朝、彼女は母親と一緒に見舞いにいってきたはずですよ。狂人はひどい発作もちときいている。発作をとめられるのはあの家の管理人の老人だけでして、だから老人は狂女の看護人でもあったわけですが、彼は病気でしてね。それも今日あすにもお迎えのきそうなひどい病気で、そのため伯爵夫人の方でも腹をくってK博士に一切合財を打ち明けたそうですよ。姉の物狂いを直すまではいかなくとも、おりおりのひどい発作をしずめてもらおうというのです。さしあたってわかったのはこんなことでしてね」

人がきて話が途切れた。

K博士とは先に診断を乞うた仲である。ぼくが早速、博士のもとに駆けつけたことは言うまでもないだろう。その後の経過を報告したあと、自分の安心のためにも廃屋に住む狂女について知っているところをあまさず話してほしいと懇願した。絶対に口外しないようにと念を押したのちに博士はつづいてこんな話をした。

Z伯爵令嬢のアンゲリカは（と、K博士は話しはじめた）齢三十をかぞえたというのに匂うばかりに美しかった。この令嬢にずいぶん年下のS伯爵がひと目惚れをした。＊＊nの宮中に参上した際に出くわしたらしいのだが、ぞっこん惚れこみ、熱心に求愛をはじめた。夏の休みに令嬢が父親の領地にもどってくるとあとを追っかけてくるという熱の上げようで、令嬢のそぶりからしてもまんざら脈がないわけではなかったからだろう。そこで父親に直談判を考えた。ところが領地にやってきてアンゲリカの妹のガブリエレを見たとたん、憑きものが落ちたようだった。妹にくらべると姉は物の数ではなかったからだ。色香がまったくちがうときた。さあ、こうなるとアンゲリカはうっちゃらかしてガブリエレに夢中になる。Z老伯爵もこれを許した。ガブリエレの方も求愛には愛のお返しでもって答えた。アンゲリカは不実な恋人に腹を立てはしなかった。

「わたしを捨てたつもりかもしれないけれど、とんでもない、わたしがあの人のおもちゃではなくて、あの人がわたしのおもちゃだったのだもの。それをわたしが捨てただけ！」

誇らかにそう言った。単に言っただけではなく、不実な男への軽蔑をあらわに示しもした。やがてガブリエレとS伯爵の婚約が発表されると、そのころからアンゲリカがめだっておもてに出てこなくなった。食卓にも出てこない。ひとりで裏の森を歩きまわっているというのだ。そこを散歩先にきめて出ていってしまう――それでもまあ、平穏無事に明けくれしていた領地の平和が変てこな事件によってかき乱された。というのは先般よりひんぴんと領地一円に殺人放火や強奪沙汰があったのだが、領地の猟師たちが大勢の農夫たちの力をかりてジプシーの一団をひっとらえた。彼らこそ張本人にちがいないというのだ。ジプシーの男たちを鎖で数珠つなぎにして女や子供はしばったまま荷馬車にのせ、伯爵の館の庭まで引きこんできた。ジプシーたちは傲然としていたそうだね。つかまった虎のように目をらんらんと光らせ、落ち着きはらって辺りを見廻している。それがそれで強盗殺人をやらかす面だましいとも見えてくる。とりわけ背高のっぽで骨と皮ほどに痩せた気味の悪い年寄りの女がひと目をひいたそうだ。まっ赤なショールで身をつつんでいた。女は荷馬車の上にすっくと立つと、ここから降ろせと叫んだ。おもわず従わないではいられないような命令口調でね。そうこうするうちにZ伯爵が館の庭に出てくる。伯爵の命じるままにそれぞれ館の牢に振りわけようとしたせつな、まっさおな顔に恐怖と不安をのぞかせたアンゲリカが髪をふり乱して戸口から駆け出してきた。やにわに地面にひざまずき、声をふり絞ってこう叫んだ。

「この人たちを放してあげて――お願いだから――罪のない人たちなの――ねえ、お父さま、どうか放してあげて！――だれか一人の血の一滴でも流れることがあれば、わたし、このナイフで自分の胸を刺すつもりです！」

鋭いナイフを振りかざしてこう言うと、気を失ってその場に倒れた。

「なんて可愛いお嬢さんだろう。なんていとしいお子だろう、思ったとおりだ、おまえさんには我慢ならないだろうともさ！」

もぐもぐと口の中でつぶやくと赤いショールの女はかたわらにしゃがみこみ、アンゲリカの顔や胸におかまいなしの口づけをした。「色白のお嬢さん、色白のお嬢さん――さあ、起きた、目をおさましよ――ほらほら、色白の花婿のお出ましだよ」

などとささやいている。それから小さなガラス瓶(びん)をとりだした。瓶の中には銀色の酒が入っており、まるで小さな金魚が身をひるがえして泳いでいるようだった。老婆が瓶をアンゲリカの胸に置くと彼女は不意に目を醒ました。下から見上げたとたんに跳ねおきて、ひしと老婆をかい抱いてのち手に手をとって館の中に走りこんだ。この間、Z伯爵もガブリエレも許婚(いいなずけ)のS伯爵もいいようのない恐怖にとらわれ呆然として佇(たたず)んでいた。ジプシーたちは我かんせずのふうで落ち着きはらっており、数珠つなぎの鎖から解かれ、あらためて一人ひとりが縄つきで館の牢へ送られた。

翌日、Z伯爵は領地の人々を呼びあつめ、ジプシーの一団が先般よりの強奪事件に一切無関係であることを言明し、領地内の自由な通行を許したのだが、だれもが驚いたことに、わざわざ通行証までもさずけてのことだった。去っていくジプシーの一団に赤いショールの女が欠けていた。ジプシーの頭目は首につるした黄金の鎖と、つばの広いスペイン風の帽子にゆれている赤い鳥の羽根によってそれと知れるのだが、里の噂によると夜ふけ、伯爵の部屋にその男の姿が見られたというのだった。ともあれその後まもなくジプシーがご当地の強盗や殺人に一切かかわりのないことが判明した。

そうこうするうちにガブリエレの結婚式が近づいてきた。ある日のこと、そのガブリエレの驚いたことに、家具や衣服や下着類といった日常必要なものを満載した何台もの荷馬車が次々と出発したのである。日が変わって夜ふけに姉のアンゲリカが馬車で発ったと聞かされた。Z伯爵の召使がお供をし、さらにもう一人、布で顔をかくした女がつきそっていたが、赤いショールを巻いた老婆とどこかしら似ていたという。そのあと父親のZ伯爵の話から、ことの次第があきらかになった。すなわち、ある事情があってアンゲリカのわがままを通さざるを得なかったのだが、その結果、父親は姉娘に＊＊n市中の大通りに立つ家屋を贈り、その家で娘が好きなように生活するのを黙認することとなった。しかも娘の方の許しがなければ父親といえども家に入ることはまかりならないという条件つきだった。さらにZ伯爵の言うには、アンゲリカのたっての願いにより召使を一人つけてやった。彼はアンゲリカにつきそって＊＊n市へと旅立ったという。

結婚式はとどこおりなく取りおこなわれ、S伯爵は妻ともどもD町に移った。夢のような毎日の一年がすぎた。ところがそのころからS伯爵は奇妙な病いに苦しみだした。ひそかな苦痛があって、そのために生の愉しみと生きる力をことごとく喰らい尽くされるふうだった。夫の心を苦しめるものが何なのか訊き出すべくガブリエレは手をつくしたが無駄だった。ひどい虚脱状態がつづいたあげく生命にもさしさわりのある事態になり、伯爵は医師のすすめに従って転地療養のためピサの町へと出立した。ガブリエレはあとに残った。懐妊していたからである。数週間後、子供が生まれた。

「残念ながらこれ以後のことについてガブリエレ伯爵夫人は断片的にしか話してくれませんでね。だからおおよそのことから推測するしかないのです」

K博士はそう言ってから話をつづけた。

生まれた子供は女の子だったのだが、ある日なんとも不可解なことに揺り籠からいなくなった。八方手をつくして探したが見つからない。ガブリエレの悲嘆はいうまでもなく、しかもこれに追い打ちをかけるように父親のZ伯爵から怖ろしい知らせがとどいた。南のピサの町へ向かったものと思っていた夫があにはからんや＊＊n市にいて、ところもあろうに姉アンゲリカの家で卒中のために死んだという。アンゲリカは狂乱状態だし、父親の自分にもこの悲しみに耐える力がないと書かれていた。

ガブリエレは気力を奮いおこして父の領地に急いだ。夜、眠れないままに夫のおもかげや行方不明のわが子のことを考えていると、寝室の戸口のところでかすかな泣き声がしたように思った。こわごわランプの燈を燭台のローソクに移して戸をひらいてみると——なんとしたことだろう！赤いショールを巻いてうずくまり、例のジプシーの女が空ろな目で見上げているではないか。女は腕に赤子を抱いており、その子供が弱々しく泣いているのだった。ガブリエレの胸が高鳴った

――あの子だった！　行方不明の娘だった！――相手の手から赤子をもぎとった瞬間、ジプシー女は人形のように床にころげた。ガブリエレの悲鳴に驚いて館中が目をさまして駆けつけてきた。ジプシー女はこと切れており、薬も一切役立たなかった。そこで手厚く葬った。

こうなればもはや＊＊n市に急ぎアンゲリカに真相をただすしかないのである。そうすれば子供のことも何かわかるかもしれなかった。だが、すべてがひどい変わりようだった。アンゲリカの錯乱に怖れをなして女の召使はみんな暇をとってしまい、ただ老人ひとりが残っていた。アンゲリカ自身は落ち着いていて頭もしっかりしているようだったが、父親がガブリエレの娘のことをただすと両手をポンと打ってゲラゲラ笑いだした。

「お人形さんがもどってきたのね？――そうなのね？――葬ったのね？　埋めちゃったのね？　あれ、まあ、金の雉子がすてきな羽根をひろげている！　青いお目めの緑の獅子を知ってるかしら？」

狂気に陥っていることはあきらかだった。しかもこころなしか顔つきがジプシー女とそっくりである。父親は国の領地につれもどそうと決心したのだが、近侍役の老人が反対した。実際、家からつれ出すそぶりをしただけでアンゲリカは手のつけようのない狂乱ぶりを示すのだった。――発作のあいまの落ち着きのなかで、アンゲリカは涙ながらにこの家で死なせてくれと哀願した。その涙に敗けて伯爵も承知したのだが、哀願のあいまに娘の口から洩れたことといったら、あらためて狂気の証拠というしかないものだった。というのはアンゲリカの話によるとS伯爵は自分の腕の中にもどってきたのであり、ジプシー女が領地の館にもたらした子供は、自分と恋人との愛の結晶だというのである。

狂乱の娘は父親につれられ領地にもどったものと信じられていたのだが、実際は廃屋の奥深く監視人つきで住んでいたのである。先だってZ伯爵が世を去った。ガブリエレは娘エドヴィーネをともない父の遺産の整理のために当市へやってきた。不幸な姉と会わないではすまされない。その際、何かが起こったにちがいないのだが、妹の口からはそれについてひとことも語られなかった。察するに彼女は不幸な姉を老いた召使の手から引きとるべく覚悟を決めたのだろう。それというのも判明したところによると、女主人の狂乱に対抗するため召使の老人は手ひどいお仕置きをやらかしていたようだし、また狂女に錬金術を知っているなどとほのめかされ、一緒になって燃やしたり煮立てたり、さまざまな奇態な実験をやらかしていたのである。

「あなたにですね——ほかならぬあなたには——」

と博士は長い話をこんなふうに締めくくった。

「ことの深い関連を説くまでもないでしょう。アンゲリカは狂気から癒えるかもしれません。あるいはまもなく死ぬかもしれない。この顚末にけりをつけたのは、まさしくあなたなんですよ。そうそう、言い忘れていましたが、催眠術のくだりでご一緒に鏡をのぞきこんだことがありましたね。あのときあなたと同様にわたしも例の顔を見たのです。少なからず肝をひやしたものでした。今となればわたしたち両名とも、あれがエドヴィーネの顔だったことは知ってますよね」

K博士はこれ以上の説明は不要と考えたらしかったが、いまのぼくも同じだね。アンゲリカとエドヴィーネと、それにぼくと老管理人とがひそかにどのようなつながりにあったものか、いかに神秘の戯れよろしく魔性の力が働いていたか、くだくだしく言うまでもないだろう。ただ一つだけ言いそえておくと、この一件以来、なぜか息苦しくてぼくは早々に首都を逃げ出した。町を出てしばらくのちに突然、胸苦しさがかき消えた。涼しい風が吹き抜けたような心地よさを味わったのだが、おもうにまさしくあの瞬間、狂女アンゲリカが死んだのだね。

話し終わってテオドールは口をつぐんだ。そのあと友人たちは彼の体験について何やかや話し合い、たしかにそこには《不思議なもの》と《奇妙なもの》とがなんとも変なふうにからみ合っていることを認めたのだった。別れぎわにフランツはテオドールの手をとると、そっとゆすりつつ物悲しげな笑みを浮かべてこう言った。

「では失敬、スパランツァーニの蝙蝠くん！」

（訳・著者紹介＝池内紀）

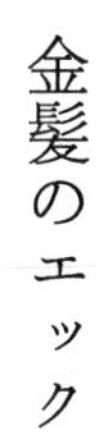

金髪のエックベルト

ルートヴィヒ・ティーク

ルートヴィヒ・ティーク

ロマン派の王と称されたティークは一七七三年ベルリンに生まれ、長寿を保ち、一八五三年にこの町で亡くなった。その活動は啓蒙主義時代からリアリズム時代に及んでいる。一七九七年、友人ヴァッケンローデルの『芸術を愛する一修道僧の心情の吐露』を出版、自らも『フランツ・シュテルンバルトの遍歴』を発表して、ドイツの文学、芸術にロマン主義全盛の気運を開き、イエーナではノヴァーリス、シュレーゲル兄弟、ブレンターノ、シェリング等々と交際し初期ロマン派の中心人物となり、のちドレスデン、ベルリンで文壇の大御所と仰がれた。この童話は一八〇七年に出版された『民衆童話』に収められたもので、傑作の呼び声の高いものである。

ハールツのある地方に、ふだん金髪のエックベルトという通り名で呼ばれる騎士が住んでいた。年の頃は四十歳ぐらい、背丈はまず中位で、短く切られてぴったりとなでつけられた淡い色の金髪が、あおざめてやつれた顔を縁取っていた。この男はいたって静かに暮しており、隣人の争いに巻き込まれたことはなく、自分の小さな館をかこむ壁の外に出ることは滅多になかった。彼の妻も夫と同じように非常に孤独を愛し、夫婦仲はきわめていいように見受けられたが、二人はいつも子宝が授からないことを嘆いていた。

エックベルトを訪れる客は滅多になかった。たとえあっても、日常生活のペースはほとんど変らなかった。彼の家では何事にもほどのよさを守り、つつましさを基調としているらしかった。エックベルトは客があると明るく上機嫌だったが、ひとりぼっちでいるときは、いくぶん内向的になり、むっつり引っ込みがちな憂鬱症になることに、人々は気づいていた。

この館をしげしげ訪れて来るほとんど唯一の客はフィリップ・ワルターだった。エックベルトはこの人物が自分がいちばん好む考え方とほぼ同じ考え方をすることを知って、仲よくしていたのである。ワルターはもともとはフランケン地方に住んでいたのだが、半年以上もエックベルトの館の近くに滞在することがよくあって、薬草と鉱物とを集め、整理分類していた。彼にはちょっとした財産があって、誰の世話にもならず暮していた。エックベルトはよくワルターと連れだって、二人だけで散歩をした。こうして年とともに二人の友情はふかまっていった。

人間というものは、それまで注意深く隠してきた秘密を友人に対して隠しつづけねばならなくなると、何となく不安になり、何もかも打ち明けてしまいたい、その友人に心の底まで開いてみせたい、そしてそれだけ真の友人になってもらいたいというどうしようもない衝動を感じるものである。そんなとき相手の真情が分ってほろりとさせられることもあるし、またそんな相手と知り合ったことを恐ろしく思うこともあるだろう。

エックベルトが友のワルター及び妻のベルタとある霧深い夕刻、暖炉を囲んで坐っていたとき、季節はもう秋になっていた。焔は部屋中に明るい光を投げ、天井にちらちらと反射していた。夜の闇が窓からのぞいて、戸外の木々は湿っぽい冷気に身震いしていた。ワルターがこれから長い道のりを帰らねばならないことを嘆くと、エックベルトは、うちに泊って夜もふけるまで楽しくお喋りをしてから、一室で夜が明けるまで寝ていくようにすすめ、ワルターはそれを承けた。そこでワインと食事がはこばれ、暖炉には薪がさかんにくべられて、二人の友の話はますます陽気に親密になっていった。

食事がさげられ、下男たちが引きさがってしまうと、エックベルトは友の手をとって、「ねえ、きみ、一度妻の若い頃の話を聞いてくれないか。実に珍しい話だから」と言った。――「よろこんで」とワルターは答え、三人はまた暖炉のまわりに坐った。

ちょうど真夜中になった頃で、月が吹き流れていく雲の間からときどき顔をのぞかせていた。「どうか出すぎた女とお思いになりませんように」とベルタは語りはじめた。「夫は、ワルターさまは高潔なお人柄だから、何事でも隠しごとをするのは、よくないと申しております。ただわたしの話がどんなに奇妙に聞こえても、つくり話だとお思いになりませんように」

わたしはある村で生まれました。父は貧しい羊飼いでした。家の暮しむきはかなり苦しく、どうすればその日のパンがいただけるか分らないことがよくありました。だがそのことよりわたしの心を悲しませたのは、よく父と母とが貧しさのために争い、はげしく相手を非難することでした。そのうえ、わたしはしょっちゅう、お前はちょっとした仕事もできない愚かな子だと怒られていました。またじっさい、わたしはひどく不器用で頼りのない子で、手にもったものは何でもおとしてしまうし、お針も糸紡ぎも覚えられず、家計を助けることは何ひとつできませんでした。それでも両親が暮しに困っていることは、分りすぎるほど分っているのでした。そうしたとき、わたしはよく片隅に坐って、とつぜん金持ちになったら、どういうふうにして両親を助けようかとか、金貨や銀貨をどっさりあげて、二人がびっくりするのを見て、いい気持になりたいとかいうことを一心に考えていました。すると地下の宝物を教えてくれたり、宝石に変る小石をくれたりする妖精がふわふわと飛んで来るのが見えるのでした。つまりわたしは腰を上げて、何か手伝いをしたり、ものをはこんだりしなければならないときに、こんな途方もない空想にふけっていたわけで、ますます動作が不器用になってしまうのでした。頭が奇妙な空想で、ぐらぐらしていたからです。

父はわたしが家にとって役立たずのお荷物であることにいつも腹を立てていました。それでときにかなりむごく扱われることはあっても、父からやさしい言葉をかけてもらったことは滅多にありませんでした。こうして八歳近くになったとき、父はこんどは本気になって、わたしに何かをさせるか、何かを学ばせようということになりました。わたしが何もしないでぶらぶらしながら日を送っているのは、わがままでなまけものだからだと、父は考えていたのです。それはとにかく、父はわたしを口では言えないほどおどしつけました。それでも全然効き目がないものですから、むごい折檻をくわえ、お前というやつはしようがない穀つぶしだから、毎日、毎日こうした罰をくわえてやると言うのでした。

わたしは夜どおしはげしく泣きました。自分がひどく寄るべのない身に思われ、われとわが身がかわいそうになり、いっそ死んでしまいたいとまで思いつめたほどでした。夜が明けるのがこわく、どうしたらいいのか分りませんでした。あれこれの器用さが身につけばなあと思い、自分がなぜよその子たちにくらべておろかなのか、そのわけがどうしても分らず、もう絶望的な気持になりました。

夜が明けかかったとき、わたしは起き上がって、ほとんど無意識のうちに両親と住んでいた小さな家の戸口を開けました。そして広々とした野原に出、やがてまだ日の光がさし込んでいない森の中に入っていきました。あとをふりかえりもせず、せっせと歩きつづけましたが、まったく疲れは感じませんでした。というのは、この程度ではまだ父に追いつかれるだろう、そして父はわたしの逃亡に腹を立て、いままでよりもっとひどく折檻するだろうと信じていたからです。

再び森から外へ出たとき、太陽はかなり高くのぼっていて、目の前に濃い霧でつつまれた何か黒いものが横たわっているのが見えました。わたしは丘を越えたり、岩の間を曲りくねっている道をたどったりしなければなりませんでした。それできっと近くの山の中にいるのにちがいないと思い、ひとりぼっちでいるのが、急にこわくなってきました。というのは、わたしは平野で育ちましたから、まだ山を見たことはなく、山という言葉を人が話しているのを聞くだけで、わたしのおさない耳にその言葉がいかにも恐ろしく響いていたからです。しかしひきかえす勇気もなく、不安に駆られて、先へ先へと進みました。風が頭上高く木々の間を吹き抜けていくたびに、あるいは朝のしじまをぬって木を伐採する音が響くたびに、わたしはぎょっとしてあたりを見廻すのでした。そのうちようやく炭焼きや坑夫に出会って異様な言葉で話をしているのを聞いたときには、びっくりしてしまって、あやうく気を失うところでした。

　飢えと渇きのため物乞いをしながら、いくつかの村を通りすぎました。人から事情をたずねられるたびに、何とかうまく答えて、切り抜けることができました。こうして四日ほど進んでから小さな道に入り込みました。そのため大きな道からだんだん遠ざかっていき、あたりの岩はいままでのものよりずっとかわった恰好になってきました。累々と積み重なった断崖で、突風が吹いたら最後、ばらばらになりそうな恰好をしていました。このまま進んでいいか、どうか分りませんでした。それまでは夜は森の中か、人里離れた羊飼いの小屋で寝ておりました。ちょうど季節が一年中でいちばんいい季節だったからです。だがもうこの辺になると、人家に一軒も出合わず、こんなに荒れはてたところでそんなものにめぐりあえるなどとは到底期待できませんでした。岩はいよいよ恐ろしくなり、しばしば目まいのするような深淵すれすれのところを通らねばなりませんでした。そのあげくが道がなくなる始末で、わたしは絶望のあまり、泣きわめきました。するとその声が渓谷の絶壁にあたってものすごい音で反響してくるのでした。いよいよ夜がせまってまいりましたので、苔の生えている場所を探して休むことにしました。その夜は眠れないで、いろいろな奇妙な音を聞きました。野獣の吠える声かと疑ったこともあり、岩の間を吹きぬける風の悲鳴かと思ったり、あるいはまた珍しい鳥の声かと思ったこともありました。わたしは神に祈り、明け方になって、ようやく眠ることができました。

顔に日の光があたって、やっと目がさめました。目の前にはけわしい岩がそそり立っています。そこへ登ったらこの荒れた土地から抜けだす道が見つかるのではないか、またひょっとしたら人家か人のすがたが見えるかも知れないという希望を抱いて、よじ登ってみました。しかし頂上に立ってみますと、目のとどくかぎりどこも同じことで、すべてが霧のようなものでおおわれていました。どんより曇った日で、木も牧草地も茂みも目に映らず、見えるのは岩の狭い裂け目からさびしそうに悲しげに生えている幾本かの灌木だけでした。あとでこわくなってその人から逃げだすことになるにしても、とにかく人の顔が見たいというぐらい、はげしい人恋しさにとり憑かれました。それと同時に苦しいほどの空腹を感じて腰をおろし、死ぬ覚悟をしました。しかししばらくすると、また生きようという気持のほうが勝って、いきなり立ち上がると、涙を流し、溜息をつきながら、一日中歩きつづけました。しまいにはほとんど意識がなくなり、疲れきって、これ以上生きていたいとも思わなくなりながらも、やはり死ぬのがいやだったのです。

夕方近くなると、周囲の風景がすこしやさしくなり、考える力や希望がまたよみがえって、生きようという気持が体中の血管にめざめてまいりました。遠くから水車の廻る音が聞こえてきたように思い、足を速めてとうとう荒々しい岩場が尽きるところまで来たとき、どんなにほっとしたことでしょう。遠くに美しい山を背景にして森や牧草地が再び眼前にひろがっています。もうまるで地獄から天国へ来たような気持で、ひとりぼっちで寄るべのない身であることが、いまはまったく恐ろしくなくなりました。

ところが行きついてみると、あてにしていた水車小屋とはちがい、滝だったので、随分がっかりしたことは言うまでもないことです。小川から水を手ですくって一口飲んだとき、とつぜん、ちょっと離れたところで軽い咳がしたように思いました。かつてこんなにうれしい不意打ちをくったことはありません。近づいて行くと、森のへりに休んでいるらしい一人の老婆のすがたが目につきました。ほとんど黒ずくめの服をきて、黒い頭布が頭と顔の大半をおおい隠していて、手には松葉杖をもっていました。

わたしは近づいて行って、助けてほしいと頼みました。すると横に坐らせて、パンとぶどう酒を少々わけてくれました。わたしが食べている間、老婆はかなきり声で賛美歌を歌っていましたが、歌いおわると、ついてくるように言いました。

その声と人柄が何とも奇妙に思えたのですが、この申し出はたいへん嬉しく思われました。老婆は松葉杖をついているにもかかわらず、かなり速く歩きましたが、歩くたびにひどく顔をしかめるので、最初のうちは笑わずにはおられませんでした。荒々しい岩場はしだいに遠ざかり、心地よい牧草地を越えてから、かなり大きな森を通って、それをぬけだすと、ちょうど太陽が沈むところでした。そのときの夕景色とその気分を一生忘れることはないと思います。あらゆるものがやわらかな赤と金の色にとけ、木々は夕焼けの中に梢をそびえさせています。畑の上には見る人を恍惚とさせる光がただよい、森と木の葉は動かず、澄みきった空はまるで開かれた天国(パラダイス)のように見えました。また泉のさらさらいう水の音や木々のざわめく音が、ときどき明るいしじまをぬって、愁いをふくんだ歓びをかなでているように聞こえました。若いわたしの心は、そのときはじめて世界というものとそこの出来事をおぼろげながら感じとったのです。わたしは自分のことも案内してくれている老婆のことも忘れ、心も目もただもう金色(こんじき)の雲の中をさまよっておりました。

　わたしたちは白樺の木が植えられている丘を登っていきましたが、頂上からは白樺の木がいっぱいに生えている緑の谷が見えました。その谷の真中に一軒の小屋があり、元気よくわんわんと吠える声が近よって来たかと思うと、一匹のすばしっこい小さな犬が老婆に跳びついて尻尾をふりました。それから犬はわたしのところへやって来て、四方からわたしを眺めてから、喜々としてまた老婆のところへ戻って行きました。

　わたしたちが丘から降りて行きますと、鳥が歌っていると思われる不思議な歌が、小屋から聞こえてまいりました。

　　森のしじまよ
　　そはわが歓び
　　今日(きょう)も明日(あす)も

森のしじまよ
おお　わが歓び
永遠(とわ)に

この短い詩句がたえずくりかえされておりました。この歌の感じを説明しろとおっしゃるなら、遠く離れたところで、フレンチホルンとシャルマイ（木管楽器の一種）とが絡みあって鳴り響いているようだったとでも申しましょうか。

わたしの好奇心は異常に張りつめていたので、老婆の指図(さしず)を待たないで、いっしょに小屋の中に入りました。もう夕暮時でした。すべてのものがきちんと片付けられ、杯が二、三個、壁の棚にあり、机の上には奇妙な容器(いれもの)がおいてありました。窓辺のきらきら光る籠の中には一羽の鳥が入っていましたが、これこそあの歌を歌っていた鳥なのでした。老婆はしきりにあえぎ、咳込み、とてもおさまりそうにありませんでしたが、犬をなでたり、鳥と話したりしていました。鳥はあの歌だけで答えるのです。それはそうと、老婆はわたしなど全然そばにいないように振舞っておりました。そんな老婆を見ていると、ときどき背筋がぞっとすることがありました。というのはその顔が一刻も休まずに変化しつづけるのです。そのうえ老齢(とし)のせいか、頭をしょっちゅうふりますので、本当の顔だちはとうとう分らずじまいでした。

老婆はようやく元気を回復すると、あかりをつけ、小さなテーブルにおおいをかけて、夕食の仕度をしました。そしてわたしのほうをふりむくと、籐椅子に坐るように言いましたので、わたしはあかりを真中にして老婆のすぐ前に坐りました。老婆は骨ばった両手を組みあわせて大声でお祈りを捧げました。そのときまたも顔をひきつらせましたので、わたしはもうすこしで笑いだすところでした。でも怒らせてはいけないと思い、充分気をつけておりました。

夕食がすむと老婆は再びお祈りをして、わたしに天井の低い狭い部屋にあるベッドで休むように言い、自分はそれまでの部屋で寝ました。わたしはしばらくするうちに、うとうとと半ば夢心地になりましたが、夜中二、三度、目をさましたところ、老婆が咳込みながら、犬と話している声が聞こえました。またその合間に寝ぼけてあの歌をとぎれとぎれに歌う鳥の声が聞こえました。それが窓の前でざわめいている白樺の木々と遠くで鳴いているナイチンゲールの声と絶妙に混ざりあって聞こえますので、まるで自分が目がさめているのではなく、もうひとつの奇妙な夢の中へ落ち込んでいくような気がしました。

朝になると老婆はわたしを起こして、すぐに仕事をするように命じました。糸紡ぎをやらされましたが、わたしはすぐに要領を覚えました。そのほかには犬と鳥の世話をしなければなりませんでした。わたしはどんどん家事になれ、身のまわりのことなら何でも勝手が分るようになりましたが、何から何まで当り前のことのように思われて、それでもう老婆が変っていること、この住いが不思議な感じを与え、訪れる人とて一人もいないこと、鳥にも不思議なところがあることなどは、まったく考えないようになりました。たしかに鳥の美しさは、いつ見ても惚れぼれするほどで、羽毛がありとあらゆる色どりに輝き、頸すじと腹のところは、それはそれは美しい淡いブルーと燃えるような赤とが混じりあい、歌を歌うときは、誇らしげに胸をはるのでその羽毛がなお一層きれいに見えるのでした。

　老婆はよく外出して、夕方になってからやっと帰って来ました。そういうとき犬といっしょに迎えに行きましたが、わたしのことをわが子だ、娘だと言ってくれるのでした。ついにわたしは心から老婆を愛するようになりました。人の心というものは、とくに子どものときは、何にでも馴れてしまうものです。晩になると老婆は本を読むことを教えてくれましたが、わたしはらくらくとそれを覚えました。それはのちに一人でいるときの尽きない娯しみのもとになりました。老婆は不思議な物語のはいっている古い写本を何冊かもっていたからです。

　当時の暮しを思い出すと、いまも奇妙な感じがいたします。訪れて来る人は一人もおらず、始終こんなにわずかな家族の中で暮していたのですから。わずかな家族と申しましたのは、犬も鳥もむかしからの友人にだけ感じるような気持をわたしに抱かせていたからです。しかしあの当時いつも呼んでいた犬の一風変った名前はどうしても思い出せないのです。

　四年間、こうして老婆と暮しました。とうとう老婆がこちらをひどく信用して、ある秘密をうちあけてくれたとき、わたしは十二歳ぐらいだったと思います。その秘密とは鳥が毎日、真珠か宝石の入っている卵をひとつずつ生むということでした。それまで老婆がこっそりと籠の中でごそごそやっているのには気がついていたのですが、それ以上気にしていなかったのです。わたしは、老婆が留守のとき、この卵をとってあの変った容器に注意して保管しておくことを任されるようになりました。それからというものは老婆は食糧を残すと、何週間も何カ月も留守にするようになりました。そういったとき、糸車はぶんぶんうなり、犬は吠え、不思議な鳥は歌いましたが、あたりは実に静かで、あの時代を通して一度も暴風や雷雨に見舞われた記憶がありません。このあたりまで道に迷って来る人はありませんでしたし、またわたしたちの家の近くまで来るけものもなく、わたしは満足して、来る日も来る日も働きつづけておりました。——人間は、もし一生を何のさまたげもなく、このようにして最後の日まで送ることができたら、本当に幸福だと言えるのではないでしょうか。

わたしは読んだわずかな本から、世間と人間についてひどく変った観念をこしらえておりました。つまりすべてをわたしとわたしの仲間にあてはめて考えていたのです。愉快な人間とくれば、小さなスピッツのことだと思い、おめかしをした淑女たちといえば、うちの鳥のようなものと思い、年とった婦人とくれば、うちの不思議なお婆さんのことだと考えていたのです。恋物語もいくらか読んでおり、空想をたくましくして奇妙な話をこしらえて遊びました。つまり世にも美しい騎士を考えだして、ありとあらゆる長所美点で飾りたてました。しかし実際には、その結果、騎士がどのような風采の人物になったのか、さっぱり分りはしなかったのでした。でも騎士がわたしの愛にこたえてくれないとなると、自分自身が心からかわいそうになって、騎士の心をひきつけるために胸の中で、あるいは声を出して相手の心を動かすような言葉を長々と喋りつづけるのでした。——おや笑っておられますね！　無理もありませんわ。わたしたちはみな若いと言われる時代はとっくに過ぎた身ですものね。

こうなると、もうひとりでいるほうがよくなりました。自分が家の主人でいられるからです。犬はたいそうわたしになつき、こちらが望むことは何でもやってくれました。鳥はどのような質問をしても、例の歌で答えてくれましたし、糸車はますます威勢よくうなり、わたしも心の奥ではこの境遇を変えたいなどとはすこしも望んでいませんでした。老婆は長い旅から帰って来ると、わたしがよく気がつくことを賞め、わたしが来てから家計が以前よりうまくいくようになったと言い、わたしが大きくなり、元気そうに見えることを歓んでくれるのでした。つまり老婆はわたしをまるで自分の娘のようにかわいがってくれたのです。

「お前は正直な子だね」とあるとき老婆はがらがら声で言いました。「そういうふうに将来もやっていけば、きっと幸福になれるだろう。だがもし正しい道からそれたりしたなら、いいことはない。たとえすぐに報いをうけないでも、いつかきっと罰があたるよ」わたしは老婆のこの言葉にほとんど注意をはらいませんでした。なぜならわたしは身も心もいそいそと活潑に立ち働いていたからです。夜になり、その言葉が思い出されましたが、老婆が何を言いたかったのか、ちっとも分りませんでした。一語一語をよく考えてみましたが、本で富や財産というものについて読んだことがありましたので、結局、老婆の真珠や宝石はきっと貴重なものにちがいないということに気がつきました。この考えが間もなくいっそうはっきりとしてきました。しかし正しい道とはどういう意味なのでしょう。この言葉の意味はどうしても分りませんでした。

わたしはもう十四歳でした。人間が知識を身につけると、かならず魂の純潔を失うのは不幸なことです。というのは老婆の留守に鳥と宝石を奪い、本で知った世間へ出ていくのは、こちらの決心ひとつにかかっていることが分ったのです。ひょっとしたら、いまも忘れられない世にも美しい騎士に出会えるかも知れないではありませんか。

最初のうちはこの考えもとくにどうということはなく、ほかの考えとすこしも変りませんでした。しかし糸車の前に坐るたびに、その考えは思うまいとしてもたえず起こってきますので、ついついそれにひたり、そのあげく、自分が美々しく着飾り、騎士や王子たちに取り囲まれているところを空想するのでした。そうやって我を忘れてしまい、再び目を開けて、自分がちっぽけな小屋にいることが分ると、本当に悲しくなってしまうのでした。それはそれとして、老婆はわたしがわたしの仕事をやっておれば、それ以上のことは何にも気にしませんでした。

ある日、老婆はまた外出することになり、こんどはいつもより帰りがおそいだろうから、よく気をつけて、退屈などしないようにせよと言いました。わたしは何か不安な気持で別れました。老婆にもう会えないような気がしたのです。わたしはずうっと老婆を見送っていましたが、自分でもなぜそんなに不安な気がするのか分りませんでした。どんな計画か自分でもはっきりしていないのに、その計画の実行が目の前にせまっているように思われたのです。

犬と鳥の世話にかつてないほど身を入れました。犬も鳥もいつもよりいとしく思われたからです。わたしが鳥といっしょにこの小屋を出て、いわゆる世間を訪れようとかたく心に誓って床を離れたのは、老婆が外出してから数日たってからのことでした。そう決心すると胸がしめつけられるように苦しくなり、ここにいつづけたほうがいいと思いました。だがそれはやっぱりいやでした。心の中で、まるで二人の仲の悪い妖精が争っているような奇妙な戦いが行なわれました。あるときには静かで孤独な暮しが結構なものに思われ、次の瞬間には数限りないすてきなものをもっている新しい世界のことを想像して夢中になるのでした。

わたしは一体どうしたらいいのか、分りませんでした。犬はひっきりなしに跳びついてきますし、太陽は野原をさんさんと照らして、みどりの白樺の木はきらきらと光っておりました。わたしは何かいそいでしなければならないことがあるような気持にかられました。それで小さな犬をつかまえて部屋の中に縛りつけ、鳥の入っている籠を小わきにかかえました。犬はしきりにもがき、いままで味わったことのないこの不当な取り扱いをキューキューないて訴え、哀願するような目つきでわたしを見つめていましたが、わたしはこの犬をつれて行くのが恐ろしかったのです。それから宝石がつまっている容器をひとつだけとり、ふところへ入れましたが、ほかの容器はそのままにしておきました。

わたしが籠を小わきにかかえて、戸口から外へ出ようとしたとき、鳥は奇妙なふうに頭をうしろへねじ曲げ、犬は必死になってついてこようとしましたが、どうしてもあとに残っていなければなりませんでした。

あの荒れた岩場のあるほうへ行く道をさけ、その反対の道を選びました。犬は吠え、なきつづけていたので、本当にかわいそうでした。鳥は何度か歌いだしそうになりましたが、わたしにもって歩かれているために、気分が悪くなったのでしょうか、一度も歌いませんでした。

歩きつづけているうちに、犬の吠える声は次第に弱まり、ついには聞こえなくなりました。わたしは泣きだし、もうすこしで、ひきかえすところでした。しかしあたらしいものを見たいという憧れの気持はわたしを前へ前へと駆りたてていたのでした。

いくつかの山と森とを越えたころ日は暮れ、ある村に泊らねばならなくなりました。宿屋に入ったときのわたしはひどくおどおどしていました。それでも部屋とベッドをあてがわれ、老婆からおどかされる夢を見ましたが、思ったより安らかに眠ることができました。

旅はかなり単調でしたが、進めば進むほど、老婆と小さな犬のことが不安になりました。犬はわたしから餌をもらえないので、飢え死にするにちがいないと思われ、森の中では、むこうから老婆が不意に現われ、わたしのほうへ歩いてくるような気にしばしば襲われました。こういうわけで、涙を流し、溜息をつきながら進んで行きました。一休みするため籠を地面におくたびに、鳥は例の不思議な歌を歌い、わたしはそれを聞きながら、捨て去ったあの美しい場所のことをありありと思い浮べました。人間の本性は忘れっぽいものですが、この前の小さかったときの旅は、現在の旅ほど悲しくはなかったような気がして、またあの時代の境遇に戻りたいと思いました。

宝石を二、三個売って、何日も旅をつづけて、ある村につきましたが、村に入るときから既に変な気持になり、はっとするところがあったのですが、その理由は分りませんでした。しかしすぐに分りました。それはわたしの生まれた村だったのです。どんなに驚いたことでしょう！　本当にいろいろな体験をしたことを思い出して、もう嬉しくて涙が頬を伝いおちました。村はすっかり様子が変って、新しい家がたち、むかし新しかった家はくずれおちていました。また火事のあったあともありました。すべてが思っていたよりはるかに小さく、ごみごみしていました。長い年月のあと両親とまた再会できるかと思うと、口では言いつくされぬほどの歓びでした。あの小さい家が見つかりました。おなじみの敷居、ドアの把手はすこしも変っておらず、何だか、昨日、自分でこのドアを閉めたような気がしました。わたしの心は嵐のように高鳴り、あわててドアを引き開けました——なかには知らない人たちが坐っていて、こちらをにらんでおりました。父、羊飼いマルティンのことをたずねますと、もう三年前、母といっしょに亡くなったということでした。わたしはすばやくひきかえし、大声で泣きながら村を出て行きました。

わたしは金持ちになったところを両親に見せて、びっくりさせてやることを楽しく空想していたのでした。奇怪な偶然によって、子どものとき夢みていたことが現実となっていたからです。——しかしいまとなってはすべてがむなしく、両親と歓びを分つことは不可能となり、わたしが人生でいちばん強く望んでいたことが永遠にかなえられなくなりました。

わたしはある気持のいい町に庭つきの小さな家をかり、女中をひとり雇いました。世間は想像していたよりいいところとは思われませんでした。それでも老婆とあの小屋にいた時代のことをいくぶん忘れて、大体のところ満足して暮しました。

鳥はだいぶ前から鳴かなくなっていたので、ある夜、不意に歌いだしたときは、すくなからずびっくりしました。しかもこんどは以前と変った歌詞で歌ったのです。

森のしじまよ
遙かにも離(さか)りしものよ
おお　いつの日か
汝(なれ)は悔いん
ああ　こよなき歓び

その夜はずっと眠れませんでした。あらゆることが思い出され、以前にもまして悪いことをしたものだと思いました。朝起きたとき、鳥を見るのが実にいやでした。鳥はたえずわたしのほうをうかがっており、その存在だけで不安になりました。もう歌をやめようとせず、いままでよりも大きな声で鳴り響くように歌うのです。そんな鳥を見れば見るほど不安になり、ついにわたしは籠を開け、手をつっ込み、頸をつかまえると、指をぐっと握りしめました。鳥は哀願するようにこちらの顔を見ましたので、手を放しましたが、既に死んでいたので、庭に埋めました。

いまはもう女中にもときどき恐怖を感じるようになりました。自分のことをふりかえってみれば、将来女中からものを盗まれたり、殺されたりさえするのではないかと思ったのです。――大分以前から一人の若い騎士と知り合いになって、その人がとても好きになり、結婚の申し込みを承諾いたしました。――ワルターさま、わたしの話はこれでおしまいです」

「きみに一度むかしの家内を見てもらいたかったよ」とエックベルトがいそいで口をさしはさんだ。「その若さと美しさを、そして、さびしい環境で育てられたことが、どんなにすてきな魅力を彼女に与えていたかを。彼女はわたしにまるで奇跡のように思われたんだ。そしてわたしは首ったけになった。わたしには財産がない。しかし彼女の愛によってわたしはこのように裕福な身分になり、二人でここへ移住してきたのだが、わたしたちは一瞬たりとも結婚したことを後悔したことはないんだよ」

「だがおしゃべりしているうちに」とベルタが言った。「もう夜もたいへんふけてしまいました。——もうやすみましょうね」

彼女は立ち上がり、自分の部屋へひきとった。ワルターは彼女の手にキスをして、おやすみなさいと挨拶して、「奥さん、お話を聞かせていただいてどうもありがとうございました。奇妙な鳥とあなたのおすがたが、また小さな犬のシュトローミアンに餌をやっておられるご様子がはっきりと目に浮びます」と言った。

ワルターも就寝した。エックベルトだけがまだ広間の中をおちつかずに往ったり来たりしていた。「人間とは所詮おろかなものなのだろうか？」と彼はとうとう独り言を言いはじめた。「はじめこちらのほうから妻に身の上話をさせておいて、いまになってワルターを信用しすぎたのではないかと後悔しているなんて！——彼はこの話を悪用しないだろうか？ほかの人々に伝えはしないだろうか？　いや、それは何とも言えんぞ。なぜならそれが人間の性なんだから、こちらの宝石を盗もうという不届きな気持を起こしてこっそり計画をたてたりしないだろうか？」

ワルターが寝にいくとき、あのようなうちあけ話のあとだから、本当ならもっと情のこもった挨拶ぐらいしてもいいのに意外に冷やかだったことがエックベルトの気になった。心はいったん不信の念にかられると、どんなささいなことにもその証拠を見つけるようになる。その後彼は正直な友のワルターを疑った自分を恥かしく思ったが、どうしてもその疑惑をぬぐい去ることができず、一晩中その考えをいじくり廻して、ほとんど眠らなかった。

ベルタは病気になったと言って朝食には現われなかった。ワルターはそんなことはほとんど気にしていないようだった。そしてエックベルトともどちらかと言うとさりげなく別れを告げた。エックベルトにはワルターのそうした振舞いが分らなかった。妻の部屋をたずねると、熱を出して寝ており、昨夜の長話が神経をたかぶらせたため、熱が出たのにちがいないと言った。

この晩以後、ワルターが友の館を訪れることはほとんどなくなった。やって来ても、あたりさわりのないことをちょっと話すだけで帰って行った。エックベルトはこの振舞いによって極度に悩まされた。ベルタとワルターには何も気取られないように注意していたが、誰の目にも彼の内心の不安が映らないですむはずがなかった。

ベルタの病気は次第に重くなっていき、医者も不安になった。頬の赤い色は消え、目がだんだん熱っぽくなった。ある朝、彼女は夫をベッドのそばに呼んでもらい、女中たちを遠ざけた。

「あなた」とベルタは言いはじめた。「あなたにあることをうちあけねばなりません。それは本当にささいなことのように思われますが、わたしの理性をほとんど狂わせ、健康をめちゃくちゃにしてしまったのです。——あなたも知っておられるように、自分の子どものときの話をするたびに、あの長いこといっしょに暮した小さな犬の名前がどうしても思い出せなかったのですが、あの晩、ワルターさんは寝にいくとき、突然、『わたしはあなたが小さなシュトローミアンに餌をやっているところを目のあたりに見るような気がします』と言いました。あれは偶然だったのでしょうか？　まぐれ当りに犬の名を言いあてたのでしょうか？　はじめから知っていて、わざと口にしたのでしょうか？　そうだとしたらあの人はわたしの運命とどんな関係があるのでしょう。この奇怪なできごとは空想にすぎないのではないかと自分を説得しようとしばしば試みたのですが、あれはたしかなことと、あまりにもたしかなことでした。わたしと何の関係もないはずの人物がわたしの記憶をよみがえらせてくれるなんて、びっくりして腰が抜けそうだったんです。ねえ、あなた、あなたはどう思われますか？」

エックベルトは病気の妻をいたわしそうに見つめていたが、黙って考えに耽っていた。それから一言二言、慰めの言葉をかけると、部屋を出ていった。そして離れたところにある部屋で何とも言えない不安に駆られて、往ったり来たりした。ワルターは多年彼のただ一人の交際相手だったのに、いまや彼を圧迫し苦しめるこの世でただ一人の人間となったのだ。この唯一の邪魔ものを除くことができたら、どんなにほっとするだろうと思われた。エックベルトは弩をとって気晴しに狩へでかけた。

それは冬の荒れもようの日だった。山の上には雪が深く降り積んで、木の枝をたわめていた。彼は歩き廻って額の上に汗が噴き出したが、獲物に出会わず、それが彼をますます不機嫌にした。とつぜん、遠くで何か動いているものが見えた。それは木の苔を採集しているワルターだった。エックベルトは無意識のうちに弩をかまえた。ワルターはふりかえって、おどすような身ぶりをしたが、矢はその瞬間に弦を離れ、ワルターは倒れた。

エックベルトはほっとしたものの、恐怖に追われるように城へ逃げ帰った。森の奥へ迷い込んでいたので、随分時間がかかった。到着したとき、ベルタは既に死んでいた。死ぬ前にワルターと老婆のことをいろいろ喋ったということだった。

その後エックベルトは、長い間まったくひとりぼっちで暮していた。しかも妻が死ぬ前から憂鬱症にかかっていた。妻の奇怪な話を聞いて不安になり、不幸なできごとが起こることをおそれていたからだ。しかしいまは自己嫌悪症に陥っていた。友を殺した情景がいつも目の前にちらついて、良心の呵責に果しなく悩まされていたのである。

彼は気晴しのためときどき最寄りの大きな町へでかけ、パーティーや祝宴に顔を出した。友達をつくり、心のむなしさを埋めたかったのだ。そんなときまたワルターのことを思い出すと、友達をつくろうという考えがこわくなった。なぜならどんな友達とつきあっても不幸になるのにきまっていると確信していたからだった。長い間ベルタと平穏に楽しく暮していたし、ワルターとの友情が幸福にしていてくれたのに、とつぜんこの二つともなくなってしまったのだ。それで自分の一生が現実のものというよりは、珍しいおとぎ話のように思われることがよくあった。

フーゴーという若い騎士がひっそりと沈み込んでいるエックベルトと交際するようになり、彼に対して本当の愛情を感じているように見えた。エックベルトはひどくびっくりしたが、期待していなかっただけに、さっそく相手の友情にこたえたのだった。それから二人はしばしば会い、フーゴーは彼にあらゆる好意を示したので、馬で遠乗りするとき二人いっしょでないことは滅多になく、またあらゆる社交の場で出会った。つまりこの二人は離れがたい親友になったようだった。

エックベルトが楽しい気持になれるのは、ほんのわずかな間だけだった。フーゴーが愛してくれるのは誤解に基づいていることをはっきり感じていたからだった。フーゴーは自分という人間とその過去を知らないから愛してくれるのだ。それで再び自分のことをすべてうちあけたいという衝動を感じた。そうすればフーゴーが本当の友人かどうか、分るからである。そう考えると、またもためらう気持と嫌われるのではないかというおそれが彼をひきとめた。ふだんエックベルトは、われながら卑しい人間だと思うことが、しばしばだったので、自分のことをすこしでも知っている人なら、尊敬してくれるはずはないと思い込んでいた。それでも衝動にうちかてず、二人だけで遠乗りをしているとき、フーゴーにすべてをうちあけて、きみは人殺しを愛することができるかと聞いた。フーゴーは感動し、彼を慰めようとした。エックベルトはほっとしてフーゴーについて町へ行った。

しかし相手を信頼したときに猜疑の念にとらわれるのが、エックベルトの業らしかった。二人が大広間に入っていって、たくさんの蠟燭のあかりで見た友の顔が気にくわなかったのがそれだった。フーゴーが意地悪い微笑をうかべているように思え、また彼とはあまり話さず、ほかの出席者たちと多く話し、彼のことはほとんど無視しているのが奇妙に思われたのだった。その席にはいつもエックベルトとはりあう老騎士がいたが、この男はいつもエックベルトの財産の額や妻のことを妙にねちねちと尋ねるのだった。フーゴーはこの騎士の相手をして、二人はしばらくのち、エックベルトのほうを目でさしながら、ここそこ何か話しあっていた。エックベルトは自分の疑惑がこれで実証されたことを知り、裏切られたと思い、はげしい怒りにかられた。それでじっと睨みつけていると、とつぜんフーゴーの顔がワルターの顔に見えた。こまかい表情までそっくりで、体つきもあのワルターそっくりだった。それでも目をそらさないでいるうちに、老騎士と話しているのがワルターにほかならないことを確信するにいたった。エックベルトは心底からびっくり仰天して、夢中になって外へ飛びだし、その夜のうちに町を去り、何回も道に迷いながら自分の城に帰りついた。

おちつかない亡霊のように彼は部屋から部屋を駆け廻った。何を考えてもおちつかなかった。恐ろしい想像からもっと恐ろしい想像に落ち込み、眠れなくなってしまった。しばしば自分が発狂していて勝手におかしな空想にふけっているのだと考えることもあった。しかしまたワルターの顔が思い出され、すべてがますます分らなくなるのだった。それでエックベルトは旅に出て、考えを整理しようと思った。友情や交際を求めることはもう永久に諦めていた。

彼は行く先をきめないで出発した。それどころか、目の前の風景さえろくに見ていなかった。できるかぎり速く馬をとばして二、三日進むと、岩場の曲りくねった道に迷い込んだが、出口はどこにも見つからなかった。やっと一人の農夫に会って、滝を越えて行く小道を教えてもらった。エックベルトはそのお礼として小銭を与えようとしたが、農夫はことわった。「これはどうしたことだ」とエックベルトは独り言を言った。「またこいつをワルターと思うところだった」そしてもう一度ふりかえって見ると、農夫はまさにワルターだったのである。彼は馬に拍車をくれると、できるかぎりのスピードで、牧草地や森をつぎつぎに越えて逃げたが、馬がとうとう疲れて倒れてしまった。それでも徒歩で旅をつづけた。

彼は夢心地で丘を登って行った。近くで元気のいい犬の吠える声が聞こえるようだった。ときどき白樺の木が風に鳴り、奇妙な調子でつぎのような歌が歌われているのが聞こえてきた。

森のしじまは
再びわれを歓ばす
悩みは起こらず
ねたみ心もなし
再びわれを歓ばす
森のしじまは

ここでエックベルトの意識と分別とがなくなった。いま夢を見ているのか、むかしベルタという女のことを夢見たのか、その謎はどうしても解けなかった。このうえなく不思議なことが、もっともありふれたことと混じりあった。周囲の世界が魔法にかけられ、考えたり、思い出したりする能力を失った。

背中が曲った老婆が松葉杖をつき、咳こみながら丘をひとり登って来た。「わしの鳥をもって来てくれたか？　わしの真珠と犬はどうした？」と老婆はエックベルトを怒鳴りつけた。「見ろ、悪事にはかならず報いがあるのだ。わしはお前の友人のワルターであり、フーゴーだったのさ」

「おお、神よ！」とエックベルトは低い声でつぶやいた。「わたしは何という恐ろしい孤独の中で一生を送ったことでしょう！」

「それにさ、ベルタはお前の妹だったんだよ」

エックベルトはどっと地面に倒れた。

「なぜベルタはわたしを欺して逃げだしたのか？　あんなことをしなければ、すべてがうまくめでたし、めでたしでおわっていただろうに。彼女の見習い期間はもうおわっていたのにね。彼女はある騎士の娘だったが、騎士は彼女をある羊飼いに育てさせたのだ。その騎士というのがお前の父親さ」

「なぜわたしはこの恐ろしい事実をぼんやり予感していたのだろうか？」と彼は叫んだ。

「子どものころ、お前の父がそのことを話すのを聞いたことがあるからさ。彼は妻の手前、ベルタを手許において育てることができなかった。ほかの女に生ませた子だったからだ」

　エックベルトは気が狂い、まさに死のうとして息もたえだえに地面に倒れていた。老婆の話す声、犬の吠える声、鳥が例の歌をくりかえす声がぼんやり入りまじって聞こえていた。

（訳・著者紹介＝前川道介）

オルラッハの娘

ユスティーヌス・ケルナー

ユスティーヌス・ケルナー

一七八六―一八六二。ルトヴィヒスブルクにその地区長官の息子として生まれる。テュービンゲン大学で医学を修め、文学に関心を持つ。修業のため各地を転々とし、ヴァインスベルクで開業する（一八一九年）。かたわら降霊術、神秘学などを研究し、精神病者の診療にもあたる。本編は、頻発するオカルト現象が、四百年前の一修道僧の犯罪と関連があることを述べた作品で、診療経験に裏打ちされた医者としての驚きや戸惑いの真率な表現ともとれる異色作である。

ヴュルテムブルク州のハル郡にある小村、オルラッハに、極めて実直だとあまねく村民の間で知られていた百姓（いつしかこの村の村長に選ばれていた）の一家族が住んでいた。名はグロムバッハといい、ルターの教えを信奉していた。この家庭には、神を敬い正直を尊ぶ気風があったが、みだりに信心ぶるところはなかった。その生活ぶりはごく普通の百姓と変らず、家畜小屋や野良での仕事が唯一の作業だった。グロムバッハには四人の子供があり、いずれも父の言葉をよく聞いて野良仕事にせっせと精を出していた。そのうちでも熱心さの点では、とりわけ二十歳になった娘のマグダレーネがきわだった面を見せた。打穀や麻の実取りや草刈りなどは、朝早くから夜遅くまで何週間もの間、主に彼女の仕事になることがよくあった。学校の授業となると、ほかの仕事には才覚を発揮したのに、あまり呑みこみが芳しくなく、卒業してからも本に馴れ親しむなどということは見受けられなかった。元気を持てあましているというわけではないが、丈夫で潑剌としていて、いわば自然のままに育った健康な娘であり、これまで一度も病気をしたことがなかった。ほんのちょっとした病気にもかかったことがなく、痙攣、回虫病、発疹、鬱血なども起したことがなかったし、従って薬の類いなど一粒も口にしたことはなかったのである。

一八三一年の二月のことである。それ以前にグロムバッハは新しく牝牛を一頭購入していたが、その牝牛が同じ小屋のなかながら、繫いでいた場所とは違うところに繫がれているという事態が、それも何度にもわたって出来(しゅったい)したのである。家の者ならこんないたずらは誰も絶対するはずがない、そう確信していた矢先のことだっただけに、グロムバッハは一層異様な気がした。

それからしばらくしたある日のこと、小屋に繋いでいた三頭の牝牛の尻尾(しっぽ)が、揃いも揃っていやに凝(こ)った結び方で編みあげられる事件が急に起った。まるで器用な縁飾り職人がやったと思われるような凝りようで、念のいったことに編まれた尻尾がさらに互い違いに三つとも結び合わされていたのである。家の者がこの尻尾の編み目をほどいても、何者とも知れぬ者の手でいつの間にかすぐ元通り編みあげられていた。しかもその早いことといったら、例えばそれをほどいてすぐに人気のない小屋に連れ戻ったと思った途端、どの牝牛の尻尾も凝りにこって念入りな編み方がほどこされていたし、それも日に四、五度にわたったのである。こうした奇怪な出来事は数週間も毎日のようにつづき、その張本人を血まなこで探し出そうとしたが、どうしても発見できなかった。

このようなことが頻発している時期のこと、娘のマグダレーネがたまたま牛の乳をしぼりながら坐っていると、何者とも知れぬ者の手が空中から飛んできて、もの凄い平手打ちをくらわせ、かぶっていた頭布が壁のあたりまではじきとばされ、そこに落ちたままになっていたのを、彼女の悲鳴を聞きつけて駈けつけた父親が拾いあげたことがある。

頭部が白く胴の黒い一匹の猫がこの小屋に出没するようになったが、いったいどこから現われ、また消えるときにはどこへ行ってしまうのか誰にもわからなかった。あるとき娘はこの猫に跳びかかられて足を噛まれ、その歯型がいくつか彼女の脛のあたりに残っていた。誰もこの猫をとり押さえることができなかった。どの入口もぴったり閉められていたので、どこから現われたのかわからないのに、その小屋から烏か大鴉のような正体不明の黒い鳥が飛び出したこともあった。

こうした大小さまざまの奇態な事件がこの小屋に起るままに、やがて一八三一年も暮れていった。ところで一八三二年の二月八日のことであるが、娘が弟と小屋の掃除をしている最中、小屋の奥でもの凄い火の手があがるのを二人は目撃した。

水だ、水だと声がかかり、すでに屋根から炎があがり出して隣人の気づくところとなり、数桶の水がかけられるだけで間もなく消しとめられた。こうなると家の者たちは大いに恐慌をきたしたが、火の手のあがった原因を糾明できず、誰か恨みのある者でも火をつけたのじゃないかと、推測するほか仕方がなかった。

家のあちこちで不審火が起ったり、実際に類焼まで蒙るようなことが、この九、十、十一日とくりかえされ、結局グロムバッハの要請で、村役場はこの家のなかと外に昼も夜も見張り番をおくことにしたが、それにも拘らずまたもや家のあちこちでぼや騒ぎがあった。こうした由々しい事態にグロムバッハの家族は、やむを得ず家を空にしておかねばならなかった。しかしこの処置もなんの効果もなかった。というのは、いくら見張っていてもあるときはあっち、あるときはこっちという具合に、今では空き家同然なのに何度も不審火が発生したからである。不審火が起らなくなってから二、三日後の朝六時半のこと、マグダレーネが再び小屋に入ってみると、石垣の片隅のあたりに（グロムバッハの家は、一部相当に古い石垣を礎石にしていた）、子供のような泣き声を耳にした。早速父親にこの話をすると、父親も小屋に入ってみたが、その耳にはなんの物音も聞きとれなかった。

その日の七時半頃、小屋の奥の石垣のあたりに、女のようなぼーっとした人影が立ったのを娘は目にした。頭と腰に黒い帯のようなものを巻いていて、手招きするのである。

その一時間後、娘が牛に餌をやっていると、同じ人影が現われて口をきき始めた。その影はこう語りかけた。「この家をとりこわして。この家をとりこわして。来年の三月五日までにこわしてしまわないと、あんたたちに災いがふりかかるよ。だけど、さしあたっては大したことはないから、もう一度家に戻って住んだらいい。しかも今日じゅうにね。さっき言った日まではなにも起させはしないよ。万一もっと前に家が焼け落ちてしまったのなら、それはある悪霊の仕業だったことになるが、あんたたちを守るために、そうならないように私が防いでいたのだよ。だけど、家が来年の三月五日までにとりこわされなければ、災いがふりかかるのは私にも防ぎようがなくなる。だから、そうすると約束して欲しいのだよ」

娘はその霊に向かって、その通りにしますと約束した。父と弟がそばにいて、娘の話し声は耳にしていたものの、それ以外はなにも見えも聞こえもしなかったのである。

娘の語るところによれば、その霊は女の声を出し、訛りのないドイツ語で話したという。

二月十九日の夜、八時半頃、その霊は娘の枕元に現われて、「私はあんたと同じく女性で、あんたと同じ日の生まれなんだよ。どれだけ長い長い年月、私はこの辺をさ迷っていたことだろう。神ではなくて悪魔に仕えている悪霊に、私はまだ縛られているのだよ。あんたは私の救済を手伝うことができる人なんだよ」

娘は尋ねた。「あなたが救済されるようにお手伝いできたら、なにか宝でも貰えるの」

霊はこう答えた。「地上の宝なんて心にかけてはだめだよ。そんなものはなんの得にもなりません」

四月二十五日の昼の十二時、その霊はまたも娘が小屋にいるところへ現われ、「今日は、娘さん。私もオルラッハ生まれで、アンナ・マーリアという名前だったのだよ。一四一二年の九月十二日に生まれたのさ。（娘の生年月日は一八一二年九月十二日である）十二歳のときごたごたや揉めごとつづきで、私は修道院に入れられたのだが、私の意思ではなかったのだよ」と語った。

娘は訊いた。「いったいあなたはどんな悪いことをしたの」すると霊は、「そのことはまだあんたには言えない」と答えた。

それ以来、霊が娘のところに現われるたびに、霊が口にするのは宗教的なことばかりとなり、しかも大抵は聖書から引用した言葉だったが、そんなことでもなければ娘の記憶には全然残らないものだった。こうした折りに霊はこう語ったものである。「尼僧だったくせに聖書のことはなにも知らない、と私は思われているようだが、聖書にあることはほとんど全部知っているのだよ」霊は大抵の場合、詩篇の一一六篇を唱えるのだった。

ある日のこと、娘は霊にむかってこう言ってみたことがある。「そんなに前の話ではないけれど、牧師がわたしのところに見えて、ほかの人のところにも現われることができるのか、あなたに訊いてみなさいと言ったのです。そうすれば、わたしが幻覚に襲われたのじゃないことがわかるだろうって」それに答えて霊は、「牧師がまた来たら、こう言ってやりなさい。目で確かめられないからといって、四つの福音書に書いてあることもあなたには信じられないのかってね。私が（霊が）どんな様子のものか話しなさい、とほかの牧師も言ったんでしょう。（事実その通りだった）もしもどこかの牧師がそんな話をしたら、その牧師に言ってやりなさい。日がな一日太陽を見つめてごらんなさい、それから太陽がどんなものか言って貰いましょうって」

娘は口をはさんだ。「あなたがほかの人のところに現われたほうが、誰だって信ずる気になるんじゃないかしら」これに対して霊は溜息まじりに、「ああ、神さま。私が救済を受けられるのは、いつの日のことになるのでしょう」と言うと、大変悲しそうな様子を見せて姿を消した。

娘はひとりごちた。自分はあの霊相手の質問だけを考えていればいいんだ。そうするだけで答が得られるんだ。頭のなかで考えただけで、決して口に出そうとしなかったことでも、霊は「もう私にはわかっているよ。私に知らせようと口に出す必要はないよ。でも言ってごらん」と話したことがあるんだから、と。

娘はその霊によく質問してみたものである。なぜそんなに苦しんでいるのですか。悪霊に縛られていると言っていますが、いったいどんな状態なのですか。なぜ家をこわしてしまわないといけないんですか、などと。しかしそのたびに霊ははぐらかすような返事をするか、溜息をつくばかりだった。——

二月から五月にかけて、霊はいろんな日に娘のところに現われ、いつも信心深い言葉を口にし、悪霊との関係を悲嘆まじりにほのめかすことがよくあった。いつだったかこう言ったことがある。「しばらくはもう来られなくなるよ。入れ代りに黒い色をした例の悪霊にあんたは悩まされることになるよ。だけど、あんたは毅然としたところを見せ、悪霊には絶対返事をしないようにするのだよ」と。そういうときに起る現象についても、何度も前もって話してきかせてくれ、例えばさまざまの人物に化けていつか現われるのだから、とも言った。

六月二十四日、洗礼者ヨハネの祝日、家の者全員が教会へ出払い、娘だけが昼食の用意のために居残って、ちょうど台所のかまどのところにいたときのことである。突然小屋のなかでバタンという大きい物音がするのが聞こえた。なんだろうと彼女は覗きに行こうとした。ところがかまどから離れかけて、そのかまどの上に妙な黄色い蛙がうようよしているのを目にした。一瞬びっくり仰天したが、何匹かを前掛けのなかに捕まえておいて、どんな変り種の蛙か両親が帰ったときでも見せてやろうと考え直した。ところが前掛けで何匹かを捕まえようとした矢先、誰かが床の下から、(娘は例の女の霊の声のような気がした)「マグダレーネ、蛙なんか放っておくんだよ」という声が聞こえ、蛙どももいなくなった。

七月二日の朝二時頃、父親は娘と連れだって原っぱに草刈りに出かけた。二人が家から六十歩ほど行きかけたところで、娘はこう口をきいた。「ほら、あそこで隣の作男がわめいているよ。おい、マグダレーネ、俺も一緒に行くぞって」父親の耳には聞こえないのに、その声がもう一度同じことを呼びかけ、おまけに嘲笑しているのが娘には聞こえたのである。彼女は「こっちへ来るわ」と言ったが、よく見ると黒猫だった。二人は歩き出したが、そのとき娘は「今度は犬だよ」と言った。二人が原っぱの近くまでやってくると、そこでは黒い若駒になっていた。しかし父親やほかの人には見えず、二時から七時までは娘の目にだけ映り、草刈りの仕事も大変骨が折れた。――

七月五日の朝三時、娘はまたも草刈りに出ていたが、ある声に呼びかけられた。「マグダレーネ、いつもお前を訪ねるあの女はいったい何者だと思うんだい」そう言いながら大いにせせら笑った。

急に娘が父親に声をかけたことがある。「今度はなにかが来るわ」すると首のない黒い馬が現われ、彼女の前とか後ろとかを跳びまわった。首はついさっき切り落とされたばかりのように、切り口も生々しい赤身を見せたり、首根っこに皮一枚かぶさっていたりした。

午後の十二時、原っぱで干し草を拡げていると、一人の黒装束の男が彼女のほうに近づき、彼女の動きに合せて原っぱをついてまわり、こう話しかけた。「いつもお前を訪ねる女は、ほんまのおぼこ娘さ。あいつはなにが望みだと言っているんだ。あいつには返事なんかしちゃだめだぜ。悪い人間なんだからね。でも俺には返事してくれ。そうすりゃ、お前の家の地下室の鍵をあげるよ。あそこにはものすごく古いワインが八桶もあるし、うまいものがたんとたんとあるんだ。お前のおやじさんも酒を長い間楽しめるぞ。こりゃ一考に値するこったぞ」そう言ってせせら笑うと、さっといなくなった。

七月四日、朝三時、娘が草刈りに出かけると、首なしの黒ずくめの男がやって来て、「マグダレーネ、今日は草刈りの手伝いをしてくれ。一列につき月桂樹銀貨（ラオプターラー）一枚あげるから。わしのターラー銀貨がどんなにすばらしいか、一目見たらお前もきっと草刈りを手伝う気になるさ。俺のことを知らないって？　宿屋の伜じゃないか。もし俺がまたビール蔵に行くことがあれば、お前にもビールをわけてやるよ。草刈りの手伝いをしてくれればな」こう言いながら黒ずくめの男は、しきりに愚弄するような笑いを浮かべていた。十五分ばかりそこにとどまってから、去り際にこう言った。「お前のところにいつも現われるあの女（白い霊のこと）みたいに、お前もとんだおぼこ娘だな」

五時にはまた黒装束の男の姿に戻って現われ、大鎌を手にしながらこう話しかけた。「お前たちがいつもより早く片づけられるように、この辺の草刈りはお前の分も手伝ってやるよ。それがすんだらお前は俺と出かけるんだぞ。そのときはおぼこ娘のところへ行こう。そこでは食べものも飲みものもわんさと出るよ。ともかく俺に親切にし、返事をして貰いたいね。お前の大鎌を研いであげるから貸してごらん。ほれ来た。これですぱっと切れるぞ。地面から苔だって切り出せらあ。それにお前が口をきいてくれたら、おまけにたくさんのピカピカのターラー銀貨もな」男は七時まで彼女につきまとっていた。彼女はこの日一日じゅう大鎌を研ぐ必要などなかった。それほど大鎌はいつまでも切れ味がよかった。

昼の十二時にその黒装束の男は、またもレーキを手に原っぱに来ていて、「ちゃんとした日雇いがすぐ来るぞ」と言った。男はマグダレーネのあとから干し草をひっくりかえしながらついて来て、いつも仕事に割りこむようにして話しかけた。「とにかく口をきいてくれって。馬鹿だな、お前は。返事をしてくれれば金がどっさり入るぞ。どんな返事をしてくれても宝ものをあげるさ。俺は金持なんだからな。マグダレーネ、いい天気がつづくように一度ミサをあげて貰ってくれ。どんなにあがいても、お前のためにはならんぞ。ミサを一度あげて貰ってくれ」そう言うと男はせせら笑って、姿を消した。

すでに述べたように娘はルター派の信者で、カトリック教徒ではなく、オルラッハには一人もカトリック信者はいなかった。

黒一色に見えるこの男の着ているものは、生前は修道僧だったとその口からあとになって聞いたこともあって、修道僧がつける僧衣のようなものに娘には思われた。七月五日の朝、またも娘が原っぱに出ていると、隣家の者の声で彼女の後ろからこう呼びかけた者がいた。「マグダレーネ、お前は砥石を持ってこなかったのかい。今日はどうもちぐはぐだ。わしは家に砥石を忘れてきてしまった」娘はふり返ったが、別に返事はしなかった。(彼女がいつも断乎として避けていた点である。実際の人間の声が返事を求めていると確信できたときでも、そうだった)よく見ると黒ずくめの修道僧が立っていて、さらにこう言いつづけていた。「なあ、誰にしても昔いたところにしょっちゅう行けるとしたら、それはすばらしいことだと思わんかね。お前は人を見分けられなくなっているんだと思うよ。お前がもう人の見分けもつかなくなっているんだとしたら、死ぬことになるぞ。よく見てみろよ。わしはお前の隣の者じゃないか。お前の父さんは、今日持って行こうとしていたあの本をどうするつもりだったんだい。——ミサでもあげるつもりだったのか」そう言うとからかうように笑った。(誰かが父親に新約聖書を携行するようにと忠告し、物の怪でも現われたら、すぐにもそれに向かって聖書をかざしたらいいと言ったのだが、雨のために沙汰やみとなっていたのだ)「マグダレーネ」と男は言いつづけた。「お前は大鎌をちゃんと研いでいないな。いいか、こういうふうに地面に坐って、大鎌をスカートのなかに押さえこんでおかないといかんぞ。腰をおろせ。いいか、こうやって研いで、返事するぐらいの親切心は起してくれよ。そうすれば大鎌で地面から苔までさっと切れるし、おまけにピカピカのターラー銀貨がたんまり貰えるぞ。待て、マグダレーネ。虻がお前を刺すところだぞ。(確かにその通りだった)追っ払ってあげるよ」(男は事実虻を追い払ってくれて、その日一日はもう一匹も襲ってこず、彼女の大鎌も研がなくても一日じゅうよく切れた)男はさらにこうも言った。「ところでな、マグダレーネ。お前を連れてブラウンスバッハに(近くのカトリックの村である)行くようにって、父さんに言うんだぞ。そこでいい天気がつづくようにミサをあげて貰えばってな。——とにかく返事をしてくれなきゃだめじゃないか」

この日の昼の十一時半、例の黒装束の修道僧は原っぱにいた娘のところにまたも現われた。背嚢をしょって大鎌を手にし、草を刈り始めながら話しかけた。「マグダレーネ、お前たちがこんな汚い刈り方をしていたら、近所の恥さらしになるぞ。だからさ、わしと取引きする気はないか。お前の大鎌をわしに貸してくれないか。そうしたらわしのをお前に貸してやるからさ。いいか、そうしてくれればわしのしょってる背嚢だってあげるよ。このなかには、お前がまだ見たこともないピカピカのターラー銀貨がいっぱい詰まってるんだ。それを全部やるよ。ともかくわしに返事をしないとだめだ。わしがここに来たことは、お前のおやじさんにすぐ話しちゃだめだぞ。そうしないと、わしはすぐ帰らねばならん」

この言葉を聞くとすぐ、またあの坊さんが現われたよ、と娘は父親に注進に及んだ。すると修道僧はたちまち帰りかけ、「わしと一緒にお前も帰ってくれ。天気がつづくようにミサをあげて貰おうと思っているんだから」とからかうように捨て台詞を言い残して行った。

七月六日の朝の二時半頃、娘が畑に出ていると、背後から家の小間使いの声がした。「マグダレーネ、すぐに原っぱのお父さんのとこへ行ってよ。どこへ行く気よ。ほれ、返事をしてよ」娘がふり返って見ると、小間使いではなくて、黒い小牛だった。それはこう口をきいた。「ほうれ、今度こそお前に一杯くわせられるところだったんだがなあ。お前のおやじさん、聖書なんか持ち出したって、わしを追い出すわけにはいかんさ。皆が口説いたって、おやじさんはそうする気にはならんのさ。聖書がなんだい。こけおどしさ。ミサのほうがまし、数段上等さ。なあ、マグダレーネ。わしと一緒にブラウンスバッハに行こう。天気がつづくようにミサをあげて貰おうぜ」

七月八日、朝五時、屋根裏部屋にいた娘がちょうどベッドを整えているところへ、例の男が現われ、村の宿屋の女中の声につくって背中越しに呼びかけた。「お早う、マグダレーネ。うちの主人とおかみさんが、あなたにブラウンスバッハに連れて行って貰えって、ここにわたしを遣いによこしたの。坊さんの言ってた通り、天気がつづくようにミサをあげて貰うようにって。それも一グルデン分のミサをね。だってそのほうが四十八クロイツァー分のものよりも上等だからね。あなたのお父さんも一グルデン分のミサをあげて貰うよう、お父さんを説き伏せて欲しいわけよ。干し草をたっぷり家に持ち帰れるとしたら、それだって大したことじゃない？　そうでしょう」すんでのところで娘は返事をするところだったが、話を聞き流しながらベッドをなおす手をとめ、ふり返って見ると例の黒ずくめの修道僧だった。相手はからから笑って、「今はひっかけ損なったとしても、そのうちきっと目に物みせてやるからな。おやじさんに言っておけ、おやじさんのために四十八クロイツァー分のミサをあげてやるってな。そいつは一グルデンの値打ちのあるミサにしてやるよ」そう言って再び笑うと、どこかへ消えた。

それから間もなくのこと、彼女の妹と彼女は、小屋の一本の梁の上に見慣れぬ小袋を見つけた。おろそうとするとチャリンチャリンと鳴った。二人があけてみると、そのなかに数枚のターラー銀貨がほかの硬貨にまじって入っていて、全部で十一グルデンもあった。これほどの金がどうしてこんなところに見つかったのか、納得のいかないことだった。なにしろ、自分の持ち金が足りなくなった者は家族には見当らないし、そのほかを当っても申し出る者はいなかったからである。そういうときに黒装束の修道僧がやってきて、「それはお前のものだよ、マグダレーネ。前に小屋でお前に平手打ちをくわせた償いだよ。その金はH村のある男からとって来たものだが、その男はあの日六カロリンの詐欺を働いていたのさ。マグダレーネはそのお礼を言うんだな」と言った。しかしこんなふうに持ちかけても、娘に口をきかせるようにさせられなかった。その夜、彼女のもとに白い霊が現われ、「いくら話しかけても、あんたがあいつに返事をしないのは立派だよ。あの金は持っておかないで、貧乏な人にあげるんだね」（家の者は結局その三分の一をシュトゥットガルトの孤児院に、三分の一をハルの救貧院に、さらに三分の一を当村の学校基金にと寄贈した）

なおもその白い霊が語ったことは次のようなものである。「お前が近いうちにハルに行くことがあれば、誰かが呼びとめるまで町を歩きつづけるんだね。その人はお前にお金をくれるだろうが、それで讃美歌集を買いなさい」娘は事実ハルに間もなく出かけることになり、ある通りを歩いていると一人の商人が店に呼び入れた。あんたは例のオルラッハの娘かと尋ね、さらに彼女の話を聞かせて貰って、一グルデンを心づけにくれた。彼女はその金で早速にも讃美歌集を買い求めた。

　十日のことである。娘が村はずれの森の泉で家畜に水をのませていると、例の黒ずくめの修道僧がまたも近づいて、隣のハンゼルの声を真似てこう言った。「お前の父さんが俺に言ったんだ。おい、ハンゼル。今回はお前のところに誰も走り使いがいないな。すまんが、マグダレーネのところへ行って来てくれ。今あいつは一人で家畜を連れて森の泉のところにいるんだ。だから、あの黒坊主があいつに近づいて返事を無理強いするかもしれん。そうなったら、あの子に大変なことが持ちあがらんとも限らん、ってね。それで俺がこうして来てあげたのさ。なあ、坊主は来ちゃおらんだろう。それはそうと俺も話したいことがあるんだ——なんの話か知りたいか——昨日、俺がお前の家に行ってたときな——あれは昨日だったけ、それとも一昨日だったけ——お前が俺の赤ん坊を抱いて庭に出て行っただろう。あのときな、俺とお前の父さんと二人きりになったら、父さん、お前のことをえらくお冠りでこう言ってたぞ。マグダレーネの奴は金輪際もう家におくもんか。あいつはどっかへやっちまわんといかん。尼僧院にでもやるか——こりゃ父さんにしちゃ妙な言い草だと思わんか——それとも嫁にやるかせんとな、ってな。父さんはそう言っていたが、俺にしちゃ間違ってるよとも言いかねたな。尼僧院のことはどう思うね。俺が兵隊にとられてたとき、一度尼僧院に入ってみたこともあるがな、人が言うほどには悪くないところだ。ただこれだけは言っておきたいな。お前の仲良しの宿屋の娘な。あの子も尼僧院に入る気だぞ。だけど結婚するほうがいいというんなら、はっきり言えよ。嫁さんになるつもりなら、ちゃんとした男を見つけてやるさ。お目当ては誰だい。——結婚するんだったら、お前が働きたいだけ働くがいい。だけど尼僧院に行く気なら、なんにもする必要はないさ。だからだよ、宿屋んちのカタリーナが尼僧院に行く気になったのは。あいつは働くのはてんで嫌いなんだからさ。嫁に行こうと尼僧になろうと、お前はもう麦束をつくる必要はなくなるさ。今晩ちょっくら寄って、お前たちのために束をつくってやるよ。お前たちは束つくりを仕上げてしまったって？　え？」——娘は相手に返事をしなかった。というのも、声はそっくり似せていても、例の黒い修道僧だと見極めがつかないほどには、容姿は化けきれていなかったからである。今度もさっといなくなった。ところがその言葉通り、隣のハンゼルは（正真正銘の当人）、その晩彼女が麦束をつくるのを手伝ってくれた。あの黒坊主が昼に森の泉に現われ、自分になりすまして前述の約束をしたことなど、本人は知りもしなかったのである。

七月十二日、十時十五分、娘のもとに例の白身の女がまたも現われた。女は祈禱を始めた。「ああ、イエス、果たしていつ私は救われることになるのでしょうか」それからこう言った。「あんたは私の心配をふやしているよ。あの悪霊の攻撃にも毅然としていなさい。ともかく絶対に返事をしてはいけません。あんたがなにか口をきいて、はいとでも言ったら、家はたちまち炎に包まれていただろうよ。というのも、これまで何度もぼや騒ぎを起して、家を台無しにするところだったのも、あの悪霊の仕業だったんだからね。私にしても対抗処置をとろうとしなかっただろうさ。あいつはあんたをますます怖がらせるだろうが、答えてはいけないよ。一言だって口をきいてはいけないよ」——それからさらに、昔の尼僧院があった場所を教えてあげるよ、とも言った。女は彼女の先に立って村のなかを少しばかり行くと、ここがその場所だと教えた。

七月十五日の朝、娘がたった一人で部屋にいると、例の黒坊主が熊に姿を変えて近づき、こう言った。「これでうまく行ったぞ、お前を一人占めにできるんだからな。返事をしてくれ。お金をたっぷりあげるよ。なぜあの女（白い霊のこと）にすぐ返事をしたのだ。あいつは金をやるなんて約束なんかしないだろう？　そんなにあくせくやって、いったいなんの得があるんだい。朝早くから夜遅くまで緊張と苦労の連続じゃないか。小屋の掃除や乳しぼり、草刈りや脱穀という具合にな。一言返事さえすればお前は金持になり、一生そんなくだらんことはしなくてすむんだぞ。一言返事してくれ。そうすればもうお前をいじめたりはしないよ。それにたわ言を言うだけで、なにもお前にくれないあのおぼこ娘だって現われなくなるさ。だけどお前が返事してくれないとなると、わしがこれからどんないじめ方をするか、とっくり拝ませてやるからな」

こうしたことがあってから、この黒坊主は気味の悪いいろんな動物に姿を変え、しかもおどしつけるような恰好で現われた。例えば熊とか蛇とか鰐の姿になり、もう人間に化けて出ることはなくなった。あるときは金をあげると約束し、あるときは責め殺すぞとおどした。思いあまって何度か聖書をつきつけると、途端に消えた。

八月二十一日には、胴の真中に首のある奇怪な動物になって出て来た。娘はベンチに坐って編物の最中だった。彼女は気絶して倒れ、辛うじて「あの黒坊主」と洩らした言葉のほかは、誰も一切耳にすることができなかった。数時間にわたって失神状態にあったが、こうした発作は次の日も一日じゅう頻発した。彼女は自分に近づこうとするものはなんでも、左の手足をばたつかせて寄せつけず、左半身のこの躁状態は、家の者が聖書をその近辺へ近づけると特にひどくなった。

両親はこの状態をいくら考えても皆目見当もつけられなかったので、牧師や医者に来て貰った。医者が娘に痙攣を起したのかと訊くと、娘はそうじゃないと答えた。それじゃ病気なのかと訊くと、いいえと言う。いったいなんだねという詰問に、「黒坊主よ」と答えるばかり。その男はどこにいるのだ、と訊き返すと、「ここなの」と右手で左の脇腹をたたいた。

彼女に刺絡を施すことになり、蛭を吸いつかせた。娘は催眠術にかかったような一種の夢遊症に入り、そのままの状態でこう口をきいた。「こんなことをしても無駄よ、わたしは病気じゃないわ。骨折り損になるだけよ。どんな医者も助けられないわ」と。「いったい誰なら助けられるというんだ」と問い詰められたりした。そのとき娘は急にぱっと目を覚まし、「わたしは助けられたわ」と嬉しそうな顔を見せて言った。「誰が助けてくれたのだ」という皆の問いに、「あの女の方よ」(白い霊のこと)と答えた。

彼女はこう説明したのである。「わたしが倒れる前にあの黒い霊が、気味の悪い恰好をして襲いかかってきて、わたしを押さえつけ絞め殺すぞとおどしたんです。今度こそ返事をしなければ、おどしだけではすまないぞって。これでわたしも死ぬんだなと思ったとき、あの白い霊が現われてわたしの右側に立ってくれ、黒い霊のほうが左手にいました。わたしにはそう見えたのですが、二つの霊はお互いに争っていたようです。わたしには耳慣れない言葉でやりあっていたのですが、とにかくちゃんと聞こえるほど大きい声でした。結局白い霊の前から黒い霊はひきさがり、わたしは正気に返ったのです」そうした状態の最中、家の者が彼女に向けた質問のことは、彼女は全然覚えがないとも言っていた。

娘は自分が示していたみじめな状態を聞かされて涙をこぼし、皆が痙攣を起していたんだよと話すと、一層泣き悲しんだ。

こうしたことで彼女が大いに悲しみにくれていた八月二十三日のことである。白い霊が彼女のところに現われて、こう言った。「今日は、マグダレーネ。気に病むことはないよ。あんたは病気なんかじゃないからね。家の者にはあの状態は判断できっこないよ。あんたはこれからも何度も倒れることがあるかもしれないけれど、私が守ってあげるから別に危害は及ばないよ。それに霊魂を信じない人たちの戒めにしなくてはね。まわりの人たちはきっとこう言うかもしれないね。なぜそうした霊魂がなにも知らない娘のところに現われるんだろう。あの子は学校のほうもからきしだったし、なにも物を知らない、どうということのない子だ。霊は尼僧だったというが、尼僧なんてマリアさまとか十字架のことしか知らないもんだ、ってね。ところがそういう人たちは、『兄弟よ、われ以前に汝らに到りしとき、神の証しを伝うるに言葉と知恵との優れたるを用いざりき。イエス・キリスト及びその十字架につけられ給いしことのほかは、汝らのうちにありてなにをも知るまじと心を定めたればなり。われ汝らとともにおりしときに弱く、かつ懼れ、いたく戦けり。わが談話も、宣教も、知恵の美しき言葉によらずして、御霊と能力との証明によりたり。これ汝らの信仰の、人の知恵によらず、神の能力によらんがためなり』と、ものの本に書かれているのを知りはしないのだよ。医者どもやほかの学者どもがあんたを検分にやって来ても、誰一人なにも知りはしないよ。あの子は気が狂っているんだという人もいれば、催眠状態に陥っているとか癲癇質なんだとかいう人もいるだろう。だけど、マグダレーネ。そんなおしゃべりを気に病むことはないんだよ。だってそんな取り沙汰はなに一つ本当じゃないのだし、あんたの悩みも来年の三月五日には方がつくのだからね。ただ、家をとりこわすという約束だけは守ってちょうだい」そう言い終ると、霊は詩篇の一一六篇を唱え、再び姿を消した。

このことがあってから娘の父親も、家をとりこわして新しい家を建てるいろんな手だてを講じるようになった。多くの人に奇異の感を与えるのも構わなかった。

白い霊が再び現われたとき、霊は聖書から選んだ励ましの言葉を口にしてから、娘に次のようにも語った。「あの黒い悪霊があんたの体にすっかりとり憑いてしまう時期がくるかもしれない。だけど安心していいよ。そうなってもあんたは必ず、悪霊にとり憑かれた体から自分の精神を脱け出させて、その精神も安全なところに避難させられるだろうからね」と。

その言葉通り八月二十五日からは、黒い悪霊のしかける試練は激しさを増し、もはやなにかの姿恰好をとって彼女の身辺だけをうろついてばかりいなくなり、今や現われたと思った途端、彼女の内側全体を自由に操ったり、彼女の体にまで入ってそのなかから悪霊の口調で語り出すようになった。

八月二十四日以来、例の黒坊主が娘のところに現われるときは、いつもそんな振舞いをするのである。娘は仕事中であっても、黒坊主が人間の姿に（長い僧衣を身にまとった男のなりをしていたが、濃霧から出て来たかのように、その顔までは彼女にもはっきり言うことができない）なりすまして、近づいて来るのが見えるのである。そういうときには、黒坊主が二言三言語り出すのを耳にするわけだが、大抵は「お前はまだわしに返事をしない気なのか。わしのいじめ方がどんなものか、用心しとけよ」とか、そういう類いのことだった。彼女が受け応えを拒絶する態度を頑(かたく)なに守っていると（もちろん一言も話さなかった）、黒坊主はいつもこう言ったものである。「さて、そういうことなら、お前の気持なんかに構わずお前のなかにもぐりこむとするか」そう聞こえたかと思うと、黒坊主が自分の左わきに近づくのが目に入り、冷たい五本の指が首筋を摑まえるや、それと同時に体のなかに入りこんでくるのが感じられたのだ。その途端、彼女の意識は遠のいてしまうが、実際はその人格まで失われていたと言っていい。こうなると彼女の体のなかには彼女はおらず、そのなかから発するがらがら声は彼女のものではなく、黒坊主のものだった。しかし彼女の口はちゃんと動いているし、悪魔に憑かれたような歪んだ表情ではあるが、確かに彼女の表情でもあることに間違いはなかった。

　こうした状態のときに黒い悪霊が彼女を通して語るものは、禍々(まがまが)しい悪魔らしい言葉だった。正直一途のこの娘のものとはとても思えない性質のものなのである。聖書や救世主やすべての神聖なものを冒瀆してみたり、娘のことも「助平」としか呼ばないなど、罵詈雑言(ばりぞうごん)の限りをつくしたのである。悪霊は白い霊のことも同じように呼びすてにし、悪口を数えたてたのだ。

　その際娘は首を左側に傾け、瞼をいつもぴったり閉じていた。誰かがその瞼を無理やり開けさせてみると、眼球が上のほうにそり返っているのが見られた。左足はひっきりなしにあちこち動かされているのに、足裏は頑固に床から離そうとしなかった。この足の激しい動きは発作の間ずっとつづき（しばしば四、五時間に及ぶことがある）、床板がその素足で（というのは、靴も靴下も擦り切れないように、普段は履かされていないのである）へこんでしまうほどこすられて、ついには足裏のあちこちから出血することすらあった。しかしこの発作のあと血を洗い落としてみると、足裏の皮膚には少しの擦り傷も見当らないのである。足裏は左足全体と同じく氷のように冷たく、娘はそこに触れられても全然感じないのだ。そのために覚醒の直後、その場から足早に何時間も駈け出す始末だ。右足のほうは温もりを保っていた。いわば催眠術による嗜眠状態からの覚醒に似ていた。その覚醒に先だって、左半身と右半身の闘争ともいうべきもの（悪霊と善霊との闘争）が起ることがある。体は右側に傾くかと思うと、次の瞬間左側に傾いたりして、結局は右側にかしぐことになるのだが、その動きと同時にどうやら黒い霊が再び彼女の体から出、彼女の精神が体に戻ってくるらしいのだ。彼女が目覚めてみると、以前の自分の体になにが起っていたのか、黒い悪霊が自分の体を使ってなにを語っていたのか、少しも覚えがなかった。目覚めたあとでは、概して教会にいて会衆と歌ったり祈ったりしていたような感じになっているのであるが、実はその口からは悪魔に魅せられた言葉が吐かれていたのである。しかしこのことこそ、黒い霊が彼女の体にとり憑いている間、白い霊が彼女の精神の力になると約束したことなのである。質問されると答えるのは、彼女のなかにとり憑いた黒い霊なのだが、聖書のなかの神聖な名前など、いや神聖という言葉すら口に出すことができないのだ。誰かが聖書を娘に近づけると、彼女はそれに唾を吐きかけようとする。ところが、こういう状態では口はからからに乾いているので、実際には一滴の唾液も出すことができず、なにか蛇がシューとやるような仕草にしかならなかった。

神について語るときには、なにかびくびくしたような調子が見られた。「わしの主人がそのまま主人を頭に戴いているなんて、みっともない話だ」と言ったものである。

その黒い霊の言葉の背後に、まだ改悛できるかもしれないという気持や期待すら、ちらっと窺えることがよくあった。根っからの悪意からではなくて、神に赦(ゆる)され救済される可能性を疑っているために、自分としても改悛することに二の足を踏んでいる様子なのだ。

医者たちが娘のこうした状態をごく普通の病気だと診断したのも、実は不思議なことではなかった。その立場から、白い善霊をはっきりこの目で見たとか、黒い悪霊にとり憑かれたのだ、と娘が発作中に明白に言いたてた言葉に、医者たちはとても信をおくわけにいかなかったのだ。その反面、こんな言い方をするのはわざとらしい聖書解釈のせいとしかとれないこの現象も、一つには福音書などでは自明のこととして説明されている点や、二つ目として、起ったこと自体は微塵の疑問もはさめない事実であって、自分たちの理論では説明しきれないことだというこの二つの点を、認めざるを得ない少数の医者もいたのである。つまりそういう医者は、この症状を一般化して神経症と見なすか、もっと特殊化して癲癇症の一種と見なすか、そのどちらかが妥当だと思ったものの、それではどんな癲癇に似た発作かと問い直されると、やはりどうしても特定できず、従って弁解しかねるように思ったのである。なぜなら、この先駆症状として身体的な障害が少しも認められず、娘はどんな点から調べても病気だったことはないし(罹病の事実もなければ、吹出物、月経不順、その他もなかった)、激しい痙攣から立ちなおった直後、たちまち元気をとり戻し、活動的でもあり快活にもなるからである。発作がすぎて目覚めるときには（前述したように）、彼女は教会で歌っていたと思った聖歌のことを夢見ている感じに襲われるのだが、その実、黒い悪霊が彼女の口をかりて異様な声で、神を蔑する破廉恥極まる言葉を吐いていたのだ。右半身は発作が最高潮に達したときでも、温かく平静を保っていたが、左足は氷のように冷たく、信じられないほどの力をこめて四時間もひっきりなしに、上下運動をくりかえし、床をどんどん踏みしだいていた。しかし口のまわりには泡をふいておらず、両手とも親指を折りこむような硬直も認められなかった。確かに一度左手の親指を握りこむこともあったが、それを普通の状態に戻すには、一言声をかけるだけで十分だった。

しかしながらである。身体的な疾患による憑依妄想だとか、部分的に精神錯乱に移行していて、特に左部分ですでに進行している脊髄組織の破損が原因の癲癇症だ、との意見がいつも大勢を占めたのである。この療法として昔から伝わっているのは、ベラドンナや亜鉛華その他の投与とか、吐酒石軟膏をすりこむことかであり、速効を期する場合には、焼き鏝をあてることすらよいとされたのである。――しかし幸いなことに、自然を尊ぶ素朴な両親の考え方は、こうした理づめの処方が実地に行われるのを認めなかった。娘のこの憂慮すべき状態も来年の三月五日までには必ず方がつき、ただそれまでにこの家をこわしてしまうように、といつもきっぱり話していた例の白い善霊の言葉を信じきっていて、どんな医者によってもその考えは翻すことができなかった。そして同じ気持から、古い家をこわして新しく建て直そうと準備にとりかかってもいたのである。

娘のこの状態が五カ月以上もつづいてから、小生の要請を受けた両親が、娘を観察して貰おうと数週間の予定で小生の家に連れて来たのに立ち合い、娘が悪魔憑きにかかっていると信じる両親の思いこみを深める言葉は少しも言わなかった。もしそういうケースであるのなら、一層偏見にとらわれない観察のもとにおくべきだと、主に娘のことを考えてのことである。小生はむしろ、娘の状態は普通の薬剤では効果のあがらない病気であり、従って両親がこれまで薬瓶や錠剤箱や軟膏瓶などを手にするのを拒んだのは正しかったのだ、と二人に話してあげた。——娘に対しても、お祈りと減食以外の方法はすすめなかった。験しに彼女の眼前にほんの二、三回手を動かして催眠を施してみると、そのたびに悪魔のほうもすぐ対抗処置をとり、娘の両手を動かしてこちらの働きを弱めようとした。こういう状態なので、この試みだけでなく、そもそもどんな療法も中止したが、小生としては少しも心配しなかった。それというのも、小生はともかくこの状態がある種の憑依的な催眠状態だと見なし、三月五日までに恢復すると約束した善霊の予言を信じたからである。こう信じて小生は、心を煩わすことなく連れてこられた状態のまま、彼女をオルラッハの両親の家に帰した。もちろん詳細に時間をかけて観察し、このケースには人を欺こうとしている痕跡もなければ、娘の側から故意に発作に同調している痕跡もないと確信した末のことである。両親に対して小生は、娘の状態を見せものにしないこと、発作のことはできる限り伏せておくこと、発作中に彼女のそばにどんな客も近づけないこと、さらに小生の家に滞在中に彼女の健康を思って小生さえしなかったことであるが、悪魔にむかってどんな質問もしないこと、こうした点を切にすすめておいた。

ところが、娘のこの状態に大いに心をくだき、早く終って欲しいものだと絶えず切望していた両親のせいというのではなく、是非にもと大挙押しかけた野次馬のために、小生のその警告も守られずに終ったのである。好奇心に駆られた大勢の人が、それまで無名の寒村だったオルラッハになだれこみ、この悪魔憑きにあった娘のまさに発作極期をつぶさに見聞しようとしたのである。このことはしかし、この状態の特異性を確かめられる者が、小生のほかにも何人か機会に恵まれるというよい面も持っていたと言えるかもしれない。招かざる野次馬連にまじって、わざわざ来て貰った人としてゲルバー牧師もいるが、この人物は最後となった発作中の娘を検分し、『ディダスカーリア』誌の一論文にその考察を発表しているが、それについてはあとで触れることにする。

三月四日、午前六時、娘がまだ元の家の自分の寝室にいたときのこと、実はそのとりこわしもすでに着々と進められつつあったのだが、例の白い霊が突然現われた。霊はなにやらきらきらする光を帯びていて、娘もじっと長く見ていることができなかった。その顔や頭はある眩く光る白いヴェールに覆われていて、身につけているものも光沢のある長い襞つきの白ガウンで、両足まですっぽり包んでいた。霊はこう語り出した。「人間はどんな霊も救済の力で天国へ連れて行けるわけではない。そのために救世主が地上に現われて、すべての人の代りに受難にあったのだよ。でも、私をいまだにこの下界につなぎとめていた現世的なものも、あんたによって私からとり払って貰えるだろうよ。つまり、私にのしかかっていた罪業をあんたの口をかりて世間に伝えることによってね。ああ、誰にしても事が終ってしまうまで待たないで、自分の罪を死ぬ前に世間に告白して欲しいものだね。私が二十二歳のとき、料理番に化けたあの修道僧、つまり黒い霊のために、私は尼僧院から僧院へと誘拐されたのです。彼の種を宿して二人の子供をもうけたが、どっちも生まれてすぐ彼の手にかかって殺されました。私どもの不幸な結びつきは四年もつづき、その間に彼は三人の修道僧も手にかけました。私はそうした彼の犯罪を密告しましたが、証拠が完全でなかったのです。――それで彼は私も殺したのです。ああ、できれば（霊はもう一度前の言葉をくりかえした）誰にしても事が終ってしまうまで待たないで、自分の罪を死ぬ前に世間に告白して欲しいものだね」こう言うと、霊は娘のほうに白い手をさし伸べた。娘はその手を素手で触れる勇気はなく、彼女が手にしていたハンカチを使ってやってみた。そのとき娘はそのハンカチがひっぱられるのを感じ、それがぽっと白光を発したのを見た。ここで霊は、今までずっと自分の言葉に従ってくれたことに礼を述べ、自分は現世的なものからもうすっかり解放された、ときっぱりとした調子で言った。こう言い終ると、「イエスは罪人たちをひきとりて」とか、ほかの文句を唱えた。娘は霊のあげるお祈りをまだ耳にしていたと思っていたのに、その姿はもう見当らなかった。

霊がまだ娘の前に立っていた間のことであるが、霊にむかって炎を吐きかけている一匹の黒犬を娘は始終目にしていたのだ。ただその炎は霊には触れていなかったらしい。この犬も霊と同時に消えていた。だが、娘のハンカチには手の平のような大きな焦げ穴があいていて、その穴の上には、五本の指が突っこまれたような小さ目の五つの穴がついていた。その焼け焦げは全然焦げ臭い匂いはせず、白光を放ったときも娘はその匂いに少しも気づいていなかった。

この衝撃に娘は卒倒しかかったが、ちょうど家の者たちが部屋に入って来て、百姓のベルンハルト・フィッシャーの家にすぐ運びこまれた。それというのも、グロムバッハが家のとりこわしを早めようとしていたからである。

その百姓家に入ったかと思う間もなく、マグダレーネのところに例の黒い霊が現われた。以前は黒一色だったのに、このたびは頭が幾分白っぽくなっていて、総（ふさ）のように見えた。黒い霊はこう口をきいた。「なあ、そうだろう。こうしてちゃんとわしは来たじゃないか。これで最後になるわけだから、お前も散々泣いてくれ。わしがいくらか白くなったのがお前にもわかるだろう」そう言い放つや娘に歩みより、冷たい手で彼女の首筋に摑みかかった。彼女は失神し、霊が彼女のなかへもぐりこんだ。彼女の顔は（ある目撃者の証言）蒼白になり、瞼はぴったりつむられてしまった。誰かがその瞼をあけてみると、眼球がすっかり鼻のほうによせられ、目の輝きがうっすらとしか残っていないのが認められた。脈搏は正常だった。左足は絶えず動かされ、左半身は右半身に較べて異常なほど冷たかった。

日曜の晩から火曜の昼にかけて、娘はもう全然食事をとらなくなった。この期間は、排泄作用も同様に見られなくなった。こうして彼女は翌日の昼まで絶えず黒い霊にとり憑かれたままの状態だった。初めのうち黒い霊は、明日の十一時半までは出て行けない、と予告した。（その通りになった）次には「もしもわしがペテロの手紙に書かれている言葉に従っていたら、ここには出てこれなかったろう」と言い出し、それからペテロの第一の手紙の第二章、二十四－二十五節の詩句を口ずさんだ。

「あなたがたは実にそうするようにと召されたのである。キリストもあなたがたのために苦しみを受け、御足の跡を踏み従うようにと、模範を残されたのである。キリストは罪を犯さず、その口には偽りがなかった。罵られても罵り返さず、苦しめられてもおびやかすこともせず、正しい裁きをする方に一切を委ねられておられた。さらにわたしたちが罪に死に義に生きるために、十字架にかかって、わたしたちの罪をご自分の身に負われた。その傷によって、あなたがたはいやされたのである。あなたがたは羊のようにさ迷っていたが、今は魂の牧者であり監督である方のもとに、たち帰ったのである」

その日のうちに、一目なりとも娘を見て噂の悪霊に質問を浴びせてやろうと、夥しい数の人がオルラッハに集まって来た。僧院や城、さらには村一円の古跡については、悪霊は十分どころか、質問者の言によれば正確な説明をしたが、ほかの出すぎた質問者がいると、愚弄と頓智で追い返したのである。

警察の警告が出るに及んで、野次馬の雑踏も四散し出した夜になると、悪霊はお祈りは終ったと宣言し、これでイエスの名も聖書も、さらに天国も教会も口にすることができる、お祈りを唱えたり鐘の音も黙って聞いていられる、とさも嬉しそうに語った。ただ、夏のうちに悪霊の回心ができていたら、もっとよかっただろうと思われる。——

悪霊は自分の罪のこともこう口にしたのである。

「わしのおやじは、オルラッハから一時間ばかりのところにあるガイスリンゲンの貴族だった。当時おやじは、コヘル川とビューラー川に挟まれたレーヴェンブーク・バイ・ガイスリンゲンに、盗賊騎士の住んでいた城を持っていたが、その城跡は今でも残っているはずだ。わしには二人の兄弟がいた。今のわしよりましだと思えなかった長兄がその城を手に入れ、二番目の兄は戦争で死んだ。わしは僧職につくようきめられていた。オルラッハの僧院に入り、まもなくそこで院長になった。何人かの同僚や尼僧、さらにそいつらに生ませた子供を殺した罪の意識が、わしの心にのしかかった。尼僧たちを男装させて僧院に連れこみ、そいつらに厭きてしまえば殺したのだ。同じようにそいつらが生んだ子供も殺した。生まれてすぐにな。同僚の僧のうち三人をまず手にかけたとき、お前が白い霊と呼んでいる女がわしのことを密告したのだ。しかし訊問期間中に、わしの取り調べに当たった裁判官に賄賂をやって、なんとか切り抜けたのさ。干し草作りの時期に百姓どもを呼び集め、お前たちが権利書などを渡さないと、もうミサはあげてやらないぞ、と言ってやったのだ。そうなると干し草作りの時期にはいつも雨が降るだろう。わしはお前たちの畠に呪いをかけてやるってな。百姓たちはオルラッハの土地に関する権利関係の書類をさし出し、わしはそれを取り調べ官にあげたのさ。釈放されて再び僧院に戻ってから、わしは裏切った尼僧を殺し、さらに同僚を三人手にかけ、四週間たってから自殺したのだ。一四三八年のことだ。院長だったから、狙っていた奴らを人知れぬところへ誘き出せたし、刺し殺したのさ。死体は石垣の穴へ一緒くたに抛りこんでやった。死んだら人間なんて、屠殺された家畜と変らず、切り倒された木みたいにごろんと転がっているもんだ、とわしは思っていた。ところが――ところがだ。それが全然違うんだ。祟りという奴なんだな、それは」

　その翌朝、悪霊はとりかこんでいた人たちを前にして、昔クライルスハイムにあった僧院のことをかなり正確に話し出した。そして、今いる部屋と娘からこれを限りに出て行かねばならないとしたら、果たして神の恩寵に与かれるものかどうか、またも疑心に陥った様子を示した。「今夜は二度目の裁きを受けに行かねばならない。要するにあの女のことでな」と口にした。そういう言い方で、あの白い霊のことを匂わせたのだ。

昼近くの十一時半、家をとりこわしていた人たちは、礎石となっていた石垣の最後の部分にとりかかったが、そこは家の角にあたっていたところで、ほかの箇所とは趣きがまるきり違っていた。ほかの石垣は粘土でつみ合せているのに、ここのは全く特殊な石灰を使っていて、つみ合せもほかのより頑丈にできていたので、石垣がかなり古い年代の建物の名残りであるのは、どうやら事実らしい。家のこの部分の倒壊作業と時を同じくして（この作業は娘の目に触れてはいなかった）、つまり時間は十一時半、家の最後の石材の除去と同時に、娘の様子に変化が現われ、首を三回右側にうなずかせたかと思うと、目をぱっと開いた。悪霊が彼女の体から脱け出し、彼女のいつもの調子が戻った。前述のゲルバー牧師は目撃者として、例の石垣の最後の石が撤去されたのちの状況を次のように記している。

「このとき彼女の首は右側にふられ、彼女はぱっちりと目をあけました。まわりをかこんでいる大勢の人たちを、大きい目を凝らして不思議がって見渡しました。彼女は自分の身になにが起っていたのか突然気づいて、恥ずかしさにわっと両手で顔を覆いました。しくしく泣き出し、重苦しい眠りから覚めた人のように、よろよろしながら立ちあがりました。――そして急いで立ち去りました。私は時計を見ました。十一時半でした。私はそのとき見たものがあまりに唐突なものだったことを忘れないでしょう。つまりあの女性の――なんと名づけたらいいのかわかりませんが――悪霊に憑かれて醜く歪んだ患者の形相が、目覚めたばかりの女の誠にすがすがしい優しい顔に返ったことや、くぐもった嫌らしい霊の声が、娘らしい普通の声の調子に戻ったことや、ぐったりしているかと思えば、ひっきりなしに動かす怪しげな体の動きが、魔法の杖が一振りされたように、美しい姿に変って私たちの前に立っていたことなど、こうした不思議な変り方は忘れられるものではありません。そこにいた全員が喜び、全員が娘に、いや両親にもお祝いの言葉を述べました。というのも、そこにいた善男善女は、これで黒い霊の憑きも落ちたと確信したからです。――

そのあとで父親が私に焼け焦げたハンカチを見せてくれましたが、それは白い霊が前日に別れの挨拶に娘のところに現われたとき、娘が手にしていたというものでした。そのハンカチにあいていた穴が火によってできたものだということは、一目瞭然でした。

私は建築現場に行ってみました。大した時間をかけなくても片づけられそうな石垣を少し残すだけで、元の家はすでにとりこわされていました」――

後日、瓦礫の除去作業の際、直径およそ十フィートほどで二十フィートの深さの井戸のような穴が見つかった。この穴のなかに、家の瓦礫に埋まって人骨が発見され、そのなかに子供のものまで見出された。娘はこのとき以来すっかり健康になり、以前の霊たちは彼女のもとにもう二度と訪れなかった。

（訳・著者紹介＝佐藤恵三）

幽霊船の話

ヴィルヘルム・ハウフ

ヴィルヘルム・ハウフ

一八〇二―一八二七。二十代半ばで夭折した童話作家・小説家。「切り離された手の物語」などとともに、本編はハウフの『アラビアン・ナイト』世界によったエキゾティシズムあふれる物語の頂点をなす作品。

私の父はバルソラにささやかな店を持っておりました。父は貧しいというのでもなければ金持ちでもなく、手持ちのわずかなものをうしなうのが怖くてあえて冒険するのを好まない、そんな類(たぐい)の人間の一人でした。父は私に質実剛健な教育をさずけ、やがて私を自分の右腕に仕立てるまでにこぎつけました。あれは私がちょうど十八になったときのことでしたが、父は生まれてはじめてかなり巨額な投機をし、その直後に死にました。千もの金貨をあなたまかせに海に投じて、くよくよ思いなやんだがためでしょう。ほどなくして、父が死んだのは幸運だったと、アラーの神の御業(みわざ)を頌めたたえないわけにはゆきませんでした。亡くなってから数週間ほどして、父の貨物をのせていた船の沈没の報(し)らせがきたからです。若気のこわいものしらずは、しかしそんな事故にはくじけませんでした。私は父がのこしてくれたものを一切合財金に換え、一か八か異国で運をためしてみようと、父の老従僕を一人連れただけで国を後にしました。老従僕はむかしからのよしみで、私からも、私の運命からも、どうしてもはなれたがろうとはしなかったのです。

　バルソラの港で船に乗ると順風にめぐまれました。私たちののりくんだ船はインド行きでした。それから十五日も変哲のない航路をたどっていると、嵐がきている、と船長に告げられました。船長は気遣わしげな面持ちでしたが、どうやらこの人、安んじて嵐をむかえるにはこのあたりの水路にいささか不案内のようでした。船長は帆という帆をことごとく捲き上げさせ、船はたいそうゆっくりとすすみました。夜がきて、月明かりはこうこうとさえて肌寒く、そろそろ船長も、嵐の予兆はこちらの錯覚だったかもしれないと考えはじめていました。と、ふいに、これまで見たことのなかった一隻の船が、私たちの船の舷側すれすれに通りすぎてゆきました。その船の甲板からはあらあらしい喝采とおらび声がどよめきひびいてき、時も時、嵐を前にした不安なときとあって、それがいささかならずいぶかしく思えたものです。さるほどに脇にいた船長は、死神もさながら顔面蒼白となりました。「わしの船はもうおしまいだ」、大声にそう叫んで、「あそこに死神の船がはしっておる！」この異様な叫びをいぶかって私はなにか訊ねようとしましたが、その暇もなく、はやくもマドロスたちがわめき叫びながらどやどやと闖入してまいりました。「あれを見なさったかね？」とマドロスたち、「あれがいま、ここを通りすぎましたですだ」

　船長はしかし彼らにコーランのなぐさめのことばをとなえさせ、みずから舵手席につきました。しかしそうしたからとてなんになりましょう！　みるみるうちに嵐は吹きすさびはじめ、ものの一時間もすると、船はめりめりと大きな音をたてて座礁してしまいました。ボートが降ろされ、最後にのこったマドロスたちが助かったかと思うと船は私たちの目の前で沈み、私はまるはだかの素寒貧となって海にでていったのです。しかるに歎きはこれで終わったわけではありませんでした。嵐はすさまじい形相をみせて荒れ狂い、もはやボートの操縦もままなりませんでした。私は老いた従僕をひしと抱きかかえ、お互いにけっしてはなればなれにはなるまいと誓い合いました。ようやく夜が明けてきました。けれども朝日の顔をちらりとおがむや、私たちののっていたボートはたちまち風に捕まって転覆してしまいました。のりくんでいた面々はもう一人として見えませんでした。ボートから落ちた衝撃のために私は失神していました。気がつくと私はあの忠実な老従僕の腕のなかにおり、この男が転覆したボートに這いあがって一命をとりとめ、私を引き上げてくれたのでした。嵐はおさまっておりました。私たちの船はもう影だに見えませんでしたが、そこからほど遠からぬあたりに、これとは別の一隻の船が目にとまり、私たちは波にのせられてそちらへ運ばれてゆきました。近くまでくると、それが昨夜ついすれすれに通りすぎていった、船長を恐怖のどん底にたたきこんだあの船と同じ船なのに気がつきました。おそろしくも的中した船長の予言といい、近づいて至近距離で大声をあげても人っ子一人姿をみせない船の荒涼たる外見といい、私は恐怖にふるえおののきました。とはいえそれだけが助けとなる唯一の命綱ではあり、それゆえに私たちは、かくも奇蹟的に私たちを生きながらえさせ給うた預言者マホメットを頌めたたえたのでした。

船の前部には長いロープが一本吊り下がっていました。両手両足をこいでやっとこさたどりつき、そのロープをつかみました。してやったり。私はいま一度声をあげましたが、船の上は依然としてことりともしません。そこで若いほうの私を先に、ロープをつたってよじ登りました。だが驚くべし！　甲板に一歩踏みこむや、なんという光景が目前に展開されたことでしょう。床は朱々と血にそまり、トルコ人服姿の死体が二、三十体、床上にごろごろしていました。中央のマストには、美々しい衣裳に身をかため、サーベルを手にした男が一人寄り立っておりました。顔面は蒼白、くるしげにゆがみ、額には大きな釘が打ちこまれ、それが彼をマストにはりつけにしていましたが、この男もやはり死んでいました。足は驚愕のために金縛りとなり、息をつくさえままなりません。そのときようやくこちらの連れも上がってきました。生きている人間は人っ子一人見えず、おそろしい死者ばかりがごろごろしている甲板の光景を目のあたりにして、連れもまた不意をつかれたことでした。私たちは恐怖に胸をふたがれつつひたすら預言者にお祈りを捧げてから、ようやくあえて歩をすすめました。あゆむたびにあたりをながめやり、なにやら新奇なもの、恐怖の種がみつかりはせぬかとうかがい見ました。けれどもすべてはあるがままにいささかも変わりはありません。見渡すかぎり、私たちと大海原のほかに生きとし生けるものは影だにありません。大きな声で話をすることさえはばかられました。死んでマストに釘付けにされているあの船長が硬直した眼をじろりとこちらに向けはしまいか、でなければ殺されている連中のだれかがくるりと頭をめぐらしはすまいか、それがおそろしかったのです。とうとう船倉に通じる階段のところまでやってきました。われにもあらず私たちはそこで足をとめ、たがいに顔を見交わしました。二人とも、思っていることをあえて口にする勇気がなかったのです。

「ああ旦那さま」、と忠実な私の従僕が申しますには、「この船にはなにかおそろしいことが起こりましただ。けど、たとえ船のこの下が人殺しどもですしづめになっておりましょうとも、これ以上この死人どものなかにぐずぐずしているよりは、一か八か、人殺しどもに当たってみたほうがまだましでございますだ」こちらも考えは同じであり、私たちは一心同体、胸をおどらせて降りてゆきました。けれども船倉もまた死んだように物音ひとつせず、私たちの足音が階段にわぁーんとこだまするばかり。船員室のドアの前で立ちどまりました。ドアに耳を当て、なにか聞こえはしないかと様子をうかがいました。ドアを開けました。部屋のなかはただならぬ光景でした。衣服、武器、その他の調度がごたまぜに重なっています。ちらかしにちらかし放題。乗組員たちは、あるいはすくなくとも船長は、いましがたまで酒を飲んでどんちゃんさわぎをしていたものにちがいありません。まだそこら中一面になにやかやがちらかしてありました。私たちはなおも部屋から部屋へ、船員室から船員室へとあるきまわり、いたるところに絹や真珠や砂糖などのすばらしい貯えをみつけました。それを見て、私はよろこびのあまり有頂天になってしまいました。船の上にはだれもいないので、これはのこらず自分のものにしてよいのだ、そう思いこんだからで、けれどもイブラヒムの注意するには、私たちはまだはるか陸からはなれていて、独力で人の力を借りずに陸にたどりつくことはおそらく不可能だろう、ということでした。

しこたまみつかった食べ物飲み物で元気をとり戻し、私たちはまたもや甲板に上がりました。けれどもそこはおそろしい死体しか見えず、あい変わらず身の毛のよだつ思いがしました。そんな思いをふりほどきたくて、私たちは死体を舷から投げすてようと思い立ちました。ところが死体はどれもその場から微動だにせず、それと見てとるや、どれほどぞっとしたことでしょう。まるで呪いに金縛りになったように床にへばりついていて、引き離すには甲板の床ごとひっぺがさなければならなかったでしょうが、それには手元に道具がありません。船長もまたマストからビクともせず、サーベルでさえ硬直した手からもぎはなすすべはありませんでした。その日一日、私たちはわれとわが態たらくを悲しく見守ってすごしました。しかしやがて夜が迫りはじめ、私は老イブラヒムにはもう寝るがよいと申しつけ、自分自身はしかしながら救助の船を窺い見るため、甲板で徹夜の見張りをするつもりでした。けれども月が昇り、星の位置から数えてどうやら十一時になったと思われる頃、やにわにあらがい難い眠気におそわれて思わずしらず甲板の上にある樽のかげに倒れこんでしまいました。もっとも、眠りというよりはむしろ失神だったのでしょう。というのも海の水が船の縁にぶつかるのがはっきり耳に立ちましたし、船の帆が風にきしんでひゅーひゅー鳴る音も聞こえていたからです。いきなり、甲板に人声や男たちの足音が聞こえたような気がしました。そちらを見ようと立ち上がろうとしました。しかし姿のない力ががっしりと私の手足を縛りつけており、眼を開けることさえできませんでした。けれども人声はしだいにはっきりしてきて、それはまるでお祭り気分の船乗りたちが甲板をぞめきあるいているようでした。そのうち命令を下す力強い声が聞こえたような気がし、それにロープや帆を捲いたりほどいたりする気配もはっきり耳に立ちました。しかるに私はだんだんに意識がうすれて前より深い眠りに落ちこんでゆき、その眠りのなかではもっぱら武器のがちゃつく音しか聞こえないような気がし、ようやく目がさめると日はもう天高く昇って顔の上に照りつけておりました。おどろいてあたりを見回すと、嵐も船も死者たちも、昨夜耳にしたことも、一場の夢のように思われてき、それにしても目のあたりに眼をあげれば、なにもかも昨日とすこしも変わりないではありませんか。死人たちは身じろぎもせず、船長はマストにはりつけになってビクともしません。私はわれとわが夢見を笑い、立ち上がって老人を探しにゆきました。

老従僕は、すっかり考えこんだような面持ちで船員室に座りこんでいました。「おお旦那さま!」私が入ってゆくと彼はそう叫んで、「この呪われた船でもう一晩夜を明かすくらいなら、海の底に寝たほうがましなくらいでございますだ」なにをそうくよくよしているのだとわけを訊ねてみると、答えて曰く、「あれから四、五時間も眠ると目がさめて、頭の上を行ったり来たりしている気配がありましただ。はじめはてっきりあなたさまだろうと思いましたが、上をはしりまわっている人間はすくなくとも二十人はいて、叫んだりわめいたりする声も聞こえました。しまいには何人ものどっしりした足音が階段をこちらへ降りてきます。そこで意識がぷつんと切れて、あとはきれぎれに数瞬、ふっと意識が戻ってくるだけでした。するとそのとき、そこのテーブルに上のマストに釘付けにされているあの男がすわって、飲めや歌えの大騒ぎ中なのが目につきましたが、もう一人、赤い緋衣を着てあの男のほど遠からぬあたりに倒れていたのが、あの男の脇にいてお酌をしておりました」こんなふうに老従僕は語り聞かせてくれました。

皆さんなら信じていただけましょうが、私はいい気持ちはしませんでした。あれは錯覚ではなかったからです。私が耳にしたのも、やはり死者の声だったのにちがいありません。こんな連中と道連れで航海をしているとは、まったくぞっとしない話でした。イブラヒムはしかしましてしも深い物思いに沈んでおりました。「分かりましたぞ」、ついにイブラヒムが声をあげました。すなわち彼は、経験豊かな大旅行家の祖父が教えてくれた、幽霊や魔法の妖怪退散に効くという、ある呪文を思い出したのです。イブラヒムはまた、コーランの呪文を口早にとなえるなら、私たちがつかまったあの不自然な眠気にも今夜は邪魔されることはない、と言い張るのでした。老人の提案は気に入りました。私たちは夜がくるのを胸苦しい思いで待ちうけました。船員室の脇にはちいさな納戸があり、そこに閉じこもることにしました。ドアにはいくつもの孔を開け、これは船員室全体を見渡せるほどの大きさです。それからドアに、手際よく、内側から錠をかけ、イブラヒムが預言者の名を四隅に書き入れました。こんなふうにして夜の恐怖を待ちうけたのです。またしてもあれは十一時頃のことだったでしょう、猛烈な眠気に襲われはじめました。連れの耳打ちするには、コーランの呪文をいくつかとなえれば、眠気ざましの足しになるということでした。突然、頭の上がいきいきと活気を帯びてきたらしく、ロープがきしり、甲板を足音が行き交い、何人もの人間の声がはっきりそれと識別できました。何分も何分も、はりつめた期待感のうちにそうして腰をすえていましたが、と、船員室の階段を何者かが降りてくるのが聞こえました。老人はこれを耳にすると、彼の祖父が幽霊や魔法よけに教えてくれた呪文とやらをとなえはじめました。

「空中から降りてくるがよい、
　深い海の底から昇ってくるがよい、
暗い穴ぐらで眠るがよい、
　燃える焔から生まれでるがよい、
アラーは汝らの主にして師
なべての精霊はアラーの命にしたがうなり。」

白状すれば、私はこんな呪文などちっとも信じてはおらず、ですからドアがいきなり開いたときには総毛の逆立つ思いでした。入ってきたのは、マストに釘付けになっているのを見た、あの堂々たる大男でした。釘はいまも額の真中をつらぬいておりましたが、剣のほうは鞘におさめており、彼のうしろからはもう一人、もうすこし安手の服の男がついてきました。こちらのほうも上の甲板に倒れているのを見かけたおぼえがありました。船長は、というのも男が船長であるのは火を見るよりも明らかでしたので、顔面あくまでも蒼白、髭は大きくて漆黒、眼をあらあらしくひん剝いて、その眼で部屋のぐるりをぐるっと睨めまわしました。彼が私たちのドアの前を通ったときには、姿があまりはっきり見えませんでした。といって船長は私たちの隠れているドアに気がついた様子もありません。二人は部屋の真中におかれたテーブルにつき、大声で話をし、それが外国語でほとんどわめきちらし合っているようなのです。だんだんに声高になり、しかも熱がこもってきて、ついには船長が拳をまるめてテーブルをどんと叩き、ために部屋中がとどろきわたらんばかり。もう一人の男がゲラゲラ大笑いしながらとびあがり、ついてくるように船長に合図しました。船長が立ち上がってサーベルを鞘から抜きはなつと、二人は部屋をでてゆきました。二人がでてゆくと、こちらはすこしは息が楽になりました。とはいえ私たちの不安にはまだまだ終わりがきはしませんでした。甲板の上ではしだいに人声が声高になってきます。しまいにはまさこちせわしなくはしったり、叫んだり笑ったりほえたりするのが聞こえました。あちしく地獄の叫喚が堰をきって落とし、武器のがちゃつきやら叫び声やら、いまにも帆という帆もろともに、甲板がそっくりそのままこちらに落ちてくるのではないかと思うばかりでした。――そして突然、底なしの静寂。それからかなり時刻がたってようやく上にでてゆく元気が戻ってきました。けれども、見ればすべてはちっとも変わっていなかったのです。一人として元通りの状態にないものはなく、全員が材木のようにこちこちに硬直しておりました。

　こうして私たちは何日も何日も船の上ですごし、船はといえば、私の目算では、どこやら陸のあるに相違ない、東の方角をさしてはしっておりました。とはいえ、たとえ昼のうちに何マイルすすんだとしても、夜になるとまたまたそれが逆戻りしているらしく、というのも日が昇るとまたしても同じ地点にいるのが分かったからです。これは、死者たちが夜毎満帆に風をはらんで逆戻りしているのだ、としか考えようがありません。こうした事態をさけるために、夜になる前に帆という帆を捲き戻し、また船員室のドアの場合と同じ措置をこれにも講じることにしました。羊皮紙の上に預言者の名を書きしるし、例の祖父の呪文もこれに加えて、それを捲き戻した帆のまわりにゆわえつけたのです。私たちは例の納戸で首尾やいかにとばかり待機しました。幽霊は今度も前にもまして悪辣にあばれまわるようでしたが、それでも翌朝、見れば帆という帆が昨夜仕掛けておいた通り、捲き上げたそのままになっておりました。この日は昼間いっぱい、船をなごやかにすすめるのに足るだけの帆を張り、こうして私たちは五日間でかなりの距離まで船をすすめました。

　六日目の朝、とうとうわずかな距離のところに陸を発見し、私たちはアラーとその預言者に奇蹟の救助を感謝いたしました。この日もその夜も、岸辺へ岸辺へと懸命にめがけ、七日目には、遠からぬあたりにどうやら都市がみつかったようです。四苦八苦して海中に錨を投じ、錨が海底についたと見るや、甲板の上にあるちいさなボートを降ろし、かなたの都市をさして力のかぎりこぎまくりました。半時間もすると、海にそそいでいるとある河のなかにこぎ入り、岸によじ登りました。市門で私たちは、この都市がなんという名なのかを教わり、それがインドの都市で、当初私のめざした航海目的地にさほど遠からぬところにあるのが分かりました。私たちは隊商宿に宿をとり、われらが冒険旅行のつかれからようやく人心地をとり戻しました。この宿で私はまた、いささか魔法の心得のある人物にお近づきになりたいのだが、と宿の亭主に申しでて、分別のある賢者を訪ねもとめもいたしました。宿の亭主は人里はなれた街道筋の、みかけはぱっとしない一軒の家に私を連れてゆき、玄関扉をノックしてなかに入らせ、なんでもいいからムライはいるかと訊ねさえすればいい、と教えてくれました。

家に入ると灰色の髭に長い鼻をした一人の老いたこびとが応対にでて、こちらの用向きを訊ねました。私は、賢者ムライを捜している、といい、すると相手が答えて、ほかでもない自分がそのムライだということです。そこで私は彼に、例の死者たちをどう始末すればいいのか、あれらを船から運びだすにはどう手をつければいいのか？　と良策を訊ねました。ムライの答えていうには、その船の者どもはどうやら海の上でのなにかの悪行が原因で魔法にかけられており、彼の思うには、その者どもは陸に運んでくれれば魔法から解き放されるはず、とのことでした。そういうことになるにはしかし、彼らの倒れふしている板をひっぺがしてはおじゃんになる。船はその財宝ごと、いわばあなたがみつけたのだから、神と正義のみそなわし給うところによりあなたのものだ。けれども口外は絶対に無用であって、もしもおあまりを少々自分に贈って下さるのならば、その死人どもを片づけるのに自分の奴隷どもをご用立てしてさしあげてもいい。私はたっぷり報酬をはずむことを約束し、こうして私たちは、鋸と斧をたずさえた五人の奴隷たちとともに出発いたしました。途々魔術師ムライは、コーランのことばを帆布に捲きつけた私たちの幸運な思いつきを、ほめてほめあきるということがありませんでした。彼のいうところによれば、それ以外に私たちの助かる道はまずなかったのです。

船に到着したのは、午前もまだ朝のうちでした。一同、すぐに仕事にとりかかり、一時間もするとはやくも四体が小舟の上につみこまれました。奴隷たちが数人、それを陸までこいで運び、陸の土に埋めなければなりませんでした。彼らが舟に戻っていうには、死人たちは土中に横たえられるとたちまち塵とくだけてしまうので、おのずと埋葬の手間をはぶいてくれた、ということでした。私たちは鋸で死人を引きはがす作業をなおも続け、夕方までには全部を陸に運び上げました。ついにあの、マストに釘付けされた男のほかには、舷(ふなばた)にはだれ一人のこらなくなりました。マストの木から釘を抜こうとしてもどうにもならず、どんな力をくわえても毛筋一本ズレるでもなく、まるで歯が立ちません。どうしたらいいのか皆目見当がつかず、そうかといってマストを切断して、それごと陸に持ってゆくというわけにもまいりません。しかしムライがこの苦境を救ってくれました。彼は一人の奴隷に命じてすみやかに陸に小舟をこぎださせ、甕一杯の土を持ってこさせたのでした。甕の土がとどくと、魔術師はそれに謎めいたことばを吹きこみ、くだんの死者の頭に土をふりかけました。たちまち死者は眼をぱっちりと開け、ふかく息を吸いこむ。と、額の傷が血を流しはじめました。釘はいまや難なく抜け、流血の負傷者は奴隷たちの一人の腕のなかにどっと倒れこみました。

「わしをここに連れてきたのはどなたかな?」やがていくぶんなりと気をとり直した様子があっ

て、彼はそういいました。ムライがこちらを合図してしめし、私は彼のところまで近づいてゆきました。「見知らぬ異国のお方だが礼を申す、そなたはわしを永（なが）の苦患（くげん）から救って下された。五十年この方、わしの肉体はこの波間波間を漂うておった。わしの精神は呪われており、夜ごとこの肉体に帰ってくるのだった。だがいまやわしの頭には土がふれた。わしは安んじて父祖たちのもとへ立ち戻ることができるのだ。」私が彼に向かって、一体どうしてこんなおそろしい状態に立ちいたったのか、話を聞かせてはもらえまいか、と頼むと、彼はこう語りだしました。「五十年前のことだ、わしは屈強な、名望ある人間で、アルジェリアに住んでいた。利得欲に駆られて、わしは船を装備して海上の掠奪行為に打ってでた。この稼業をもう何年も続けていたあるときのことだ、イタリアのザンテで、文なしで旅に出ようとした一人の托鉢僧を船にのせた。わしもわしの仲間もあらくれ者ばかりで、その男の神聖さなど鼻汁（はな）もひっかけようとせず、かえってこの者を物笑いの種にしておった。しかるにこの者があるとき聖なる熱情に駆られて、わしの罪深い人生行路をずばり指摘しおったものだ。夜になって船員室に戻って舵手と大酒を食らっているうちに、いきなり激怒に襲われた。托鉢僧がわしにいったことば、いかな回教君主（スルタン）といえどもわしに向かっては断じていわせぬことば、これに怒り狂って甲板上に突進し、やつの胸にわしの短剣をぶちこんだのだ。断末魔にあの男は、わしとわしの乗組員どもに呪いをかけた。頭を土の上に横たえるまでは、汝ら、死ぬことも生きることもかなうまじ、とな。托鉢僧は死んだ。わしらはやつを海に投げすて、やつの脅迫をあざ笑った。しかしはやくもその夜のうちにやつのことばは実現したのだ。乗組員の一部がわしに反乱を起こした。おそろしい憤怒とともに戦闘が交され、わしの味方はついに皆殺しにされ、わしもマストに釘付けにされた。しかし反乱者どもも傷ついて倒れ、まもなくわしの船は巨大な墓場でしかなくなっていた。わしは白眼をむきだしにし、息がとまった。わしは自分が死ぬのだと思った。だがわしを金縛りにしていたのは、肉体の硬直にすぎなかったのだ。次の日の夜、托鉢僧を海に投げこんだのと同じ時刻に、わしもわしの仲間たちも目をさましました。生命が立ち戻ったのだ。それなのにわしらは、あの夜話したこと、したことのほか、なにひとつ話すこともすることもできないのだった。こうしてわしらはあれから五十年間というもの、帆をあげて航海していて、生きることも死ぬこともできないでいる。どうしても陸の土まで到達できないからだ。嵐がくればいつも、狂ったようによろこび勇んで満帆を張り、ど真中につっこんだ。やっとこさ断崖絶壁にぶつかって木端微塵となり、つかれきったこの頭をせめて海の底になりと憩わせられよう、と思ったからだ。そうは問屋が卸さなかった。今度はしかし死ぬことができよう。もう一度そなたに感謝をしたい、見知らぬ騎士殿、宝物がそなたへの礼になるものなら、わしの感謝のしるしとして、どうかこの船を引きとって下され」

　船長は話をちょうど終えたところで、がくりと頭を沈め、永のわかれをつげました。彼もまた、その仲間たちと同じく、ただちに潰えて塵と化しさったのです。私たちはその塵を集めて小函におさめ、それを陸に埋めました。私はしかしこの都市から、自分のものとなった船を修復してくれる労働者たちを調達してきました。船上のこちらのものとなった商品は他の商品と交換してしこたま利益を上げ、マドロスたちを雇い、ムライにはどっさりお礼をはずんで、私は国へ向けて船出しました。もっともまわり道をして、すくなからぬ島々や大陸に船を回し、手持ちの商品を市場にだしながら。預言者マホメットはわが取り引きを祝福下され給うたのです。九カ月後、私は死んだ船長にもらったのに倍する富をたずさえてバルソラの港に帰りつきました。バルソラ市民たちは私の富と幸運に驚嘆し、私があの名だたる旅行家シンドバッドのダイアモンドの谷をみつけだしたのだとばかり思いこんでおりました。私はといえば、彼らの思うがままにさせておいたことです。けれどもそれからというもの、バルソラの若者たちは十八歳になるやならずにして、私と同様チャンスを作るために外の世界にでてゆかぬわけにはまいりませんでした。私はしかし物静かにも平和にくらし、五年ごとにメッカ旅行に出ては、かの聖地にあって、アラーの神にはその祝福を感謝し、かの船長とその一党のためには、アラーがあの者どもをその楽園にお引きとり給わんことをお願いしております。

（訳・著者紹介＝種村季弘）

奇妙な幽霊物語

ヨーハン・ペーター・ヘーベル

ヨーハン・ペーター・ヘーベル

一七六〇―一八二六。スイス、バーゼルの貧しい織工の家に生まれ、はやくに両親をうしなって孤児となる。長じてギムナジウムの教師・福音教会の監督長の傍ら、バーデン地方に取材した数多くの地方的アネクドート文学を書いた。みかけの素朴さにもかかわらず、分裂した精神がはげしく「一体性をもとめる」「デモーニッシュなものも彼のなかにはあった」（マックス・ピカール）。本編は『ラインの家庭の友の玉手函』中の一編。

過ぐる秋のこと、さる旅の殿方が、美しい、目のさめるようなシュリーンゲン地方を旅された。殿方はしかし、山を登るのに馬のためをおもんぱかって徒歩で行かれ、一人のクレーンツァハ人におのが身に起こった次のような話を語られた。

くだんの殿方が半年前デンマーク旅行をしたときのことである。夕方もおそく、そこから遠からぬ小高い丘のうえに美しい城のある地点にたどりつき、当地で一夜を明かそうと考えた。宿の亭主の言うには、客人にはお泊めする部屋がもうないとのこと。明朝、ある者が処刑をうける、そこで三人の死刑執行人がすでに当家に泊まっている、というのであった。そこでくだんの殿方の答えるには、「では、あそこの城に行ってみよう。城主殿が、あるいはどなたにせよ城の持主が、とく私を城中に入れて余分のベッドを空けて下さるだろう。」宿の亭主の申すには、「ベッドなら、絹のカーテンをめぐらしたすばらしいものが、天井の高いいくつもの部屋にいくらもございます。鍵は私どもに保管してございます。けれども、あなたさまにお薦めはいたしかねます。ご領主さまはもう三月も前に奥方さまを連れ、郷士殿を一人お供に連れて、遠い旅に出られました。それからというもの、あのお城には幽霊どもがわがもの顔にのさばっております。城代も郎党も、ひとりとして城にとどまれませんでした。それ以来、あの城にはいった人は、二度とは決してあそこへまいりません」。旅の殿方は、幽霊などものともしない豪胆な人物だったので、これには笑みを返して、「ひとつ試してみよう」といった。口を酸っぱくしてとめてもむなしく、亭主は彼に鍵を与えないわけにはいかなかった。幽霊見物に必要なものを用意しおえると、かねてしたがえていた従者をともなって城へ入った。城にきても彼は服をぬがず、寝ようとさえせずに、何が起きるかをいまかいまかと待った。しまいには火をともした蠟燭を二本テーブルのうえに立て、弾丸を装塡したピストルを一挺そのそばにおき、退屈しのぎに、金紙で装丁して赤い絹のリボンで鏡の縁に吊してある『ラインの家庭の友』誌を手にとって、その美しい挿絵に目をやった。かなりの時間、何の気配も感じられなかった。けれども教会の鐘楼で真夜中の時鐘が鳴り、鐘が十二時を告げると一陣の雨雲が城のうえにさっとかかり、大粒の雨が窓を叩いたのであったが、このときドアを強く三度叩くものがあり、それから、黒いすが目の、半エレ（一尺強）ほどもある長い長い鼻の、乱杭歯むきだしに山羊髭生やし、からだ中もじゃもじゃ毛むくじゃらの、ぞっとするような姿のものが部屋のなかに入ってきて、恐ろしい声をあげてうなった。「余がメフィストフェレス大皇帝だ。ようこそ余の宮殿へ！　そなたもさぞや女房子どもと水さかずきをかわしてきたのであろうな?」旅の殿方は、足の爪先から背中づたいに頭に被った寝帽子の下までぞっと水を浴びたような戦慄がはしり、あわれな従者のことなど気を配るひまとてもなかった。さるにてもメフィストフェレスがしかめ面ももの凄まじく、そこら中火だらけのところをまたぎ越しでもするように高々と足をあげてこちらにやってきたので、あわれな殿方は、ままよ、今が潮時だ、と思い、豪胆にもすくと立ち上がると化け物に向かってピストルをかまえ、「止まれ、さもないと撃つぞ！」といった。ふつうならこんなことで幽霊がおどろくわけはない。かりに撃とうとしても弾丸は出ないか、弾丸がもどってきて幽霊には当たらずに、かえって撃ち手のほうに当たってしまうからだ。それなのにメフィストフェレスは脅すように人差指を空中に上げ、ゆっくりとまわれ右をして来たときとそっくりそのままの歩調でまた出ていったのである。旅の人はしかしこの魔王が火薬に一目おいているのだと見て、しめた、これでもう大丈夫、と考え、もう一つの手に蠟燭を持つと、ゆっくりと廊下をあゆみさってゆく幽霊のあとを、同じくゆっくりとつけていったのであるが、従僕のほうはその背をすりぬけて教会めがけて一目散にとびだして村にたどりつき、これの思うには、幽霊のいるところで一夜を明かすよりは死刑執行人と同じ屋根の下で過ごしたほうがまし。——ところで廊下にでると、幽霊は勇敢なる追跡者の目の前で突如としてかき消え、まさに地下に沈没したかのようだった。どこへいってしまったのか、かの殿方はさらに数歩足をすすめて見とどけようとし、するとそのとき突然足下で地面がぱっくりひらいて、火焔の輝きをまっこうから浴びせかける穴のなかに落ちていったのであるが、それでてっきり、これはこの世ならぬ場所に通じているのだ、と思いこんだ。ところがものの数十フィートばかりも落ちていくと、地下室のなかの藁の山に無傷でころがっていたのである。焚火をかこんで六人の若い者が立っており、メフィストフェレスもそこにいた。そこら中にあらゆる種類のふしぎな道具類がころがっていて、ピカピカ光るレスライン金貨を山盛りにしたテーブルが二つおいてあったが、その一方のほうがもう一つのテーブルよりみごとだった。近づいてみて、思わずはっとした。つまりこれは、まぎれもない人間さまの贋金作りの秘密結社だったのだ。者共は城主殿の留守を利用して城に彼らの隠し金を運びこみ、そしてどうやら、館にいながらにして消息や状況に通じた一味のものに見張らせているのであるらしい。彼らはその秘密組織をこころおきなく邪魔されずに動かせるように、あの幽霊の音を立てはじめ、こうしてこの家に入った者は恐慌状態におちいって、二度とやってこなくなるのであった。しかし大胆不敵な旅人はいまにしてようやく原因に気がついて、おのれの軽挙を、また村の宿の亭主のいましめに聞く耳もたなかったことを後悔した。それというのも彼はなにやら狭い穴からまた別の暗い物置に押しこまれて、一味が自分という戦果を報告しながら「やつを殺しちまうのが一番だぜ」というのを聞きとめたからである。ところがまた一人がいった。「まずやつが何者で、名は何といい、生まれはどこか、を聞き出さなければな。」だが彼が身分ある領主でコペンハーゲンの王のもとに旅している身と聞くと、一味は目をまるくして互いに顔と顔とをみかわし合い、またまた彼を先の暗い地下室にもどすとこういった。「これは、やばいことになったな。こいつがいなくなったりしようものなら、やつが城に入って二度とは出てこなかったことが、宿の亭主の口から外に知れ、すると夜が明ければお巡りがきておれたちをしょっぴき、麻の値は暴落して、首吊り用の縄がお安くなること必定だわい。」そういうわけで、絶対に何一つ口外しはしないと誓言の約束を果たさせてから、一味はこの捕囚を無事放免してくれたのであるが、ついでに脅して、コペンハーゲンではお前を監視させているからな、という。そこで彼のほうは神かけた誓言をして、自分の居場所を打ち明けなければならなかった。「緑の鎧戸のある大きな家の左手の野人亭の脇」と彼はいった。それから一味は朝の飲みものにとブルゴーニュ・ワインをふるまい、彼はといえば彼は、一味が夜が明けるまでレスライン金貨を鋳造するのを見物した。しかし地下室の孔から陽光が射しこみ、街道に馬鞭の音が弾け、牛飼いが角笛を鳴らすと、旅人は夜の伴侶たちに別れを告げて手厚いもてなしに礼をのべ、よろこびいさんで宿に帰ったのであるが、このときうっかりして時計と煙草パイプとピストルをおき忘れてきてしまったのである。宿の亭主のいうには、「いやはや、あなたにまたお会いできたとはおめでたい。一晩中まんじりともしませんでしたよ。どうなさっていたのですか？」けれども旅人は考えた。神かけた誓言は誓言だ、守るつもりもないのに、わが身を救うために、神の御名をみだりに使ってはなるまいぞ。それゆえに彼は何もいわなかったのであるが、するとこのとき合い図の鐘が鳴り、哀れな死刑囚が連行されてきて、猫も杓子もいっせいにそちらに走っていってしまった。その後コペンハーゲンでも口を固くし通し、自分でももうそのことはほとんど忘れかけてしまっていた。ところが数週間後、郵便局から彼のもとに小箱が一個届けられて、なかには銀を象嵌したたいそう高価な新品のピストル、贅沢なダイヤをあしらった新しい金時計、金鎖つきトルコ製煙草パイプ、金糸の刺繡の絹の煙草入れ、それに手紙が一通入っていた。手紙の文句は、「そこもとがわれらのもとで堪え忍ばれた恐怖の代償として、またそこもとの沈黙への感謝の印として、これを贈る。今はすべてが終わり、そこもとは気が向いたらだれになりとあの話を語って聞かせるがよい」。だからこそこの殿方はクレーンツァッハ人にこの話を語り聞かせたのであったが、その話をしたヘルティンゲンで正午の鐘の音が鳴ったとき、丘のうえでこの殿方がふところから取り出してヘルティンゲンの時計が正確に動いているかどうかをしらべたのがほかでもないその時計で、のちにこれは、バーゼルの旅籠でさるフランスの将軍から七十五新デュブローヌ金貨で所望された。けれども彼はその値では手放さなかった。

（訳・著者紹介＝種村季弘）

騎士バッソンピエールの奇妙な冒険

フーゴー・フォン・ホーフマンスタール

フーゴー・フォン・ホーフマンスタール

一八七四―一九二八。旧オーストリア帝国の都ヴィーンの富裕な銀行家の息子として生まれ、高校在学中に早熟の文才によって文壇の注目を浴びた。即ち『昨日』（十七歳）、『チチアンの死』（十八歳）、『痴人と死と』（十九歳）等、今日最も多くの愛読者を有する小戯曲はいずれも二十歳以前の創作である。一九一〇年の『薔薇の騎士』以降リヒアルト・シュトラウスに数々の楽劇台本を提供して成功を収め、またザルツブルク祝祭劇場の作者・芸術祭主宰者として二十世紀前半のオーストリア芸術界に多く貢献した。中年期以後は散文作家・エッセイストとして重要な位置を占め、本書に収められたような短編小説の他に未完の長編『アンドレアス』は極めて価値高きドイツ語散文の珠玉である。

青年時代のある時期に私は勤めの都合で一週間に数回かなり規則正しくある一定の時刻にあの「小橋」を渡って（というのはその当時ポン・ヌフはまだ出来上っていなかったから）シテの島を越えることになっていたが、その際たいがい何人かの職人とか、その他の町の庶民連中に顔を知られて挨拶をうけたもので、中でもしかし一際目立って、また欠かさずに挨拶してくれたのはあるちょいと粋な小間物屋の女房で、その店は看板に二人の天使が描いてあるのですぐわかるのだったが、その女房ときたら、五・六箇月の間私が通りすぎるたびに深くお辞儀をして、そのあと私が見えなくなるまでじっと見送っているのだった。その女の挙動はいやでも私の目につく。私も同じように彼女を見返して、そしてねんごろに挨拶を返すのだった。ある時、冬の終りごろだったろう、私はフォンテーヌブローから馬でパリに向かい、そしてまた「小橋」にさしかかったのだが、そのとき例の女が店先に出てきて、私の通りすがりざまに、「旦那様、御機嫌よろしゅう――」と声をかけたのだった。私はこの挨拶に答え、そしてちらちら後を振り返って見ると、その女は身を乗り出すようにして、名残り惜しげに私の後を見送っていたのだ。私はその時供廻りと馬丁とを後に従えていたが、この二人はその夜のうちにも手紙を持たせてフォンテーヌブローのさる御婦人方のところへ送り帰すつもりでいた。私の命令で供廻りは馬から下りてその若女房のところへゆき、私の名代として、その女に、私と会って語らいたい気があるようお見受けした、より親しい近づきをお求めになるのだったら、どこへなりとお望みの場所へお訪ね申そう、と伝えたのだった。

その女が私の供廻りに答えていうには、これ以上うれしいお言伝てが頂けようとは思わなかった、私の方こそ何処へなりと、あの殿様のお指図のままに参りましょう、ということだった。

馬を進めながら、私は供廻りに、私があの女とあいびきできるような場所をどこか知らないかと聞いてみた。その男が答えて言うには、あの女をある取持ち婆さんの家へ連れて行っておきましょう、と言う。この男は、フランドルの田舎クルトレから来たヴィルヘルムという、ひどく克明な、忠義者だったから、すぐこれに付加えて、いまペストがあちこちに出ておりまして、衛生を知らぬ裏店の奴らばかりでなく、博士様だの、僧正様だのでさえもうこれにやられて亡くなっています、だから、枕に掛布団にシーツだけはお邸から運ばせておいた方がよろしいでしょうとすすめるのだった。その提案はもっともなことだと私がうけがうと、ヴィルヘルムは、快適な御寝所を用意しておきましょうとうけあってくれた。馬をおりる前に私はさらに、清潔な洗面器も一つ、それに香料の小罎一本、またお菓子に林檎を若干、その場へ持って行っておくように言いつけた。そのほかにもまた、ヴィルヘルムは、部屋をせっせと暖めるよう気をつけてくれることになっていた。何しろその日はひどい寒さで私の足も鐙に突込んだまま硬く凍ってしまいそうだったし、どんよりした厚い雪雲が垂れ下がるように空を覆っていたのだった。

その晩私が出かけてゆくと、年の頃は二十ばかりの相当な器量好しの女房がベッドに腰をかけていて、そばに丸めた背中を頭からすっぽりと黒い布で包んだ取持ち婆さんが、何かしきりに女に言いふくめている様子だ。扉は半開きになっていたが、煖炉には太い新しい薪が高く音をたてて燃えているから、人は私が来たのに気がつかない。そこで私は束の間戸口に立ち止まってこの光景を見ていた。その若妻はつぶらな眼でじっと炎に見入っている。そのちょっとした身のこなし一つで、女はそのいやらしい婆さんから何千里もの彼方に距たった存在になっているのだった。それに、女のかぶっている小さなナイトキャップの下からは、豊かな濃い髪の毛があふれ出て、それが自然のカールをなしてうねりながら、肩から胸の間にかけてシュミーズの上におちかかっている。彼女はその他に草色木綿地の短かいペチコートをつけて足にはスリッパをつっかけていた。その時私はつい物音をたてて気づかれてしまったらしい。女は振り向いて私に顔を見せたが、そのあまりにも思いつめたような表情は、もしそのぱっちりと見ひらいた眼から、言葉にならない口元から、眼に見えぬ焔のように流れ、ほとばしり出る、そのまぶしいばかりの献身の情がみえなかったとしたら、ほとんどどすさんだ顔つきとしか見えなかったかもしれない。女のこの姿は私の胸にこたえた。と、思いの及ぶよりも一瞬早く、あの婆さんはするりと部屋を抜け出していて、私は即ち恋人の腕の中に居たのである。かくも思いがけぬ早速の成就にまず酔い痴れてしまった私がやおら心おきない振舞に及ぼうとすると、女はその眼つきにも、沈んだくぐもるような声音にも、一種言い表わし難い生命（いのち）の力を感じさせて私の手から身を振りほどいた。しかし、次の瞬間、気がつけば私は女に抱きしめられていたのであって、彼女は唇でむしゃぶりつき、腕をまわして私にすがりつく、と同時に、それよりも更にはげしく、女の底ひ知れぬ黒い瞳はいやます輝きをはなちつつ私に迫ってきた。それから再び女は何かしゃべろうとしたようだったが、しかし接吻を求めてうちふるえる唇はまるで言葉をなさないし、わななく咽喉は、すすり泣きともあえぎともつかぬきれぎれの物の音(ね)を発するばかりだった。

ところで私はといえば、この日はほとんどまる一日馬に乗って凍てついた街道をいそいできたのだったし、そのあとでは王の控えの間ではげしい口論をしてしまって大いに癪にさわり、そこでむしゃくしゃした気分をはらすためにしたたかに飲んだり、重い両手持ちの剣でフェンシングをたたかわしたりしたのだったから、こうして柔かな腕に項(うなじ)を抱かれ、匂いのよい髪につつまれて横になっているという、このすばらしい、秘密めいた冒険の真最中に、不意の激しい疲労、というよりほとんど失神状態の如きものがおそいかかり、そこで私は最早自分がどうしてこの部屋へやって来たのかも思い出せなくなり、互いに相手の心臓の鼓動をじかに感ずるほどに胸と胸とを相寄せて抱き合っているこの女をすら、一瞬全然別の昔の女と取り違えて考えもし、やがて他愛もなくぐっすりとねこんでしまったのだった。

次に目をさましたときには、まだ真暗な夜だったが、恋人が私の傍からきえていることにすぐ気がついた。顔をあげると、消えかかっている火のかすかな明りで、女が窓際に立っているのが見えた。女は窓の鎧戸の一つを少し押し開け、その隙間から外をのぞいているのだった。そのとき女はふり向いて私が目をさましたのに気づき、声をかけた。(私には、そのとき彼女が軽く握った左のこぶしで自分の頬をかき上げ、顔にたれかかっていた髪を肩越しに背中へふりもどしたしぐさが、まだありありと眼に映っている。)「まだ夜は明けませんわ。まだなかなかよ」このときはじめて、私は女の体つきの美しさを眼のあたりに見たのだが、ついで、彼女が、赤い火の反射を下からうけてすらりとのびている二本の白い華奢な足を二、三歩ゆっくりと大またにはこんで、また私の傍にもどってくれるのだろうか、その瞬間をほとんど待ちきれないような思いだった。女はしかしまず煖炉の前に歩み寄って床に身をかがめ、ころがしてあった最後の太い薪をまぶしいようなはだかの腕にひろい上げ、すばやくそれを火の中へ投げこんだ。そしてこちらへふり向いたのだが、そのときの女の顔は炎のほてりと歓喜のために輝いていた。通りすがりにテーブルから林檎を一つ手に取ったかと思うと、すでにして私の腕の中に飛びこんでいたのだが、彼女の手足はまだ炎の照り返しをうけてほてっており、そしてたちまちやわらかにほどけ、身内にもえたつさらに強い炎にゆすぶられ、右手で私をかき抱き、同時に左手ではかじりかけた冷たい林檎と、自分の頬と唇と瞼とを交互に私の口におしつけてくるのだった。最後に投げこまれたその薪は、ほかのどれよりもさかんに燃えていた。火花を散らしながら、薪は炎を吸いこんではまた高く噴きあげる、そこで火炎の明りはまるで波のうねりのように私たちをめがけて打ち寄せて来、その波は壁に当ってくだけ、私たちのからみあった姿の影を壁の面にはげしくゆすりあげたりまたゆりおろしたりした。太い材木はたえず音をたてて燃え、その芯の内から次から次へと新たな炎を吐き出し、炎は舌のようにめらめらと立ち昇っては、室内の濃い闇をその赤い光の飛箭でてらしだした。しかし突然、炎はくず折れるように沈み、冷たい隙間風が人の手であけたように音もなく鎧戸を押し開き、憎らしい東明のうす明りがみえてきたのだった。

私たちは床の上に起き上った。そして朝の来たことを知った。だが外の様子はどうも朝のようには見えなかった。世間が目をさましたという様子ではなかった。窓の外を見てもそこが街の通りであるとは見えなかった。形のあるものは何一つ見えないのだ。全体が色もなく姿もない一つのもやもやで、その中をうごいてゆくのはいつの世のものでもない幽霊であるかに思えた。どこからともなく、遠くから、昔の記憶の中からのように、塔の時計がときを打ち、そして朝風とも夜風ともつかない冷たいしめった風が次第に強く吹きこんできて、私たちは身ぶるいしながら、ひしと体を押しつけあうのだった。女は顔を引いて、その眼にあらんかぎりの心のたけをこめて私の顔を見つめた。咽喉がひきつるようにふるえて何かがこみあげて来、唇のふちまであふれかかっていた。それは言葉にはならなかった。ためいきにも、接吻にもならなかった。だが形をなさないままにその三つのどれにも似通った何かだった。外は刻々に明るくなり、それにつれて女のはりつめた顔にうかぶ様々の表情もいっそう生気を帯びてみえた。と、突然外の人声と引きずるような足音が窓のすぐ前を通りすぎていったので、女は身をかがめ、顔を壁に向けてしまった。通り過ぎていったのは二人の男だった。一瞬、そのうちの一人の提げている小さいカンテラの光が部屋の中へさし込んだ。もう一人の方は手押し車を押していて、その車輪の軋むような喘ぐような音がきこえた。その男たちが過ぎ去ってしまったところで、私は立ち上り、鎧戸を閉め、ランプをつけた。半分かじりかけの林檎がまだそこにあった。私たちはそれを一しょに喰べ、それから私は、もう一度会うことはできないだろうか、私の出発はまだ日曜日のことでよいのだから、と女にたずねてみた。これはところで木曜日から金曜日にかけての夜のことだったのである。

彼女が答えて言うには、自分の方こそきっとあなたよりも強くそれを望んでいる、でもあなたが日曜いっぱいパリに居らっしゃるのでなければそれはできない相談だ、自分があなたに再度お会いできるとすればそれは日曜から月曜にかけての夜以外にないからだ、ということだった。

私にはさし当って二、三のさしつかえが思い浮かんだので、それに対して多少の苦情を申したてたが、すると女はその言葉を、一言も言い返すわけではないが、しかし言いようもなく口惜しく物言いたげな眼つきで、そして同時にほとんど気味がわるいくらいに顔を硬く暗くこわばらせてじっと聞いているのだった。これをみて私もつい、日曜日まではパリに居よう、と約束し、そして、それでは日曜の晩にまたこの同じ場所にやって来ようと付加えて言った。するとこの言葉を聞いて女はきっと私を見つめ、声に猛烈な、喘ぐような調子をこめてこう言うのだった。「このような恥ずかしい家へ私が来たのもあなたのためなればこそよ。それは自分にもよくわかっているの。でもそれは私がすすんでそうしたのよ。だって私はあなたとごいっしょしたいと思ったのですもの、そのためにはどんな条件でも呑むつもりでいたのですもの。だけど、もし私が二度とここへもどってくるようなことがあったら、私には自分が我ながら最低の、最下等の街の女だと思えることでしょうよ。私がこんなことをしたのもただあなたのためなの。だってあなたは私にとってあなたという人なのですもの、あなたはバッソンピエールで、あなたがおいでになればそれだけでこんな家でも私の眼には立派に見える、その方なのですもの」女はこんな「うち」と言った。するとその一瞬彼女が口にしたのは実際もっと野卑な言葉だったようにきこえた。彼女はそう言いながら四辺の壁に、ベッドに、ベッドから床の上にずり落ちてしまった毛布に一瞥を投げ与えたが、彼女の眼の放射する鋭い光に射すくめられて、これらのみっともない、いやしい物たちは皆ちぢみあがり、平身低頭して彼女の前から身を引くように見え、このみすぼらしい部屋も一瞬の間ほんとうに大きくひろがったかのようだった。

それから女は言うに言われぬほどの情のこもった、そしてまじめな声音になってこう付加えた。「もし私が私の夫とあなた以外のだれか他の人の言うことをきくようなことをしたら、だれか別の人に浮いた思いをいだきでもしたら、私は犬のように殺されたっていいのだわ」そして熱い息を吐きながら唇を少しあけてそっと私の顔に近づけ、何か答の言葉を、信頼のあかしを求めているようであったが、私の顔から望む通りのものを読みとれなかったのであろう、そのはりつめた、期待をこめた眼ざしがくもり、ぬれたまつげをしばたたき、突然身をひるがえして窓際に走り寄り、私に背を向けたまま額をぎゅっと鎧戸に押しつけ、声はたてないがしかしびっくりするほど激しい嗚咽に全身をわなわなとふるわせるという有様だったから、私としても最早言葉も出ず、敢て女の体に手をふれることもできないでいた。私はそれでもとうとう力なくたらしている彼女の手の一方を握り、その瞬間思い浮かんだかぎりの真心のこもった言葉で、どうやら女をなだめることができたので、女もついには涙に泣きぬれた顔を私の方に向け、やがて一すじの光のように眼の中、唇のほとりに微笑みのかげがさし、一瞬にして泣き顔の痕は拭ったように消え、顔中がはればれと輝くばかりになったのだった。さあそれから、彼女がまた私に向かっておしゃべりをはじめた時が、またとない可愛い見もので、「もう一度私に会いたいのね？　そんなら私の伯母さんの家へ来て頂きましょうね」という文句をいつまでも口の中でもてあそんで、それも前の半分は甘えてあつかましくしてみせたり、子供っぽい疑い深そうな口つきで言ってみたりという風にあれこれと言い方をかえ、それから後の半分は重大な秘密を教えてやるという風に耳に口を寄せてささやいたり、あるいは肩をすぼめ口を尖らして、およそ分かり切った打ち合せでもしているように肩越しに言葉を投げたり、そして最後には私の体にしがみついて、まともに私の顔をみつめて笑いながら、媚びながらそれをくりかえすのであった。彼女は、まるで子供が初めて通りを越えてひとりでパン屋へお使いにゆくときに道を教えてやる母親のような態度で、まことにこまごまとその家のありかを私に説明するのであった。それから女は起きあがり、まじめな顔付になった。そして精気あふれるそのひとみにあらんかぎりの思いのたけをこめて私を見つめたが、その眼つきはまるで死人ですらも我身の方へ引き寄せるだけの力がありそうだった。女はこう言葉をつづけた。「十時から真夜中までの間にいらっしゃって下さいね。それからもっとおそくなっても、いつまででも待っては居ますわ。玄関の戸は開いているでしょう。入るとすぐにせまい廊下がありますけれどそこでは立ち止まらないでね。そこに伯母さんの部屋の扉が開くようになっていますから。それから奥へいらっしゃるとつき当りに階段がありますからそれをのぼって二階へ来て下さいな。そこに私は居ますから」そして目まいをおぼえたかのように目をつむったまま顔を振り仰ぎ、両手をひろげて私をだきしめたがすぐにまた私の腕からすり抜けて、さっと着物を体にまとい、他人行儀の、まじめな顔になって部屋から出ていった。すでに夜はすっかり明けていたのだった。

私は旅の用意を整え、従者の一部に荷物を持たせて先に発たせてしまうと、次の日の夕方にはもう待ち遠しくてたまらなくなり、夕暮を告げる鐘が鳴ると間もなく、従僕のヴィルヘルムを連れ、ただし灯火は持たせずに、「小橋」を渡り、せめて恋人の姿なりとも、店にいるところか隣り合った住居にいるところかを見つけ、彼女と何か二、三の言葉を交すより以上の望みはもともと持っていなかったけれども、もしうまくゆけば私が来ているという合図ぐらいはできるだろうと思って出かけたのだった。

眼立たないように私は橋のたもとに残り、従僕を先に遣って機会をうかがわせた。ヴィルヘルムはしばらく姿を消したが、もどってきたときには、この実直な男が、私の言いつけをうまく仕了せなかったときにいつもみせる、がっかりした、思い屈したような顔付をしていた。この男が言うには、「店はしまっています。誰も中にはいない様子です。だいたい路地に面した部屋には人の姿も見えず、声もしないのです。中庭へ入ってみようと思えば塀が高くて、おまけにそこに大きな犬がうなっている。でも手前の方の部屋の一つに明りがついていて、鎧戸の隙間から中がのぞけます。ただし残念ながらやっぱり空っぽです」

気分を害してしまって私はもうもどろうかと思ったが、それでもやはりもう一度あの家の前をゆっくりと通り過ぎてみた。従僕は持前のまめまめしさを発揮して、明りのもれてくる鎧戸の隙間にまたも眼をあてがっていたが、今度は、あの女ではありませんが多分亭主らしいのがいま部屋に居ますよとささやいた。その小間物屋の亭主というのを私はついぞ一度も店先で見かけたおぼえはないし、時々肥った不格好な中年男か、あるいは乾からびて貧弱な爺さんくらいに思い描いていたので、そ奴の姿を見ようという好奇心に駆られ、窓際に歩み寄ってみたが、さてそこで大いにおどろいたことには、その調度の整った寄木張りの部屋には並みはずれて丈の高い、がっしりした体格の男が歩き廻っているのが見えたのであり、その男はどうみても私より肩から上だけ背が高く、こちらへ向きを変えたところでみると、振り向いたその顔は非常に美しく謹厳な感じで、数本の銀線もまじえた褐色の鬚を蓄え、ほとんど異様なまでにノーブルなその額からこめかみにかけて私がこれまでおよそどんな人間にも見たことがないような高く秀でた相貌をなしているのであった。この男はただ一人で室内に居るのに、なぜか誰やらと視線を交し、唇を動かし、そして室内を往ったり来たりする間に其処此処で立ち止まり、想像裡の相手の人間と話を交しているかのように見えた。一度などは、相手の反論をいくらか思いやりのある長者の態度でしりぞけようとするかのような手を振るそぶりを見せるのだ。この男の挙動のどれ一つをとってみても何か大いに放漫な感じと、人を見くだしたような自信の強さとが見てとれたので、そこで私は、この男の一人ぼっちで歩き廻る姿から、私が、ブロア城の塔に拘禁中のところを王の命令に従って見張っていたことがあったある身分の高い囚人の姿をありありと思い出さずにはいられなかったのである。この眼前の男が右手をあげ、ぐっとそらせたその手指を注意深く、というより深刻なほどのきびしさでじっと見つめたとき、両者の似ている度合はさらにいっそう完全になると思われたのだった。

何しろ、私はあの身分の高い囚人が、彼が右手の人さし指にはめ、ついぞそれを放したことのない指輪を、これとほとんど全く同じ身ぶりでよく眺めていたのを見たことがあるのだ。部屋の中の男はそれからテーブルに歩み寄り、水の入ったフラスコをろうそくの灯の前に押しやり、そこに出来た光の輪の焦点に指をのばした両の手をかざした。彼は自分の爪を観察している様子だった。しばらくして彼は灯を吹き消して部屋を出ていったが、後にのこされた私は鈍い、腹立たしい嫉妬の情でいっぱいだった。何分あの女房に対する欲望は私の身内にますますつのってきて、燃えひろがる火のように、私のゆき当るもの一切合財をのみつくし、この思いがけない遭遇もさりながら、丁度冷たい湿った風に吹きつけられてくる雪片が一つ一つみな眉や頬にへばりついてそこで溶けてゆく不快さも加わって、ただもう滅茶滅茶にあおられてゆくばかりなのであった。

次の一日を私はおよそろくでもないことでつぶした。仕事には少しもまともに身が入らず、本来気に入りもしない馬を買ってみたり、食後にヌムール侯に伺候してそこでしばしの時間を勝負事や、およそくだらぬ、ぐうたらなおしゃべりでつぶしてみたりした。そこでの話題と言えば、つまりいま市中でますますはげしく蔓延してゆくペストのことより他には何もなかったので、これらの貴人たちがみな申し合せたように、屍体は速やかに土に埋めるのだとか、瘴癘の気を焼き払うために死人の出た部屋では藁の火を焚くのだとか、もっぱらそんな話ばかりしか持ち出さないのである。中でも最もばかげて見えたのは聖堂評議会員のシャンデュー卿で、卿はいつもと同様に肥って丈夫そうなのに、爪に病気の症候とされている怪しい青味が現われていはしないかと絶えず自分の手指の爪にちらちらと目をやることをどうしてもおさえられないのだった。

私はこんなことですっかり嫌気がさしてしまい、早々に宿に帰って床についたが、さて寝つきもならず、じりじりしたあげくにまた服を身につけ、さあどうにでもなれ、たとえ家来をつれて力ずくで押し込むようなことになってもかまわぬ、彼処へ行って恋人に会ってやろう、とまで考えた。私は従僕たちを起そうと思い、起って窓際まで行ったが、そこで氷のような夜風に頭を冷やされ、正気をとりもどして、そんなことをしては一切をぶちこわすばかりだと考え直した。服を着たまま私はベッドに倒れ、そして漸くのことで眠りに入った。

日曜日も晩までは同じような調子で時を過ごし、時間は早すぎたがかねて教えられた通りへ行き、十時が打つまでは無理にその通りに続いたとある路地を行ったり来たりしていた。あの女が私に説明したような建物とその戸口はすぐにみつかったし、その戸も開いており、中へ入ればたしかに廊下と階段とがあった。階段を昇りつめたところにあるその次の扉はしかし閉まっていた。ただ扉の下の隙間からかすかな光線が洩れていた。とすればあの女は部屋の中に居て私を待って居り、そしてもしかすると私が外からしているのと同様中から扉に聴耳をたてているのかもしれない。私は爪で扉を引掻いてみた。すると部屋の中に足音がきこえた。はだしで、ためらいがちに足をひきずる音、と私には思われた。ひととき、私は息を殺していたが、それから静かにノックをしてみた。しかし聞えてきたのは男の声で、戸口においでなのは誰方ですかとたずねるのだった。私は扉口の飾柱のかげに身をひそめ、物音をたてぬように気をつけた。扉は閉まったままだったから私は極度に足音を忍ばせて、一段一段静かに階段を降り、廊下を伝って外へ忍び出たが、それからこめかみに血がのぼってずきずきするのをおぼえながら、歯を喰いしばり、身を焦がすようないらだちをおさえてあたりの街路を往きつもどりつした。到頭再びあの家の前にもどってきた。まだ入ろうとは思わなかった。女はあの男をうまく遠ざけるだろう、それはわかっている、感じている、うまくゆくだろう、そうすればすぐにもあの女のもとへ行けるのだ。この路地はせまかった。反対側には家はなくてとある僧院の庭の塀だった。その塀に私は身を押しつけて向かい側の窓の中のことを推し測ろうとした。二階の、とある開け放った窓の中で明りが焚火の炎のそれらしく、ひとときぱっと燃えあがり、また暗く沈んだりしていた。今や私は室内の光景の一部始終を眼前に見る思いがした。女はあの晩と同じように太い薪を一本煖炉に投げこんだところだ、あの晩と同じように女はいま部屋の真中に立っている、待っている、肢体は炎に照らされてほてっている、あるいはベッドに腰をおろして聴耳をたてている。戸口に立って私は女の姿に目を注ぐだろう、透明な波が壁の面に押しあげたり、引きさげたりしている女のうなじの、肩の影を眺めるだろう。すでにして私は廊下に入り、また階段を上っていた。今度は扉ももうしまっていなかった。半開きになった扉はそのわきの方からもゆらめく火の明りを外にもらしていた。すでにして私は扉の把手に手をかけようとしたが、そのとき私は部屋の中に数人以上の人間の声と足音をききつけたように思った。私はしかしそれを信じようとしなかった。私のこめかみの血が、首のあたりの血がさわぐせいだ、部屋の中の火の燃える音がそうきこえるのだ、と思った。あの晩にもやはり火はこうして音高く燃えていたのだ。今は私は把手を握っていた、がそのとき、中にいるのは複数の人間、数人の人間であることを私はさとらざるを得なかった。しかしそれも今ではどうでもよかった、あの女もまた中に居るということを、私はわかっている、感じている。そしてこの扉を突き開けさえすれば女の姿を見、女をこの手に捉えることができるのだったし、たとえ他人の手の中から奪いとることになるのだとしても、私は片手で女を我身に引き寄せて掻き抱き、女と私とのために、剣を揮い、匕首を擬して、わめき叫ぶ男たちの群を分けてこの危地を脱しなくてはならないのだ。ただ一つ耐え難いのは、これ以上待つということだ。

私は扉を開き、そして見た。がらんとした部屋の真中に、数人の人間が居てベッドの藁を燃していた。そして部屋中をてらし出すその炎の明りに、壁が壁土をこそぎ落されて、それが床に堆く積んであるさまが見え、とある壁際にはテーブルが寄せてあり、その上に二体の裸の体が仰向けにねかされ、そのうち一方は非常に大きくて顔には布がかけてあり、他方は小さくて、それが丁度壁の間際に寄せつけてねかせてあるものだから、そこにはその体の形の黒い影が伸びあがったり、また沈んだりしていた。

私はよろめくように階段を降りて外に出たが家の前でぱったりと二人の屍体かつぎ人足に出会った。一人が私の顔にカンテラをさしつけて、何を探しているのかと問うた。他の一人は軋むような喘ぐような音をたてて手押し車をこの家の玄関口へ差し寄せた。私は剣を抜いて二人を私の体に近寄せないようにし、宿へもどってきた。すぐに大盃で三、四杯の濃いワインをあおり、十分に休息をとったあと、翌日にはロレーヌ州への旅に発ってしまった。

旅から帰ったあと、いろいろ手を尽くしてあの女房のことを何か訊き出そうとしてみたがみな徒労に終った。二人の天使の看板のかかった家にも行ってみたが、しかし現在のこの店の持主は、自分たちの前に此処に誰が住んでいたかは知らないということだった。

（訳・著者紹介＝小堀桂一郎）

こおろぎ遊び

グスタフ・マイリンク

グスタフ・マイリンク

一八六八―一九三二。『ゴーレム』の著者として知られる、世紀転換期プラハの作家。不可視の世界を書き、不気味な、異様なものの世界から市民社会を諷して、当代にならぶ者はなかった。マイリンクは「魔術のうちに、また機械的人工性の超出のうちに幻想の可能性をさぐった」(ボルヘス)。本編はとりわけ世界大戦の黙示録的危機のなかに世界終末を予言した短編集『こうもり』のなかの一編。

「で、どうなんだ?」並みいる紳士一同、異口同音に問いかけた。ゴクレニウス教授がふだんになく足どりも気ぜわしく、とてつもなくとり乱した面持ちで入室してきたときのことだ。「で、あなたのところに手紙がとどいたのだね?――ヨーハネス・スコーパーはもうヨーロッパに向かっているところかね?――彼、具合はどうなんだ? 標本はもってきたのだろうね?」口々にいっせいに叫んだ。

「それが、これだけなのだ」、教授はおもおもしく言って、一束の書類とちいさな瓶を一つテーブルに置いた。瓶のなかにはくわがた虫ほどの、死んだ、白っぽい昆虫が一匹はいっている。「シナ人の使者がこれをじかに渡してくれてね、こう言った。これ、今日デンマーク経由で着きました」

「教授はどうも、わが同僚スコーパーの悪いしらせを聞いたんじゃないかな」、髭のない紳士が片手をかざして隣の男の耳元にささやき、言われたほうは獅子のたてがみさながらに蓬髪をうねらせた老学者で、こちらは――前者と同様自然科学博物館の標本製作者であったが――額に眼鏡をずりあげて、興味津々、瓶のなかの昆虫を観察している。

一同が――頭数にして六人、全員が蝶類学と昆虫学専門の学者である――会しているのは奇妙な部屋だった。

天井から紐でつるした針千本——亡霊じみた観客の生首のようにぎょろりと眼をむきだしにして——、島の未開民族の赤白のけばけばしい色に彩った悪魔の仮面、駝鳥の卵、鮫の大口、一角魚の歯、関節をはずした猿の胴体、遠い国々からやってきたありとあらゆるそれらグロテスクな形のものが発する、奇態に死人めいた気配の印象、それを樟脳と白檀のにぶい香気がいやがうえにも強めていた。

どこか僧院風の感触をとどめた、褐色の、虫喰いあとだらけの戸棚のうえの壁には、荒れはてた博物館の庭園から、ふくれた格子窓ごしに射しこむ夕陽の腐れた光のたわむれでもあるかのように、愛らしげに金の縁飾りの額におさまって、巨大な寸法に拡大された南京虫とケラの、ご先祖さま代々の肖像画もさながらのポートレートが懸かっていた。愛想よく腕をまげ、団子鼻のまわりに当惑した微笑をうかべ、それに黄色いまんまるのガラスの眼、頭には標本製作先生の山高帽をちょこなんとのせて、生まれてはじめて写真を撮られる大洪水以前の村の村長さんの姿勢で、ひらひらと蛇皮をなびかせたナマケモノが、隅のほうからぺこんとおじぎをした。

廊下のうすくらがりになったはるか遠くに尻尾をかくし、これより品のいい部分は文部大臣のご希望通りにエナメル塗り立てのピカピカで、当研究所の誇り、長さ十二メートルの大鰐が、間仕切りの扉からこちらの部屋へじっと眼を凝らしていた。——

ゴクレニウス教授が席につき、手紙の束の紐をとくと、私語のさざめくなか冒頭の行を走り読みした。

「日付はブータン——南東チベット——からで一九一四年七月一日——つまり大戦勃発の四週間

前。とするとこの手紙は一年以上前に発送されたわけです」、といって、それから教授はやや声をあげていいそえた。「ヨーハネス・スコーパー研究員は、なかんずくこう書かれている。〈シナの国境地帯からアッサムを通ってこれまで探検されていなかった国ブータンまでの長途の旅の途上、はなはだ大きな収穫を得ましたが、それについては次回にくわしくご報告申し上げるといたします。本日のところは、さる新種の白いこおろぎ発見にまつわる奇妙ないきさつをまずは手短かに〉――ゴクレニウス教授が瓶のなかのあの昆虫を顎でしめした。〈このこおろぎはシャーマンたちが迷信的な用途に使うもので、「パーク」と呼ばれており、これは同時に、ヨーロッパ人や白人めいたもの一切に対する罵りの言葉でもあります。

さて、ある朝私は、ラサに向かうラマ教徒巡礼たちからこんな話を耳にしました。私のキャンプからほど遠からぬ土地に、たいへん高位の、いわゆるドゥグパがいるというのです――ドゥグパというのはチベット全土で畏怖されているところの悪魔司祭のことで、真紅の僧帽を被っているのでそれと分るのですが、彼らのいうには、自分たちは毒きのこアシタカベニの万世一系の末裔なのだとか。いずれにせよドゥグパは、チベット最古の宗教ボンの一員だということで、そのボンがどういうものかとなるとこれはさっぱり見当がつきません。さる異人種の末裔、その起原は時のくらがりのなかに杳として失われています。そのドゥグパは、と巡礼たちはいい、いいながら迷信的な恐怖むき出しに回転礼拝器を回したものですが、サムチェー・ミチェバトなのです。サムチェー・ミチェバト、これはもう何の誰某と名前で人を呼ぶことなどゆるされない存在であって、このものは「解きまた結ぶ」ことができる、つまり一口に言えば、幻の表象としての時間と空間を透視するその力によって、この地上でやってやれないことは何ひとつあり得ない、といった存在なのです。人類を超出するあの諸階梯を登攀するには二つの道がある、巡礼たちはそう申しました。一つは光の道——仏陀との一体化——であり——もう一つが、これと正反対の「左道」、その入り口は生まれながらのドゥグパにしか知られていませんが——恐怖と衝撃にみちた精神の道です。この「生まれながらの」ドゥグパは——非常に稀にではありますが——国のあらゆる方位から生まれてますけれども、いみじくもほとんどの場合、特別に信心ぶかい親から生まれた子どもたちなのです。

「あたかも」、と私にその話をしてくれた巡礼のいうには、「闇の主の手が聖なる樹に毒の米を接ぎ穂するように」。そしてその子どもが精神的にドゥグパとつながっているかどうかを見分ける手段は一つしかない。それは——つむじが右から左ではなくて、左から右へと巻いているかどうか、です。

私はさっそく——純粋に好奇心から——さきほどの話のそのドゥグパにぜひともお目にかかりたい、との希望を述べました。ところが私のシェルパが、この男自身東チベット人なのですが、断固として首を縦にふらないのです。そんなバカな話があるものか、そもそもブータン国内にはドゥグパなんぞいやしない、と一気にまくし立てるのです。かりにいたとして、ドゥグパともあろう者が——サムチェー・ミチェバトならなおのこと——白人なんぞにおのれの術を見せたりなど絶対にするものか。

この男のあまりといえばあまりの真剣な反対がかえっていぶかしさを喚起し、ものの一時間も根掘り葉掘り問いつめるうちに、相手の口から明らかになった話では、この男自身がボン教の信者であって、じつは——真赤な煙幕をはってこちらをたぶらかそうとしはしたものの——「悟りをひらいた」ドゥグパがこの近くにいることは先刻承知だったのです。

「でもあのお方は、あんたなんぞに絶対に術を見せはしませんよ」いずれにせよ、話をそう結んだことでした。

「どうしてかね?」こちらは最後に切り返しました。

「だって、その——責任をとれない」

「責任てどんな?」

「術のために原因の世界に混乱をもたらしますね、するとその混乱のせいであらためてまた活仏化するための渦に巻き込まれる、でなければもっと悪いことが起こる」

謎めいたボン教について立ち入った話を聞くのが、私には興味津々でした。そこで私はこう訊ねたのです。「お前の信仰によると、人間には魂というものがあるのかね?」

「ある、とも、ない、とも」

「それはまたどうして?」

答えの代わりにチベット人は一本の藁を手にとり、それに結び目をこしらえました。「この草に結び目がありますか?」

「あるとも」

彼はまた結び目をほどいた、「こんどは?」

「こんどはない」

「これと同じで、人間には魂があり、また、ない」、と彼は簡単明瞭に申しました。

つぎに私は別のやり方で、相手の考え方をこちらなりにはっきりつかまえようとしてみました。

「よし、では、かりにお前が、この間通ったばかりの、あの手のひらほどの幅しかない、おそろしい尾根道の上で谷底に墜落したとする——それでもお前の魂は生き続けるのかね、それとも?」

「私に白状させようったってむだですね」

「だって!」

「じゃあ、やってごらんなさい」

ゆめゆめ油断は禁物だぞ、と私はひそかに考えたものです、シェルパを連れずにこのはてしない高原地帯をさまよっていられたら、どんなにすてきなことだろう。相手はこちらの考えを読みとったとみえ、あざけるような笑みを浮かべました。万事休す、です。私はしばらく口を閉ざしていました。

「なになにしようなどと思ってはいけませんのでね」、彼がまたやにわにはじめました。「あなたの意志の背後には、願望があります、あなたが御存じなのと、あなたが御存じないのと。その両方があなたより強い」

「では、お前の信仰によれば魂とは何なのだ?」私は憤然として訊ねました。「たとえば私には魂があるのかね?」

「あります」

「すると私が死ぬと、私の魂は生き続けるのか？」

「いいえ」

「だが、お前の言うのには、お前の魂は死んでも生き続ける」

「はい。私には、その――名前がありますから」

「名前だって？　私だって名前ぐらいあるぞ！」

「ええ、でもご自分の本当の名前は御存じない、つまりそういうものをお持ちにならない。あなたがご自分の名前と思っておいでなのは、あなたのご両親がでっちあげた、ただの空虚な言葉にすぎません。そんなもの、眠ってしまえば忘れてしまう。私は眠っていても、自分の名前は忘れませんよ」

「だけどいくらお前だって、死んでしまったらもうおぼえていないだろう！」私は反論しました。

「そうです。でも師がその名を知っておられて、いつまでもおぼえておいでです。そして師がその名を呼べば、私はまた生き返ります。でも私だけ、ほかの人じゃない、私の名前を持っているのは私一人なのですからね。ほかの人はだれも、その名前は持っていない。あなたがご自分の名前と称されているもの、そんなものはたくさんの他人があなたと共有しています――犬みたいに」、彼はあざ笑うようにそっとつぶやきました。なにをいったのか分かってはいましたが、私は聞きそびれたふりをしました。

「〈師〉と言ったが、あれはどういう意味だ？」一見無造作のふりを装った私の口ぶりでした。

「サムチェー・ミチェバトのことです」

「この近くにいる、あれかね?」

「はい、でも近くにいるあれは、師の鏡像にすぎません。真に師であるところの人は、いたるところにおられます。それがお望みなら、どこにもいないことだってお出来になる」

「すると姿を見えなくすることができるのだね?」私はわれにもあらずうすら笑いを浮かべざるを得ませんでした。「お前のいうには、彼は世界空間の内部にいるかと思えば、外部にもいる。そこにいて、しかもまた、そこにいない」

「名前というものはしかし、人がそれを口にするときにしか存在しません。口に出さなければ、それはもう存在しないのです」、チベット人はそんな講釈をぶってくれました。

「で、たとえばお前でも〈師〉になれるのだろうか?」

「なれます」

「すると師が二人いることになるな、どうだ?」

私は内心ひそかに勝ち鬨の声をあげました。有り体にいって、この男の精神の高慢には煮え湯を飲まされる思いだったのです。そら、まんまと罠にはめてやったぞ、そう思いました(私の次の質問はこうなるはずだったのです、片方の師が太陽を照らさせようとし、もう一人の師は雨を降らせようとする、どちらが勝つのかね?)それだけに彼の返した答に、私は仰天しました。

「だって私が師になるとしたら、そのときは、私はあのサムチェー・ミチェバトになっているわけですからね。それともあなたは、なにもかもお互いにそっくり相等しい二つの事物が、同一不二であることとなしに存在し得るとお考えなのですか?」

「いずれにしてもお前と彼とは、二人であって一人ではない。私がお前たちに出会うとしたら、お前たちは二人の人間であって、一人の人間ではない」、私は言い返しました。

チベット人はひょいと腰をかがめ、そこら中にごろごろしている方解石の結晶のなかから特別に透明な一個を選びだして、あざ笑うように申したものです。「これを片目にかざして、あそこの木を見てごらんなさい。すると、ほら、あれが二重に見えますね、そうでしょう? だからといってあれは――二本の木でしょうか?」

私たちは、こんなこみいったテーマを論理的に議論するのにモンゴル語を使って意思を伝えあうほかはなかったのですが、こちらはモンゴル語がうまく意にそってくれないということもあって、すぐに相手に反撃をくわえることはできませんでした。だから私としては彼に勝利をあずけておいたのです。それにしてもこのカルムック人独特の斜視に、垢と脂にコチコチにかたまった羊の毛皮をまとった半野蛮人の精神の柔軟さには内心ほとほと舌を巻かざるを得ませんでした。彼ら高地アジア人にはなにか奇妙なものがあるのです。外から見たのではけだもののようにみえる、ところがその魂にふれると、忽然として哲学者が出現してくるのです。

私は対話の出発点にとって返しました。「お前の考えでは、ドゥグパは私には術を見せないだろう、その――責任をとるのがいやだから、そうだったね?」

「そうです、その通り」

「それなら私が責任をとればどうかね?!」

すると彼が度を失ったのです。このチベット人と知りあってから、それがはじめてでした。おさえようとしておさえ切れない不安が、つと顔面を走ったのでした。激烈な、私には理解できない恐怖の表情が、陰にこもって内心よろこびに小躍りする表情とめまぐるしく交替しました。私たちは一緒にいた何カ月もの間に、ときには数週間にも及ぶ、ありとあらゆる種類の死の危険を目撃してきました。身の毛のよだつような谷底を、ぐらぐらゆれる足の幅しかない竹橋をわたって、恐怖のあまり心臓のとまる思いをしたこともあれば、えんえんと続く荒野を横切ってほとんど渇死しかけたこともありました。それでも彼は、たとえ一分間たりとも心の平衡を失ったことはありませんでした。それが今は？　この男がこんな風に突然とり乱すとは、一体何が原因なのか？　私は彼の顔をみつめました、この脳髄のなかであの考えこの考えがどう角逐しているのか。「ドゥグパのところへ案内してくれ、礼はたっぷりはずむ」、私は熱をこめて口説きました。

「考えておきましょう」、彼はついにそう答えたのでした。

彼がテントにいる私を起こしにきたのは、まだ夜のうちでした。用意が出来ました、というのです。

大き目の犬と背の高さのたいしてちがわない、もじゃもじゃ毛の蒙古馬二頭に鞍がおいてあり、私たちは闇のなかに乗り入れました。

私のキャラバン一行は、消えかかっている粗朶の焚火のまわりをかこんでぐっすり眠りこんでいました。

何時間もが経過しましたが、私たちは一言も言葉をかわしていませんでした。七月の夜のチベットの草原がはなつ麝香のたぐいのない匂い、私たち二人の馬の脚がかすめる度にかすかにさやぐエニシダの単調なそよぎ、そういうものに私はほとんど麻痺せんばかりで、目を覚ましているためには、上天の星にしっかり眼を上げていなければなりませんでした。星は、この未開の高地では、なにやら燃え上がる紙屑のような、炎々たる、ギラギラと光り輝く気を帯びています。そこから強烈な影響力が流れだして、心を不安でいっぱいにするのです。

暁の気配が山頂に這いはじめるころ、ふと気がつくとチベット人の眼はすっかり開き切り、まばたきもせずにいつまでも天の一角をじっと見つめています。――放心しているのだ、と思いました。

お前は道に気を遣う必要がないほど、それほどドゥグパのいる場所をそらで知りぬいているのかね、私は二、三度問いかけてみましたが、答はありませんでした。

「磁石が鉄をひくように、師が私をひかれておられる」、最後に彼は、眠りながらしゃべってでもいるように、重い舌を動かしてむにゃむにゃと申しました。

昼休みさえとらずに、彼は先へ先へとものもいわずにいよいよ馬をはやめます。私はやむなく、鞍にすわったままひからびた山羊の干肉を何個かかじりました。

暮方近く、私たちはとある小高い禿山の山裾をまわって、ブータンでときおりお目にかかることのある、あの幻想的なテントの一軒の近くにとまりました。真黒で、上はとんがり、下部は上のほうに向かって縁のふくらんだ六角形で、高足(たかあし)の上に鎮座しており、腹を下にして大地に接している巨大な蜘蛛そっくりなのです。

私の予想していたのは、髪も髭ももじゃもじゃのきたならしいシャーマンに逢うことでした。モンゴル人やツングース人によくいる、妄想性、もしくは癲癇性の手合いの一人で、こういうのは、毒きのこアシタカベニの煎じ汁に麻痺しては、精霊を見たと思いこんだり、わけの分からぬ予言をぶちかましたりするのです。ところが豈計らんや、私の目の前に——不動の姿勢で——立った男は身の丈六フィートあまり、いちじるしい痩身で、髭はなく、顔は、生きている人間にはまだ見かけたことのない色の、オリーヴグリーンにつややかに輝き、眼は斜視で、不自然にたがいちがいでした。私にはまるで馴染みのない人種のタイプでした。

顔の皮膚と同様、磁器製のようにつるりと皺一つないその唇は、あざやかな深紅でメスのようにうすく、異常にそりかえっていて——特に上向きに吊り上がった口角の部分——まるで非情に硬直した笑いを浮かべているようであり、それが絵筆で描いたかと思われるほどでした。私はドゥグパから眼をそらすことができませんでした——ずいぶん長い間です——思い返してみるとこんな風にいってみたくなります。暗闇のなかから突然浮かび上がったおそろしい仮面を見て、自分が驚愕のあまり息の止まってしまった子どものように思えた、と。

ドゥグパは、頭にぴったり寸法のあった深紅の縁なし帽を被っていました。ほかにはくるぶしまでとどく、オレンジがかった黄色に染めた、高価な貂の毛皮。

ドゥグパと私のシェルパは言葉こそ一言もかわしませんでしたが、秘密の身振りを使って了解しあっているのだ、と私は思いました。質問もせずに、ドゥグパは突然、こちらがやってほしいと思っていることをずばりと、お前のために望み通りのものをみせてやるのはいいが、それがどういうものかお前が知らないにもせよ、あくまでも責任はすべてお前にとってもらう、というのでした。

私は——むろん——きっぱり、そのつもりでいる、と申しました。

それならその印に左手で大地に触れよ、とドゥグパは要求しました。

私はそうした。

それから彼はものも言わずにひとしきり前へと進み、私たちはあとにしたがい、やがて坐るがいいと命じられました。

床がテーブルのように持ち上がっているところがあり、私たちはその縁に腰を落ち着けました。

ハンケチを持っておるかね？

ポケットをまさぐりましたがむだでした。代わりに上着の裏に、古い、すっかり色のあせた、折り畳み式のヨーロッパ地図が見つかったので（私はどうやら長いアジア旅行の間ずっとこれを携行していたようです）、それを相手との間にひろげ、この図面は自分の故郷の絵図だ、とドゥグパに説明しました。

ドゥグパが私のシェルパとすばやく視線をかわし、私はまたしてもこのチベット人の顔のうえに、昨夜も気がついた、あの憎悪に満ちた悪意の表情がチラリとひらめくのを目にしたのでした。

こおろぎの魔術を見たいかね？

私はうなずき、その瞬間、何がおっぱじまるかはっきり分かりました。お馴染のトリック——笛かなにかを使って地面から昆虫をおびきだすのです。

さよう、思った通りでした。ドゥグパは、かすかな、金属性の虫の音を聞かせ（ふところにかくし持った、ちいさな、銀の小鈴でその音を立てるのです）、するとたちまち床下の隠れ家からおびただしいこおろぎの群れがでてきて、淡黄色の地図のうえを這いまわりました。

それがどんどん増えてゆきます。

もう数え切れません。

私はといえば私は、すでにシナでうんざりするほどお目にかかっていた、こんな子どもだましの手品のためにあれほど骨の折れる騎馬の旅をくわだてたのかと思うと、腹が立って仕方がありませんでした。しかしいま目の前に起こっていることは、その腹立ちをおぎなってあまりあるものでした。

こおろぎは科学的に完全に新種であるばかりではなく――ですからそれだけでもう充分に興味津々ではあったのですが――世にも奇態な生態をさえ見せたのでした。こおろぎたちは地図に入りこむやいなや、とりあえずはでたらめにぐるぐる輪をかいて走りまわり、それからいくつかのグループに分かれて、それらがお互いに敵意をむきだしにしてゆくのです。ふいに地図の真中に虹色の光点が落ち（それがドゥグパが太陽にかざしたガラスのプリズムからでてきたものであることを、私は一瞬のうちに確認しました）、すると数秒後にはこれまでおとなしかったこおろぎたちのなかのひとかたまりが、突然身の毛のよだつようなありさまで、互いに骨肉を食らいあう昆虫類と化してしまったのです。その光景は吐き気がしてくるほどで、まさに筆舌に尽しがたいものでした。何千、何万という昆虫の翅のざわめきが、甲高い、歌を唄うような音を立て、それがこちらの骨髄にしみわたるのでした。悪魔のような憎悪とおぞましいかぎりの死の苦しみが混然と入りまじった、一度耳にしたら二度と忘れることのできない金切り声。

おびただしい量の、緑色っぽい体液が、こおろぎどもの群れの下にどろどろ流れていました。

私はドゥグパに命じて、しばらくやめるようにいいました——しかし相手はすでにプリズムを引っこめていて、ひょいと肩をすくめるだけでした。

私はやむなく、杖の先でこおろぎを一匹一匹もぎはなそうとしましたが徒労に終わりました。狂気の殺戮欲は、もはやとどまるところを知らなかったのです。

あらたな軍勢がつぎつぎに這いよってきて、うじゃうじゃあがくあさましい塊は、しだいに高く、高く、積み重なり——ついには人間の背たけほどにまで達しました。

土間は、ずっと遠くのほうまで、うじゃうじゃうごめく、狂乱した昆虫でうようよしていました。殺せ、殺せ、殺せ、ひたすらその思いのみに憑かれて、中心めがけて遮二無二殺到する、白っぽい、押しあいへしあいする集団。

手足がなかば千切れて群れから零れ落ち、二度と這い上がれなくなった数匹のこおろぎが、大顎でわれとわが身をずたずたに喰いちぎっていました。

そのうちにもぶんぶんいう音は、もうこれ以上は我慢がならないまでに、耳に耐えるに耐えがたいやかましさで、すさまじいほど甲高くなっていきます。

ありがたや、生きものどもはようやくだんだんへってゆき、つぎからつぎへ這いだしてくる群れの数はしだいに少なくなってゆくようで、ついにはまったくとまってしまいました。

「また、何かやるのかな？」チベット人に訊ねてみましたが、ドゥグパはなにかをはじめようなどという顔を一向にしていないのが分かりました。むしろなにごとかに向けて凝然と思念を凝らしているようにみえます。ヤスリのように尖った歯がまるみえになるほど、上唇が吊り上がってしまっています。歯は瀝青のように真黒。おそらくこの国の習慣の檳榔樹（びんろうじゅ）嚙みのせいでしょう。

「彼は解き、また結ぶのだ」チベット人が答えるのが聞こえました。

くたばったのはたかが昆虫じゃないか、私はそううそぶき続けてはおりましたが、それでいて極度に消耗し、ほとんど失神寸前の感じでした。そしてまるではるか遠くのほうからやってくるもののように、あの声が鳴りひびいているのでした。「彼は解き、また結ぶのだ」

その言葉が何を意味するのか、そのときも分かりませんでしたし、いまも分かりません。こちらの気を惹くようなことは、もうそれ以上何も起きなかったにもせよ、です。それなのに私はどうして——おそらく非常に長い間でしょうが、もうはっきりおぼえてはいません——まだそこに坐ったきりだったのでしょう？　立ち上がるという意志がまるでなくなってしまった、そういうしかありません。

ゆっくりと太陽が沈んでいき、陸地も雲も、チベットに一度行ったことのある人ならだれでも知っている、あの耳をつんざくようにけたたましい赤と黄オレンジの、非現実的な色に染まっていました。この光景の印象が何に似ているかといえば、縁日の市で見かけるような、ヨーロッパの見世物小屋のあの野蛮な色をぬりたくったテントに比べられるだけかもしれません。——

「彼は解き、また結ぶ」その言葉がどうしても頭からはなれません。それは私の脳髄のなかで、しだいになにやらおそろしげなものと化してゆくのでした。――幻想のなかでこおろぎどもは、数百万の死んでゆく兵士に変身してゆきます。なにやら謎めいた、途方もない責任感情の悪夢が喉をしめつけ、それは、私がみずからのうちに根をもとめようとむなしくあがけばあがくほど拷問じみてくるのでした。

するとまた、突然ドゥグパが姿を消し、彼の代わりに――深紅とオリーヴグリーンの――ぞっとするようなチベットの戦争神の彫像が目の前にある、という気がしてきました。

私はこの光景を相手にして戦いをいどみ、ついに裸の真実をふたたび目前にしていました。しかしそれが真実ときっぱりいい切れたでしょうか。地面から立ち昇る陽炎(かげろう)、遠い地平線の山脈の氷におおわれたぎざぎざの頂き、赤い帽子のドゥグパ、ヨーロッパとモンゴルの衣裳を半々に着た私自身、それに蜘蛛の脚をした黒テント――このすべてが、どうして現実であり得ましょう！現実、幻想、ヴィジョン、何がほんもので、何がみせかけか？　得体の知れない、おそろしい責任感情のあまりの、喉をしめつけるような不安がまたしても胸内にわき上がってくるたびに、たえずあらたに、現実と幻想との間にぱっくりと傷口をひらく私の思念。

後になって、ずっと後になってからのことですが――ヨーロッパに帰る旅の途上で――この事件は私の記憶のなかで、もぎってももぎはなし切れない、はびこりふえる有毒植物のようにふくらんできました。

眠られない夜など、あの「彼は解き、また結ぶ」という句が何を意味するのか、おそろしい予感がおぼろげに胸内にきざしかけてきます。すると私は、ちょうど火事をボヤのうちにしずめてしまうように、それが言葉になれないように押し殺してしまおうとします。――しかし、抵抗してもむだなのです――精神のなかには、死んだこおろぎの大群のなかから赤みをおびた靄が立ち上って雲の形をしたものとなり、それがモンスーンの妖怪のように空を真っ暗にして、西のほうめがけてなだれうっていくのが見えるのです。――

そしてこれを書いているいま、またしても私はにわかに――私は――私は――――〉

「手紙はここで突然中断されてしまったらしく」、とゴクレニウス教授は最後に、「残念ながらここに皆さんにご報告申し上げなければなりません、シナの使者の口を通じて、極東におけるわれらが同僚ヨーハネス・スコーパーの思いもかけぬ逝去のことを……」教授の言葉はそこでとぎれた。紳士諸君の甲高い叫び声に断ち切られたのである。「信じられん、このこおろぎはまだ生きてるぞ、一年もたっているというのに！　信じられん！　つかまえろ！　ほら、とんだ！」一同が口々に叫んだ。獅子のたてがみの研究員が瓶の口を開け、死んだように見えた昆虫を外にだしてしまったのである。

一瞬後、こおろぎは窓越しに外の庭にとびだしてゆき、紳士諸君がそれをつかまえようとおおわらわに駆けだし、おりから何も知らずにランプの灯をつけにやってきた博物館の老従僕デメトリウスを扉のところですんでに押し倒さんばかり。

老人は、頭をふりながら格子窓ごしに、一同が捕蝶網を持って右往左往するさまをながめやった。それから彼はたそがれゆく夕空に眼をあげて、つぶやいた。「おそろしい戦争ともなると、なんと雲までがへんてこな形になるじゃないか！　そら、あれなんかだって、緑の顔の、赤い帽子をかぶった男そっくりだもの。右と左の眼があんなにたがいちがいでなけりゃ、まず人間そのものずばりだ。まったく、人間お陀仏になる年がちかづくと、得てして迷信深くなるものじゃわい」

（訳・著者紹介＝種村季弘）

カディスのカーニヴァル

ハンス・ハインツ・エーヴェルス

ハンス・ハインツ・エーヴェルス

一八七一—一九四三。一九一〇年代のドイツで流行した恐怖幻想小説の中心的作家。『アルラウネ』(一九一一)、『吸血鬼』(一九二二)の他に多数の短編を書いている。本編はゴシック恐怖小説の逆をゆき、真昼の陽光降り注ぐカーニヴァルの雑踏の中に、あほらしい仮装として物の怪を登場させる。ポーに私淑した作家は、『赤き死の仮面』を逆転させてみせたのかもしれない。真昼の物の怪、日常世界に出現する不条理を描く恐怖小説への道を示唆する作品である。

中には機械がはいっていたんだ、とかあの木の幹の下では小さな車が動いていた、とか言うものもいた。イギリスの巡洋艦の水夫たちのしでかしたことだ。もしかすると、インドの手品師からトリックを覚えてきたあの軍艦の見習士官か中尉も一枚噛んでいたかもしれんぞ、というものもいた。きっと誰かが木の幹に隠れていたんだ。こいつは間違いない。――（そいつは違う、と木の幹を叩き壊した連中が言った。中にゃなんにもはいっちゃいなかった。）――確かなことは、謝肉祭の前日の月曜日の午後を通してカディスという白い町の広場を、のこのこ歩いてゆく木の幹があったということと、そいつのなんとも説明のつかない存在のお蔭で、カディスの町の人全部の気の毒な頭と、それに他所からやってきた人たちの頭もみんな、ここに書いた名文の組み立て同様に混乱してしまったということである。

午後の三時には広場も、広場に通ずる道も、もう人で一杯だった。晴れ渡り、陽光の降り注ぐこの日は、すべての人が通りに出てぶらぶら行きつ戻りつし、笑い声をあげながら行き交っていた。ヴェールやマントを着けた女たち――赤いカーネーションに白い月下香。この花はこの土地ではナルドと呼ばれており、決して葬儀用などとは思われてはいない。女たちはみんな、持っているものならなんでも身につけ、家の中にはがたがたのテーブル一つに、脚のいかれた椅子二、三脚しか持っていなくても、この通りではレースの飾りの付いた服にエナメル靴でぶらぶら歩き、指にも耳にも、髪にも腕にも、ダイヤや色さまざまの宝石を着けていた。この日は娼家はすべて戸を閉め――通りでは、カディスの娼婦たちがめかしこんで歩いていた。港に碇泊中の水夫は――イギリス人もドイツ人もスカンディナヴィア生れの連中もいたが――酒場の表に出ているテーブルに向い、ヘレースやマラガのワインを飲み、娼婦に声を掛けていた。しかし、タンジールやケウタの黒人たちはしらふだったし、フード付きの外套を着けターバンを巻いた帆船のモロッコの船員もそうだった。彼らは人の群れを縫ってこっそり歩き、静かで遠慮深かったが、ただ目にだけはリーク山の猛禽の獲物に飢えた欲情があった。まわりを車がゆっくりと動いていたが、その中には、上流の御婦人方が座っていた――ヴェールとマントを着け、赤いカーネーションと白いナルドを持って。

わめき声や絶叫はどこにも聞えず、楽しそうな叫びと笑い声だけがあった。おびただしい民衆が仮面をかぶり、奇抜な衣装を着けていた。乱雑に縫いあわされた色とりどりの布切れ、中国人とインド人とカウボーイとトルコ人をごったまぜにした扮装。紙の剣、長い鼻、高足にカボチャ頭、これはカピターノ・フラカッサやパンタローネやアルレッキーノの記憶された姿が奇妙な誤解によって歪められたものだった。ある男は新聞紙を貼り合せて、上着ととんがり帽子を作っていた。またある人は白いかまどに扮して走り廻っていたが、そのかまどからは足と腕と頭とがにょきにょきと出ていた。数人の街の腕白どもは、大きな角を頭に付け、尻には長い尾を付けていた。この連中はあたりの人に誰かれかまわず襲いかかるのだった。そして誰もが、男も女も、ちょっとの間この遊びの中に入ってやり、両手でハンカチーフを持ち、闘牛士の役を演じた。堂々たるナトゥラルを一方の腕越しにやり、足を動かさずにメディア・ヴェロニカをやり、キーテ、モリネーテ、ガオネラをやった。まわりに立っている者は、拍手を送り「オーレ」と叫んだ。人々は紙テープやコンフェッティやコリアンドーリ（中身を出して小麦粉を詰めた卵）を投げた。カーネーションやナルドも投げられた。

さてそれから、三時頃だったが、木の幹が目に入ったのである。それがどこからやってきたのか、誰も気づかなかった——そいつはいたのだ。広場のどまん中に。ゆっくりと群衆の中を通り抜けて、広場の一方の端まで動いてゆき、それから、向きを変えずにもう一方の端に向って後戻りしていった。

それはかなり太い木の幹で、たっぷり七フィートはあった。下の方には根の元の方があって、そこで木の幹は敷石に接しているように見えたが、接していないとしても敷石の上に一インチと浮き上ってはいなかった。数カ所で瑞々(みずみず)しい緑の葉をつけた枝が突き出ていた。上部には、細いが葉のよく茂った枝からなる樹冠を戴き、それが上の切り口をすっかり覆い隠していた。幹は、見たところ空ろのようだったが、人一人楽々と隠しておくに十分な太さはあった。この木は年を経た柳のようだったが、実に奇妙なほど真直に育っており、まったくつるつるの木の肌は、ほとんど不自然の感を懐かせるほどの光沢を帯びていた。

亀のようにのろのろと広場を移動してゆき、とある街灯の前でちょっと止り、それから再び同じ直線コースを戻ってゆくこの馬鹿々々しい木の幹に注意を払うものは、初めは誰もいなかった。あのカーニヴァルの日に目にしたすべての仮装と馬鹿騒ぎのなかで、こいつは疑いもなく、一番退屈で、一番気のきかないしろものだった。

だが、木の幹は群衆を気にかけてはいなかった。それは、広場をきわめてのろのろと行きつ戻りつしていた。そして雑踏ぶりは相当ひどかったにもかかわらず、しばらくすると木の幹の周囲(ぐるり)には、まるでいつも小さな空いた場所ができているように見えた。人々は自分では何とも説明がつかないのだが、いつもこの馬鹿げた幹から少しだけさがってしまうかのようだった。

さてそのとき、闘牛遊びをしていた腕白小僧の一人が木の幹に向って突進していった。彼の付けていた牛の角は幹に突き当ったが、その結果はというと、このあわれないたずら小僧は、その瞬間に悲鳴をあげて石畳に這いつくばり、それに対して、歩く木の幹の方は小揺ぎ一つせず、あの馬鹿々々しい行進をしぶとく続けてゆく、ということになったのである。皆は笑ったが、その笑声には少々元気がなかった。

木の幹と押し合いへし合いする群衆とを隔てる無人の地帯は、徐々に大きくなっていった。特に女たちは、木の幹が近くに来ると、くるりと後を向き、幹の周りを次第に広がる弧を描きながら抜き足さし足で歩いていた。広場にいた連中はみな頭の中にありとあらゆる迷信を一杯詰めこんでいたが、その迷信のどれ一つとして、この罰あたりな木の幹にぴたりと合うようなものはなかった。それでいながら人々は後へさがっていった。何かがいるのだ——何であるかは彼らには分らなかったが。やがて、木の幹が行きつ戻りつする線が、完全に人気がなくなるところまでいった。

それからみんなは段々腹を立てはじめた。この途方もなく馬鹿げた洒落にぶつぶつ不平を言い、木の幹に次第に激しい罵詈や悪態を吐きかけ出したのである。かまどに扮して歩き廻っていた男は勇気のあるところを見せようとして、枝を一本摑み、スクエアダンスで御婦人の手を引いて連れてゆく時のように、優雅に木の幹を連れていった。そこで群衆はどっと笑い、かまどに扮した男はにやりとして、自分の成功に得意になっていた。ところが、突然その顔がゆがんだかと思うと、男はいきなり枝を離し、おじ気づいて走り去った。今度は向うみずの驟馬追いが頑丈な棍棒で殴りかかった。木の幹はこんなことは気にもとめず、ゆっくりと移動を続け、全く同じ速度で、きちんともとの道をたどって、白い広場を行ったり来たりしていた。それで驟馬追いは杖を落して、こそこそと群衆の中に逃げこんでしまったのだった。

とその時、水夫の一人が、飲み屋のテーブルからぱっと立ち上った。それは帽子のリボンをなびかせた、赤い顎ひげの金髪の見習船員だった。人をかきわけて出てゆき、突進し、枝を一本摑み、あっという間に木の幹の上部に腰を下ろし、わっはっはと笑いながら帽子を振ってみせた。

「オーレ」と群衆は叫んだ。「オーレ」

この重みは、木の幹を別に妨げる気配もなかった。それは、小揺ぎ一つせずに、ゆっくりと、自分の道を動いていった。木の幹は、広場を横切って、おどけ者の水夫を街灯のところまで運び、それから向きを変えずに後戻りをし出した。どうやらこれが金髪の若い衆を面喰わせたらしかった。こうなると彼は後ろ向きになって騎行しているわけで、こいつが彼の気に喰わなかった。若い衆の笑いは消え、帽子をしっかり頭にかぶり、もう叫び声も上げなくなった。と、群衆の笑い声と叫び声の方もぴたりと止み、一瞬凍りついた。今の今まで、滑稽だったことが、このときはもう全くそうは思えなくなってきたのである。

　すると、突然水夫は枝の中ほどで立上った。あらわな不安がその顔つきから覗いていた。水夫は飛び降り、ありったけの速さで飲み屋の方に走っていった。彼と一緒に、人々は後退し、広場の四方を取りまく道路へ道路へと押しよせた。しまいには、白い広場の中央部が、すっかり人気がなくなっているという有様となり、無気味な木の幹だけが、広い敷石の上を一直線を描いて街灯のところまで移動してゆき――それから向きを変えずに後に戻っていた。

　行ったり来たり、一度、また再び、幾度も、幾度も――。

　人々の歓声も笑い声も消えていった。紙テープもコリアンドーリも花ももうなかった。人々は動きさえもしなかった。粛として声もなく、立ちつくし、歩いてゆく木の幹を見詰めていたのである。

　それから二、三人の女が金切り声を上げた。男たちは憲兵を呼んだ。だが憲兵の方は介入する気があまりなかった。

　とうとう水夫たちがじりじりと詰め寄っていった。彼らが群衆の中を通っていったときは、木の幹は、一つぽつんと人気のなくなった広場に静止していた。さて水夫たちはたどりつき、たくましい拳骨で殴り、がっしりした肩で体当りを喰わした。

　木の幹はびくともしなかった。

　彼らは大声を上げ、毒づき、ナイフを抜き、突き刺した。最後に数人の道路工夫が斧と鶴嘴を持ってきて、殴りかかった――木を打つさえた音が広場に響いた。彼らは一本また一本と小枝を切り払い、大枝を切り落し、それにあわせて唸ったり、わめいたりした。そして一打ちごとに、群衆はそれにあわせてすさまじい悪態を大声であびせた。

雲つくような大男のスウェーデン人が、したたかな一撃を加えた。モンタナの樵がやるように、斧を頭のまわりで二度振廻してから、鋭くひゅうと風を切ってほとんど垂直に打ち下ろした。この男が木の幹に最初の裂け目を開けたのである。

それからは、ことは捗った。調子をつけて斧は打ち下された。木は相変らず立っており、揺ぎも動きもしなかった。連中が大きな穴を打ち開けたとき、始めて、木の幹はひっくりかえったが、まるで、それの力が消え去ったという風だった。連中はこれを投げ倒しふんづけ、広場を転がした。それから再び打ちかかり、空ろな幹の中が楽々と覗きこめ、手が中に届くほどまでに穴を広げた。中には何一つなかった——全く何一つ——。

それでもなお、中に機械がはいっていたのだと主張するものがあった、一切はイギリスの巡洋艦に乗っていた東インドの水夫たちが仕組んだことだ、と言うものもあった。もしかすると、インドの手品師からトリックを覚えてきた軍艦の見習士官か中尉も一枚噛んでいたかもしれんぞ——誰かが木の幹の中にいたに違いない。こいつは間違いない。（そいつは違う、と木の幹を叩き壊した水夫が言った。中にゃなんにもはいっちゃいなかった。全く何一つな。）確かなことは、世紀の変り目の頃、謝肉祭の前日の月曜日にカディスという白い町の広場に、のこのこ歩く木の幹がいたということだけである。

（訳・著者紹介＝石川實）

死の舞踏

カール・ハンス・シュトローブル

カール・ハンス・シュトローブル

一八七七年チェコの中央部モラヴィアのイーグラウ市に生まれる。プラハ大学をでて官吏となり、ヨーロッパ各国、北アフリカ、地中海沿岸などを旅行。文芸誌を編集。第一次大戦では従軍記者となる。一九一八年以後、文士として独立。幻想文学の旗手としてエーヴェルス、マイリンクと並び称される存在となったが、ドイツ系ボヘミア人としてナチスに共鳴、民族主義の色濃い歴史小説や郷土小説を多作したため、現在では文学史で冷遇されている。一九四六年、ウィーン近郊ペルヒトルツドルフで没。本編はゲオルク・ミュラー社から一九二一年にでた短編集『レムーリア』に収められたもの。

ベッティーネと医学生ヘルベルト・オスターマンは、約二年間同棲していたのだが、彼女が死んでから、オスターマンは完全な人間嫌いになりつつあった。

学生らしい年配を越えて、もうすこしで三十に手が届くまで、学期（ゼメスター）を繰返してやった彼は、寂しく絶壁の上に立つように、積み重ねた学期の台座の上にただひとり立っていた。それに女友達を亡くした悲しみが加わって、若い学生たちとの繋がりが完全になくなってしまいそうだった。青春の血の気などというものは、むかしの遠く霞んだ話になってしまっていた。

しかしオスターマンは、若い学生の間に、自分で心得ているより多くの友人を持っていたのである。なるほど柔軟ではないが、いつも丁寧な態度や、ちょっとした約束でも必ず守ることや、人に与える絶対信頼出来るという印象は、男性の本質的な性質を考える上で、彼こそ模範的人物であるように若い学生たちの眼に映っていたのである。結局彼は、今迄意識していた以上に、あのかわいいドイツ系ロシヤ人だった女友達との関係で、みんなの関心を集めていたのだった。二人の関係はかなり迅速な、幾分謎めいた死によって痛ましくも閉じられたのである。

大講堂や大教室から出てくる二人の姿は、もうおなじみだった。アベックでいるところは、もうしょっちゅうだったが、ほんのときたま、一人でいるのが見かけられた。ノッポの痩せた男と、かわいい、せかせかした東海沿岸（オストゼー）出身の女性は、外見は似合いの一組（カップル）とは言えなかった。言わばぎくしゃくした彼の動作と、どう動いても実に魅力的な曲線を描く彼女の動作とは、ぴったり一致しなかった。それにもかかわらず、外的な不一致を超え、心ではこの上なくぴったりと結びついていることを想像させる何物かが存在していた。そのためこのような場合よく起ることだが、女学生中のピカ一だった彼女を彼から引っさらって、自分のものにしようなど、だいそれたことを企むものは一人もいなかった。

オスターマンは、自分の専攻に打ち込んでいる勉強好きな女学生のおともをして、彼が今聞いている講義より、はるか下級の講義に出席し、辛抱強く、解剖学の入門講義をもう一度聞いていた。彼女のために始め、いっしょに聞いているこの講義とともに、随分長くかかった学生生活をおえるつもりと見えた。二人がいっしょになることは、もう決まったことで、他人がとやかく言うことではないと受けとられるようになり、むしろこのカップルを祝福したいような気になり、二人の関係を好奇の眼で見ることをしなくなっていた。だからベッティーネの死は、みなにショックを与えた。やさしい心根が硬化してしまって、思い上った言葉を吐き、シニズムを、医学生に不可欠の美徳だと考えている連中さえ、この無惨な挫折の印象から超然としていることが出来なかったのである。

恋人を失くしたオスターマンの同郷人で、彼より随分年の若い学生、リヒアルト・クレッチュマーが、自分のところへ引越してくるように申し出たのは、世間のオスターマンに対する同情と敬意のあらわれと言ってよかった。最初オスターマンは、この善意の申し出をうまく断った。しかし、繰返して懇望され、一応考えてみようと折れ、とうとう承諾したのだったが、ひょっとすれば、この寂しさにこれ以上耐えられないのではないかと感じたためだったのかも知れない。

オスターマンは、それまで住んでいた野生のブドウが生い茂った郊外の家を出た。その家の塔のような屋根裏部屋に、約二年間、ベッティーネといっしょに暮したのだった。そして同郷人のクレッチュマーのところへ移った。つまりまだ詩情が残っている郊外の小さな家から、大都会の寒々とした学生下宿に引越したわけである。彼はものたらぬ気持を気取られぬようにしていたが、なるべく友の生活にはかかわらぬようにしていた。

だが、彼のことを親身になって心配しているこの友の努力目標は、不毛の、危険な、鬱積した物思いから引離すことだったので、何度も繰返して、オスターマンをちょっとした宴会や、学生の催しに連れて行こうと試みた。

こうして、ベッティーネの死後はじめての謝肉祭が近づいてきた。最近組合を結成した大学のインターンたちは、一晩愉快な宴会を開いて、その発足を祝う計画を立てた。それには、カーニバルの気分にふさわしい滑稽な催しがいろいろ行われることになっており、クレッチュマーは、オスターマンをこの特別な祝宴に、粗末な下宿から誘いだすことを、真剣に計画したのである。「彼女に悪いことはしたくない」と、クレッチュマーがだんだん激しく迫るたびに、オスターマンは言った。

「悪いことなんかあるもんですか」と、友はかなり激しく言った、「死んだ人はもうどうにもならない。どんなに悲しんでも生きかえらすことは出来ないのじゃありませんか」

オスターマンは、若く性急な友人の顔を真面目な様子で見つめ、なにか言おうとしたが、そのまま黙ってしまい、そこをクレッチュマーがさんざん攻めたてたので、しまいには、宴会に出席することを承諾した。オスターマンの後ろめたい気持はなくならなかったが、友人の善き意志は、本当にあけすけで正直なものだったので、友を失いたくなかったのである。

カーニバルの夕が行われるレストランの大広間は、若い医学生で満員だった。インターンたちは、得意満面だった。組合創立は見事に成功した。たくさんの教授が出席し、父親のような好意をもって学生たちの活動を眺めていた。長いテーブルの上に被せてあるまだ殆ど染みのついていないテーブル・クロースは、新しい洗濯物の匂いを放ち、天井の下のアーク灯は、広間中に針のように細い白熱光線の花束を送っており、台所からは、食器のがちゃがちゃいう音といっしょに、時折、雲のようにかたまった食べ物の匂いが入ってきた。

食卓の上に福引きの景品が陳列してあった。若い医学生たちに書物机の飾りとしてよろこばれそうな、無邪気な品物で、文鎮として真っ白に磨きあげられた骨とか、肩甲骨でつくられた台座と横桟の鎖骨のおかげで、見事に大きな灰皿に仕立てられた髑髏（どくろ）の半分などであった。若い人々の中にはたくさんの女学生も混っていたが、みなぶらぶら歩きまわり、グループをつくったり、離れたりしていた。

長い間、人ごみの中にでたことがなかったオスターマンは、この生々した陽気さの中で、どうしたらよいか分らず、クレッチュマーが彼の横で、食卓を縦横に飛び交う挨拶の声や乾盃の義務の網に彼を巻込んでやろうと、必死の活動を続ける間に、オスターマンはだんだん憂鬱になっていった。この騒々しさ、針のように鋭く、繊細なアーク灯の光、混雑といったもののすべてが、あるときは度を超えて粗暴に、またあるときは極度に鋭く、甲高い音を立てて心の中に侵入してくるのだった。彼は友人について、ここに来たことを後悔し始めていた。

その間、宴会はお定りのコースを辿っていた。演説と合唱が代る代る行われ、教授たちは上機嫌で、学生たちの健康な精神を誉め讃えた……〈毎日は辛いが、お祭は楽しい〉……ときどき冗談が飛ぶと、若い女学生たちが明るい笑い声を上げた。この笑い声を聞くたびに、あるいは女学生の明るい色の着物が靡くのを見るたびに、彼は心臓が引き裂かれるような気がし、尖った氷塊の川が全身を流れていくような気がした。とうとう十一時前、もう充分お勤めをしたと思い、クレッチュマーに帰る決心を告げた。

「ナンセンス」とクレッチュマーは大声で笑った。「いちばんいいのはこれからなんです。ドアのところに番兵がいますから、ずらかろうとしても駄目ですよ！」

事実、それからすぐに、役員の一人が、二、三カーニバル向きの芝居をお目にかけます、カーニバルの王様の御印（みしるし）にかけて、無礼講の段、平に御容赦、思イヨコシマナル者ニ恥アレと申しまする、云々と口上を述べた。この幾分酔っぱらいの管（くだ）をまくのに似た演説のあと、広間の側面の教授席の前にしつらえられたカーテンがひかれると、舞台には、ただ腰布だけをつけた死体が載っている解剖台が見えた。

それから解剖の小使いと、二日酔い気分でどやどやと入ってきて、もし出来たら勉強よりトランプのスカート遊びをやりたそうな数人の学生との間で、お芝居が始まった。この芝居の一番面白いところは、もっとも有名でもっとも人気のある教授を、まさにそっくり真似て、表現していることで、教授の咳払いや唾を吐く様子など、ちょっとした癖までことごとく再現されるのだった。

これが観客一同の底抜けの朗らかさを惹き起したが、自分のグロテスクな分身を目のあたりにしている教授本人が、どうやら一番はしゃいでいるようだった。この教授を諷刺するついでにレンブラントの解剖図の活人画をやろうというのがねらいらしく、フィナーレのシーンは、教授がレンブラントの絵の中のトゥルプ博士となって、学生たちに囲まれ、死体の傍にいる状景を示していた。違う点は、教授が神経や筋肉組織を見せているのではなく、死体の腹の中からビールマット、火打石、鍵、学生宴会歌集と、いろいろとんでもないがらくたを取り出すことだった。しかも教授が死体をひっくりかえし、その背中をいじり始めると、死人が物凄い呻り声をあげて解剖台から飛び降り、一同大騒ぎをしてそれを追っかけるところで幕になった。

観客一同をこの上なく上機嫌にさせたこのグロテスクなユーモアは、オスターマンの気分にも影響を与えなかったわけではなかった。だが結局また、このように死の恐怖を茶化すことは、たとえ放埒な青年時代のさなかにおいてでさえ、エチケットに反してはいないかという不快な気分になってしまうのだった。それでも彼は、このように陰鬱に考えるのは、自分の感受性が異常になっているせいに違いないと考えていた。いずれにせよ、なんだかひどくこだわった気分になって、帰る気は全然なくなってしまった。しばらくして、幕の前に、一人の若い医学生が手に本をもってあらわれ、あまり上手ではなかったが、熱っぽく詩の朗読を始めた。それはゲーテの「死者の踊り」だった。

「真夜中、塔守りは／眼下の墓地を見おろして……」

オスターマンはこの熱のこもった朗読を、かなりうっとうしい思いで聞いていたが、最後の言葉とともに突然、広間が暗転し、朗読の目的が分ったのである。

再びカーテンが上った舞台は、墓地の情景を示していた。暗闇を背景に、何か白いものが蠢いており、墓石の間を動き廻っている亜麻布をまとった姿が見えた。その幽霊は、墓のひとつにしゃなりしゃなりと近づき、骨だけの顎にヴァイオリンを当てがって奇妙な曲を弾き始めた。

どこかで、教会の塔からと思われる十二時の鐘が鳴った。

舞台の前の小さなオーケストラが、幽霊のヴァイオリンの節をとりあげ、この上もなく奇怪で、ぞっとする曲の中に組み込んだが、暗がりから響くハーモニーとぶった断ったようなリズムは、あらゆる恐怖を呼びだすように思われた。それからゲーテの詩のとおり、左右から、つまずいたり、よろめいたり、のっしのっしと歩いたりする墓の住人たちが、口をあけた土饅頭の中や墓石のうしろから出現し、真暗な地上をあちこち歩きまわるのだった。かれらの四肢のまわりには、長い屍衣がひらひら舞い、顔には、眼と鼻の黒い穴と、歯をむきだしてにたりと笑った髑髏の燐を塗った白いマスクを被っていた。かれらはいやらしい音楽の拍子にのって進み、骨を脱臼させ、嘲けるように膝をがっくり折って挨拶しあったが、それは生者の間で行われている交際の形式を嘲弄したものであった。骨のかたかた触れあう音、白い屍衣の下で枯れた関節のぽきぽきいう音が、音楽に強情に伴奏を続けるカスタネット——墓のカスタネットを思わせるのだった。

この出し物の創作者兼演出家が、おそらく大学生だろうが、空想にみちた変った頭脳の持主であることは確かだった。

今度は舞台の上で、素早い動きでぐるぐる廻りながら、幽霊が二人ずつペアになり、冥土の世界でも男女の別があることを示した。観衆は眼が闇に馴れたので、男と女がペアになり、墓石の間を縫って幽霊の輪舞が始まったのが分った。

観客は誰でも、この情景は男女の学生によって相談され、組立てられ、練習されたことを知っており、また幽霊の扮装をしていても、あれは誰、これは誰と識別出来たにもかかわらず、ひどく奇妙な気分になり、予想外の神経の興奮を感じたのだった。ビールの余興のつもりが、荒々しく張りつめた気持となり、その気持をいかがわしいと感じたが、それから逃がれることは出来ないでいた。このぞっとする感じとグロテスクな感じとの混合は、いやらしいが魅力があり、まるで深淵を覗くように不安な気持になる一方、魅せられるものであった。その年齢と職業柄、死というものを、何か日常的で不可避のものと受けとるようになっていた学生たちは、この死者の踊り、この腐敗との戯れをある危険を挑発する行為だと感じていた。というのも意識の目立たぬ所では、生、光、健康への意志が、この情景が与える暗い影響とは対照的に、存在していたからである。

舞台の舞踏はその間も続けられ、ペアの男女を組合せたり、離したり、鎖に編んだり、狂ったように旋回する玉にしたりしていた。その間、白味がかった青い光、腐敗の燐光が舞台の袖からかれらの上に投光され、それが次第に強烈になり、幽霊自身から発散しているような感じになった。出演者はゲーテの詩に忠実に、自分たちの身のこなしに、肉のない手足がダンスすれば、こうなると思われるような、鋭くこみいった感じ、意地悪く気まぐれな感じ、操り人形的でぎくしゃくした感じを与えていた。

ヘルベルト・オスターマンは、この出し物が始まったとき、重苦しい怒りを感じたが、その気持は貯蔵源から大きな圧力をもって体の中へ流れ入るような感じだった。一種の激怒というべきもので、座席から跳び上ってなにか無意味なことをやって出し物の継続を不可能にしたい気持に襲われた。テーブルをどしんとなぐったり、ビールのコップを床に叩きつけたり、口を大きくあけて、かん高い声で「やめろ――！」と怒鳴ったりしようかという考えが頭の中をかすめた。しかし、電光のように素早く、この可能性のすべてを検討している間に、怒りの気持がまた体内から流れ出ていって消え失せ、ぐったりと力を失い、ぼうっと虚脱したようになり、まだ形をとっていない恐怖に無抵抗に支配されるのを感じていた。そして早くも世界の底、すなわち秘められた事物に対する恐怖と不安が、この虚脱感のなかに、まるで濁った重々しい粘液のように忍び込んできた。その粘液は彼の自我をかこむ壁を乗越えて溢れ、彼の意識の大半がこの流れに埋められ、沈んだが、残る幾つかの部分は島のように流れから突き出ており、不自然な光によってぼんやりと照らされていた。

オスターマンはビールのコップをぎゅっと握りしめ、もう一方の膝の上においた手も拳をつくって坐っていた。顔は突き出され、眼の玉が飛び出しそうに脹れあがっていた。舞台の上で、白い布をうち振って乱舞しているものは、腐敗の膿腫、墓地の脹れあがった花、死の粘液の屑だった。自分以外は誰一人として、この舞踏から発散する暗い、焼き焦す光線を、ある種の金属や石がもっている眼に見えない意地悪な光線を、この輪舞の肉と骨を透して魂まで蚕食する腐蝕性の分泌物を感じないのだろうか？　この毒性の膿の汁の下には、物凄い速度で周囲を侵していき、ついには人間全体を侵してしまう腫瘍があることを誰も感づかないのだろうか？

ヘルベルト・オスターマンがこのようにして恐怖を一滴残さず味わっている間に、彼は不意に、踊っている連中の身のこなしの中で、何か親しい感じのするものがあるのを知った。それは、遠く離れていて、輪郭が乱れているが、よく知っているものと再会したような、また、記憶が固まって形を取ろうとするが取れないような感じだった。手足をふりまわし、狂ったような、時には散漫になり収縮する幽霊たちの輪舞の動きを縫って、ある記憶の影がかすめ、飛び出し、消え、渦巻きの中に解体し、また浮び出るのだった。ずっと硬直していたオスターマンは、また激しく呼吸しはじめた。彼は、幽霊たちの身を傾けたり、歩いたり、手をあげたりする動作のひとつひとつに、ひどく感動させられていた。どうしても思い出せない影のような感じが、蠢いている女の幽霊の一人に固定した。混沌の中からいろんな形姿が、手さぐりしながら大きくなっていくような、闇の中からおずおず這いだしてくるような感じで、不安と同時に熱烈な愛情、自分自身に対する憐みの気持を感じた。彼は無数の糸にがんじがらめになった。その一本一本が、もはや解明不可能であり、それらの糸は頭の上に張りめぐらされ、過去のぼんやりした一部分に繋ぎとめられていた。

舞台の幽霊たちは、激しさを加えながら、墓石の間をぐるぐる踊り廻っていた。屍衣をからげて跳躍する様子と、じっと動かない髑髏の仮面がぞっとするほど対照的であった。骨の触れあう音はますます高まり、乾いた固い音が、広間の舞台に一杯になり、墓に入ってなおなくなっていない欲情が、幽霊たちを互いにひしと抱擁させ、骸骨たちのいやらしいセックス・パーティが行われているような感じだった。

そのとき、遙かの高みから、輪舞のただ中に鐘の音がひとつ鳴り響いた。すると幽霊たちは爆弾によってはね飛ばされたように、輪舞の輪はちぎれ、ひどい不安に襲われ、墓石につまずき、骨の一部分を紛失し、それを必死に探し、また体につける騒ぎが起った。屍衣をからげ、頼りなくおずおずと、ぶらぶら、ふらふらしながら、再び自由を奪われて、かれらは墓石のそばに身をかがめ、闇の中へ姿を消していった。

広間にほっと溜息が洩れてから、やっとためらいがちな拍手が起った。それに次第に多くの拍手が加わったが、この陽気な騒音は、舞台からテーブルの上にかけられた灰色の、薄い蜘蛛の巣みたいなものを引きちぎろうとしているような感じだった。

会長はスティックでテーブルを叩くと、何か大声で命令を下した。「こん畜生、よかった！」と言ったクレッチュマーは、気が抜けてしまったビールをぐーっとあおった。それから立ち上り、腰にバンドを締めたまま伸びをして、体を曲げたり伸したりして、自分の肉と骨が普段のようにうまくついているか、確かめでもしているようであった。

ヘルベルト・オスターマンは返事をしなかった。心の乱れから立直るため、まず気を静めねばならなかったのである。口の中に奇妙な味が残り、何とも言えぬ気分になったが、不意に怒りがこみあげてきて、この気分は精神の胸やけとしか呼べぬと思った。振り返って見ると、死者の踊りに参加した連中が、舞台裏の小さな階段をおりて、広間へ入ってくるところだった。かれらはまだ屍衣を着ていたが、髑髏の仮面を後ろにずらし、屍衣と対照的に、上気した、若々しい顔を見せていた。これはいまの三十分の出し物による圧迫感を克服し、もとの陽気さを取り戻すもっと確かな方法だった。人々はかれらを取囲み、質問したり賞讃したりした。そしてきわどい洒落をとばして、いましがた感じさせられた、ぞっとする恐怖感をどうやら克服したのだった。

オスターマンが再びテーブルのほうへ向きなおったとき、彼の心臓は氷のように冷たく、同時に焼けつくように熱くなった。

隣の、いままでリヒアルト・クレッチュマーがいたところに、一人の踊り子が、白い縒り糸の手袋をはめた両手をそっと膝の上に組んで坐っていたのである。他の連中のように、彼女もまだ屍衣を着たままだったが、髑髏の仮面をまだ脱いでいなかった。そして彼女が彼のほうを向いたとき、その眼差しは、まるで暗い洞窟の中に遠く見える火のような感じだった。話しかけられるのを待っているように思えたので、オスターマンはやっとのことで愛想笑いらしいものを唇の上にのぼせて、お嬢さんは、上演の成功に御満足ですかと問うたのだった。

口数のすくないその踊り子は、うなずいただけだった。

出演された方はきっと、舞台の上でも、観衆がひどく緊張していたのに気づかれたはずです。最初はところどころ素人らしく、充分じゃない点が見受けられたダンスが、次第に自由に、大胆に、芸術的になってきました。あのように能力の限界を突破することは、舞台と観客の間の溌剌たる交流があってこそ可能なのです。

と、オスターマンは、じっと自分にすえられ、かすかに光っている相手の視線に、まるで絶えず問いかけられているように、熱心に考えていた事柄について話し続けた。観客の陥った気分を正しく理性の方則に従って分析し、理由づけしようと努力した。しかしそうしながらも、自分の語る言葉を、力の尽きかかった水泳者が最後の望みを托す板切れのように、頼りないものに感じていた。

相手の女は「ええ、生きている人に死のお芝居をやって見せるなんて、奇妙な感じよ」と言った。

「またあの墓地の音楽は」とヘルベルト・オスターマンは興奮して続けた。「奇妙な変調と変てこなリズムのあの現代音楽は、聴衆に墓の恐怖を徹底的に感じさせるために作曲されたようでした。あれは非論理的な音楽です。音楽の論理はメロディーです。たとえばモーツァルトは論理的な人でしたから、幽霊の感じをだそうとした〈ドン・ジュアン〉の騎士長の場では、われわれを感動させません……今夜の現代的非論理の音楽は、非論理そのものである死とすばらしく調和しています……」

「あなたは医学生？」と相手は聞いた。その声は不純な媒体を通ってくるように、内にこもって濁った声だったが、それでも本当はいい声であることが分って、仮面のためにこんなに変化させられ、とぎれとぎれに聞こえるのを残念に思った。この思いが死をカーニバルの慰み物にしている混凝紙の仮面に彼の注意力を鋭く向けさせたのである。どうやら仮面細工としてはとびきり上等のものを選んだらしい。それなりに完璧の細工がしてあった。仮面といえば、単純な材料で、意地の悪い継母、間抜けな百姓、狒狒爺(ひひおやじ)の顔、二重顎、脹れた頬、赤鼻、たんこぶなどがつくられるのが常であるが、今回の材料はピカピカの骨そっくりに作られたものであった。色や構造はすべて正確で、どの骨も解剖学的に正しく、縫合線はこの頭蓋骨がその線どおり組立てられているような気を起させた。この髑髏なら、標本にすることや、そのまま学習用に使うことが出来ただろう。それどころか、腕のいい模型製作者は、精密な模倣ということを徹底的に追究した結果、眼や鼻の穴や、歯の間など、いろんな場所で、腐った肉が残っているところまで暗示していた。しかし一番ぞっとするのは、頭蓋骨の後ろに、どうして植えたのか、髪の毛がぶら下っていることだった。勿論これでつくりものということがはっきりしていた。なぜなら、髪の毛のための肉はもはや存在しないのだから、髑髏はつるつるでなければならなかったからである。しかし、見る人の恐怖を出来るだけ高めることが狙いだったとすれば、染められ、もつれ、土をつけたこの髪の毛は、本当に墓の中から出てきたように見えたから、製作者の狙いはまさに成功していた。

ヘルベルト・オスターマンは、大きな危険に襲われた人間によくあるように、自分でも理由の分らない冷静さをもって、一部始終を鋭く、明瞭に眺めていた。危険の瞬間、人間という巨大な発電所の緊張したエネルギーは、ただ自我の主張にのみ従うのである。

「あなたは医学生なのね？」と相手がまた繰返して言った。

「他の何だと思ってられるのですか？　もちろん医学生です。ぼくをご存知なのですか？」

「よく知っていますわ！」

「仮面を取っていただけないでしょうか？　ダンスはもうおわりました。ほかのご婦人たちはもう脱いでおられますよ」

するとと、仮面の歯の間から、笑い声らしいかすかな、かさかさという音が起った。しかし彼はすぐ、子供時代のある雑音を思い出していやな気になった。商人のプルジクが、カウンターに、奇怪な形をした乾鱈の大きい切れ端をなげだすと、こんな音がしたのである。この思い出と同時に、完全に乾し固められ、ミイラのようになった黒い声帯が、この間歇的な笑いによって震え、墓地の花輪が、風にざわめくような音をたてているような気がした。

踊り子は笑うのをやめた。「他の女の人たちは、仮面が似合わないと思っているのです。わたしは虚栄心が強くありませんので、仮面はわたしによく似合っていると思っています。さあどうかわたしが誰かお当てくださいな」

「ぼくの知っている方ですか？」

彼女はちょっと彼にすりよって「ええ！」と言った。

またもや冷たくて熱いショックが、心臓を貫いた。なぜなら、このちょっとした動作、この肩の何気ない廻し方で、彼はまたも不安な思い出に襲われたのだ。彼はこの動作のひとつから、あの気違いじみた輪舞の中で、その動作により彼の注意を惹いたあの踊り子が、いま自分の傍に坐っていることを確認したのだった。

すると、たちまちあのめったやたらと激しい不安が出現して、じっくりした観察に耽る落ち着きを壊し、曖昧な世界へと彼を拉し去った。彼は周囲を見廻した。左右で学生たちが、ビールの盃ごしに語りあったり、絵葉書を書いたり、乾盃しあったりしていて、誰もかれらに注意していなかった。何だか自分と相手の女性が、存在していないような有様だった。それにもかかわらず、急にこの場にいたたまれない気持になった。騒音と光が耐えがたく思われ、彼は突然立ち上って「いらっしゃい、もっと別のところへいきましょう」と言った。

彼女はすぐに承知し、受付けのところについてきて、素早く外套をひっかけて、彼の傍に立った。それから二人は、都会の貧しい雪が薄く降り積った街路を歩いていった。高い建物の谷間になった街路で、薄く霜のおりた電線の針金の真中に、二、三個星が出ていた。その星は電線の間に捉えられた楽譜記号のきらきら光る点のように見え、地上で屈辱を強いられる天上の光の、無限に厳しく苦痛にみちたメロディーをあらわしていた。

彼は帽子を脱いだ。すると寒気が頭を締めつけ、顔と首筋の皮膚を張りつめさせた。踊り子は彼と並んで歩いていた。白い屍衣を着た奇妙な恰好で、屍衣の上に外套が短かい黒い二枚の翼のように懸けられていた。馬車が騒々しい音をたてて駆けてくる。自動車がクラクションをならして、町角を飛ぶように曲っていったり、甲高い悲鳴をあげる家の壁にサーチライトを投げかける。遠方から自動車が走ってくるのを見ると、道のむこうの果てに二つの小さな光の玉が見え、それが震動する暗い一本の溝の上を、あっという間にこちらへやってくる。すぐ近くにくると、広い光の帯がさーっと舗道を掃き、人は目もくらむ光の震動の中に立つが、瞬時にそれは通り抜けてしまい、冷たい暗闇がそのあとを埋めるのである。

ときどき料理屋があって、素早く開閉されるドアからダンス音楽の二、三小節を吐き出す。笑い声の切れ端が、しばらく夜を縫ってひびく。カーニバルは陽気な小波(さざなみ)を、彼とその連れの行く淋しい道にひたひたと打寄せているのである。しかしこうしたことはすべて、彼の心の中にあって、重くて濃く冷えきった煙のように、その心を満たしている恐怖感にくらべると、まったくとるに足らないことであった。

二人は小さなカフェにはいった。必要からというよりは、義務感みたいなものから、半時間ほど新聞を読むために、彼がときどき入っていたカフェである。入口のところで彼はふと、今こそ連れの女性が仮面を取るだろうと思ったが、彼女は機先を制して、もうしばらく人に顔を見られずにいたい、夜間営業のお店はみんな、カーニバルで大騒ぎをしているときなんですから、仮面をつけていてもおこられないでしょうと言った。彼女の言ったことは、どうやら当っていて、テーブルの上にたちこめた煙草の煙の中に、仮装を貸す店で見かける民族衣裳を着飾った人々が見かけられた。すなわち、チロル人、エスキモー人、インディアンなどと連れだった、ヴェニス、スペイン、トルコの女たちである。このような陳腐な、古ぼけた、伝統の仮装の中で、幽霊の衣裳と仮面は殆ど似合わぬように思えたが、オスターマンの連れはここでも目立たなかったのである。彼女は先にたって、人混みの中を縫っていったが、誰一人としてあわてて身をよける者もなく、この際またもや、この知っているようでどうしても思い出せない女性の身のこなしが、彼に肉体的な苦痛を与えたのである。

彼女があいているテーブルに腰をおろしたとき、彼は激しくその腕をつかんで、「一体あなたは誰ですか?」と問うた。

彼は彼女の目を捉えようとしたが、仮面の眼窩の奥に、ぼんやりした光を見出しただけであった。

給仕が彼の前に立ったので、握ったものの、一向意のままになろうとしない、彼女の細く固い腕を放して、コーヒーを注文した。しばらく黙って、周囲のたどたどしい、気の抜けた歓楽の状態を眺めていると、給仕が一つだけコーヒーをもってきて、注文した彼の前においた。かっとしてその不注意をなじろうとしたとき、彼女は、かまわないで、わたしは何も欲しくないの、と言った。

その奥にまたもや謎のような親しい感じがする、この短かい言葉が、オスターマンを口で言えぬほど悲しい気分にさせたので、彼は両手で頭をかかえ、四本の指を額に、親指を耳にあてて、自分の感覚を外界から遮断しようとする構えをとった。

相手の女が、さきほど皮肉な意味をこめて、あなたは医学生かと聞いたことが思い出された。ぼくを知っているのになぜ聞くんだろう、と彼は思った。

開いた指の間から、彼は意地悪く、躍起になって、眼窩の奥をのぞきこんだ。あなたが、医学生であるこのぼくは、職業柄、死と和解することを学んでいる筈だ、とおっしゃりたかったことは、よく分ります、と彼は言葉を続けた。——医者と死神は一種の仲間で、相棒だとは、一般の無邪気な連中や、粗悪な諷刺雑誌の意見です。またどの階級の人も、自分の営業(なりわい)の条件を、神の創りたもうた世界秩序と考えています。たとえば毛皮商人は、毛皮をもった動物は自分のために生長すると考えるし、石炭業者は、石炭となった原生林は自分のために生い茂っていたと考え、建築士は、重力は自分のために発見されたと考えるように、医者は自分の職業の論理から、死の論理を主張します。

　だがぼくの意見は違います。

　ぼくは、死は、何か絶対的に無意味なものと考えております。死そのものが、そうだというのではありません。肥った無為徒食者、糞袋と変らぬやつ、破廉恥な放蕩者の生活に、やっと終止符がうたれることは、正しく理にかなったことです。がりがり亡者、喧嘩好き、志操の卑しいやつらが死ぬほど、結構なことはありません。だがやさしい人、愛を与える人、楽しい人、輝かしい人を見さかいなく殺してしまうのは、死が無意味であるということの否定し得ない証拠です。そうです。未知のあなたよ。これは決してありふれた感傷ではなく、正確に証明される真理なのです。世界が、この上なくみじめに造られていることは、疑う余地がないでしょう。それはなぜかといえば、毎日、有意義で価値のあるものが、平板なもの、つまらぬものの背後におしやられ、悪がのさばり、善が泥の中に棄てておかれ、最後に死が、みんなひとからげにして人生の食卓から抹殺するという、馬鹿馬鹿しい清算をする光景を見せられるからです。

　もし、実際の人間の価値が保証されて、死神から赦免状がもらえるなら、この世はどんなに変っていることでしょう。本性のため、より高い自我に到達出来ぬ人間は抹殺されるが、自己を浄化出来る人の人生は、その善行に応じて伸ばされ、偉人の域に達した人は、永遠の生命を与えられるのです。そうすれば、今日でもひょっとしたら、まだダンテやミケランジェロや、アルブレヒト・デューラーと話が出来ているかも知れません。こうしてこそ人生は、相互の愛と、相互扶助に満ちた有意義なものとなるでしょう……

相手の女の眼窩の底の小さな炎は、大きな光となり、稀薄だが弾力のある空気、一種のガス状のガラスが、オスターマンと連れの女を取り囲み、この圏外のものは、ただごちゃごちゃで連関のない世界の断片としか見えなかった……

ぼくはたぶん、死についていくらか意見を述べる資料があると思います。なぜならば、死をまったく近くから眺めたことがあり、死はその非論理性を、特によく見せてくれたからです。世界がさっき言った論理的な計画どおりできていたなら、ベッティーネはなお生きており、ぼくはこんなに淋しく、心が硬化し、血が毒になり、脳が破壊されるほど、寂しく感じてはいないでしょう。ぼくは人生の、道がない大海の只中におかれたロビンソン、両極のあらゆる恐怖を備えた氷の宮殿の囚われ人です。

ベッティーネをご存知でしょうね？　あなたはぼくを知っておられるのなら彼女のことも知っておられるはずです。ベッティーネの名前をお聞きになって、この名前の意味したものが、もう存在しないことをお考えになれば、血も凍る思いがしませんか？　永遠に生きるべき人だった彼女、もし世界に正義があれば、なお何十年も生きるはずの彼女がです。おお、ぼくは死というやつをよく知っています。あの食えない道化者、みじめなふざけ屋を。ぼくはやつを眼のあたりに見たことがあるのです。あいつは変装し、仮面をつけ、正体をかくしています。しかし下手な役者のように、きっかけのせりふなしに登場し、肝腎なせりふを忘れ、共演者をめちゃめちゃにし、懲役人や人殺しにするんです。

そうです——人殺しにするということを、やつは知るべきです。誰かがその恋人を殺せば、人殺しとしか呼ばれないわけでしょう？　いま母親の胎内で一人の子どもが育っているとします。その子がおなかの中で大きくなるにつれて、自然が正しい扱いを享けることを好まぬ世間に対する恐怖も、大きくなります。早くも周囲の人々は長い裸の首と、曲ったくちばし、鋭い爪をのばし、早くも脂ぎって、てかてか光る、まるっこい指が、この私生児という恥辱に攻撃をかけようと伸ばされます。幾つもの肉ピストル、銃床のような拳、銃身のような人差し指が、この恥辱に狙いをつけます。そして誰かが、絶えずわめいています。毎日のパンを与えたまえ！　二人ならなんとかやっていけるが、三人になればもうだめだ！　と。

ところであなた、芽生えつつある生命を、既に根づいた生命を破壊することは許されないことです！　それが光を仰ぐ前に、闇に葬る方法はあります。それが罰せられるのは途方もないことです。もう一度言いますが、犯罪は生きている者に対してのみ存在するわけで、生まれない者に対しては存在しません。そうです――しかしどこか片隅に死が、あのみじめな道化者がうずくまっていて、目をぱちぱちやり、ちょっと薬瓶を嗅いで、それをふると、眼に見えない粘液、やつの涎と毒が、あらゆるものに付着するのです。

それから恋人の痙攣しているのが見えます。そりくりかえって、生に全力をもって摑みかかりますが、命が逃げていくのが分ります。命は川になり、ゆっくりこぼれ、暗い門のところへ向って流れ、そこで音もなく消えていきます。医者の卵として全力を尽して川の岸辺にたち、最後の生命の滴が、死の運河の中にごぼごぼといいながら消え失せるのを見たとき、真赤に焼けた大きな釘が、堅く鋳造された、呵責ない……人殺しという言葉が、ぼくの頭の天辺から体の下まで突き刺さったのです。

悔い……それは一歩また一歩と遡って、過去を調べ、恥ずかしくないような日がないこと、毎時間を迂闊に過してきたことを教えてくれます。

ヘルベルト・オスターマンはだんだん落着いてきた。開いた指の間には、熱い額があり、テーブルの下には、重い二本の足があり、額と足が苦痛の太い帯で結ばれていた。心の中に語りかけたのか、大声で喋ったのか、自分でも分らなかった。しかし自分で分っているように、相手の女からも分ってもらえたと感じていた。

この一人ぽっちの客は、とっくに給仕から気づかれていた。給仕は、一人で隅に坐ってときどき胡乱(うろん)な眼つきをし、手を激しくふって、ぶつぶつ言っているこの若い男を、酔っぱらいが苦しんでいるのだと思っていた。しかし、部屋が空になり、外で電車の走りすぎる音がしたので、給仕はこの最後まで残っている客のところへいき、ズボンのポケットの中の小銭をちゃらちゃら鳴らしてみせた。

オスターマンは眼をあげて、給仕が、靄のかかったような明かりのオパールのような光線の中で、シルエットになっているのを見た。ねばねばした水溜りのできたテーブルの上に、空になったコップやマッチの燃えかすや灰の山が載っているのが、印象深かった。……

「いきましょう」と彼は呟いた。

踊り子は先にたって歩いていった。しかし、もはやよそよそしい感じはなく、彼の生活に根ざした親しみのあるもの、生活の根から生えでた、まだ名前はないが、間もなく名前がつけられる筈のものとなっていた。

「あんたは誰？　あんたは誰なのだ？」と彼は女の着物を掴んだ。その着物の端が彼の手をすりぬけた。すると女の眼窩の奥で、電気がショートしたようにぱちぱちと青い光が走るのが見えた。そして彼の腕にも、叩かれたように電気が走った。

「どこへ、どこへいきましょうか？」と彼はためらいながらきいた。

「ごいっしょに行きますわ！」

見知らぬ若い女が無雑作にこんなことを言いだすのを聞いても、彼は一向に驚かなかった。すべては今まで何百回となくあったことだ。どの言葉、どの歩調にも心当りがあり、その声の調子もおなじみであった。だから二人は当然、並んで歩いていったのである。もしそうでなかったら、心の奥から取り出してきたすべてを、どうして見知らぬ女なんかに話せただろうか？　それを聞く権利のある人はただ一人あるだけだ。その告白は、哀しい、深みのある光のように、そのひとに向けられ、未知のものを親しいものに変え、その光を発散している彼のもとへ還ってくるのだった。

こうして二人は、冬の朝の中を歩いていった。冬の朝は、まだ夢の重い水蒸気の中に寝すごしたような感じで、労働のきびしい第一小節にあわせ、のろのろ歩きだしたところだった。ときたま、カーニバルの楽しみの名残りが、かすれたような音を立てた。彼はまるで幻想のように、一台の市電の明るく日がさしたデッキに、眼を半眼に閉じ、火の消えた葉巻を口の隅にひっつけたピエロがぐったり腰を降ろしているのを見た。その右腕は手摺を越えてだらりと下がっており、指からは紐がでて、おもちゃの熊を車の後ろに引っぱっていた。その熊はグロテスクな恰好でぴょんぴょん飛び上り、車の振動で左右上下に投げとばされ、手足をやたらと舗石にぶっつけていた。

これは、ヘルベルト・オスターマンがはっきりと見たおそらく最後のものだった。それからは霧の中を歩いているような感じとなったが、霧の中からときどき、おそろしいスピードで、物あるいは人間があらわれ、またすぐ消え去っていった。

だから彼は、連れの女性が環状道路で町への道をとらず、郊外への道をとったのを、見たというより感じたのであった。

「その道じゃない……ぼくは町に住んでいるんです」

「わたしは、ほかの住いは知らないんです」

彼女の言うことは正しかった。オスターマンはそのとおりにすることにして、彼女の横を歩いていった。きりがない寒々とした道で、黒々とした電車の線路がどこまでも続いていた。

今ぼくのおかれている状況は変っている、と彼は思った。彼女もそう思っているのだろうか。いまぼくは未来と同時に過去へ、つまり時間のないところに歩み入りつつあるのだ。死とは時間のないもので、したがってあらゆる迷いを止揚するものではないのだろうか。それならしかし、死は解決であり、もしそうなら、強い意志力とひょっとすれば悔い改めの力によって、死から人間を呼びもどすことが出来るかも知れない。仮象が本質を生むことはあり得ないとしても、本質が仮象を利用することはあり得るはずだからだ！　いずれにせよ、彼女の名前さえ分ったら、これらのすべての疑問は氷解するはずだ。もうその名前が、ぼくの心の中で形作られ、固まりつつある。一切がこの名前にかかっている……

おなじみの玄関の前にきた。台座とまぐさ石のまわりに枯れた葡萄の木がまといつき、ライオンの頭をしたノッカーがついている。このしかめ顔を二人は、むかし、よく笑ったものだった。階段を登った。階段は、朝靄がたちこめた薄暗がりの中を上へ続いていた……あいかわらず、十七段目の段がみしみしいったし、主人夫婦の部屋の前を通るとき、あいかわらず爪先で立ってそっと通らなければならなかった。狭くなった階段が塔へかかり、小さな明かり窓には、桜の木の枝がかかっており、いつだったか、春、その枝から花をつんだことがあった。それから壁にはめ込まれた、赤いガラスの箱にはいったお灯明が供えてある小さな黒い聖母像……

塔の部屋のドアをあけて、中へ入った……なつかしい品物、書きもの机や本棚、緑のカーテンのうしろにおかれた二つのベッドを彼はまたはっきり見た。このベッドからさきほど二人は起きだしたのだ。

彼がふりむいてみると、ベッティーネがそこにいた。白い柔らかな着物を着て、またいましがた櫛で解き、二つに分けた髪の毛を頭の左右に下げて。

彼女は眼を上げた。彼は、その底に青い光がちらちらしているその眼をのぞきこんだ。しかし肉が奇妙に変化しており、そのマスクの白い骨の上に薄いゼラチンの膜が張っており、まるで水母（くらげ）の体のように透明で、髑髏の窪みや縫合点がどれもはっきりよく見え、この柔らかなずるずるした肉塊に、髪の毛が抜けそうにぶらさがっていた。

骨が透けて見えるこの顔には、いたるところに陰鬱な斑点があり、目と口の隅に土のかたまりがつき、髪は、その下で小さな虫かなにかが、うようよしているかのように蠢いていた。

ベッティーネは顔から髪をかき分け、両腕を頭の上に高くあげ、激しく、脱臼せんばかりの勝ち誇った勢いで、情欲的で気違いじみた、おかしな幽霊のダンスを始めた……

（訳・著者紹介＝前川道介）

ハーシェルと幽霊

アルブレヒト・シェッファー

アルブレヒト・シェッファー

一八八五―一九五〇。北ドイツに生まれ、形式を重んじた高踏的な詩を書く一方、長編『ヘーリアント』(一九二〇―二四)を著わした。一九三八年ナチスに追放されて、ニューヨークに移る。一九五〇年帰国、その年ミュンヘンで没した。怪奇幻想の物語を好む一面を有し、ワイルドの『ドリアン・グレイの肖像』の向こうを張った九つの短編からなる長編『ヨーゼフ・モントフォルト』(一九一九)等を書いている。本編は短編集『真夜中』(一九二八)に収められたものである。

以下に述べる報告は、天文学者ウィリアム・ハーシェル卿の精神的特性についての、単純ではあるが、にも拘らず、貴重な証言となるものであればよいと思う。報告されている事件が起ったのは、当時――一七七二年のことだが――三十七歳のハーシェルが音楽の教師として、サマセットの湯治場に住んでいたときのことである。ハーシェルは同時にいわゆる「八角教会」のオルガン奏者でもあって、モテットや歌曲、それどころか教会音楽百般の作曲を行い、稽古し、演奏していた。さらに公開のコンサートの指揮もしていたのである。しかしながら、こういった精根を磨り減らす仕事もすべて身過ぎ世過ぎのためにすぎなかった。つまり、余暇に、本来の情熱の対象であり、天職である天文学に身を捧げることができるようにするためのものだった。天文学の研究は、精神の仕事のほかに、やっかいな肉体の仕事をも彼に要求した。なんとなれば、必要な装置がまだ一切なかったので、自分の望遠鏡――まず二十フィートのものを、後には四十フィートという大きなものを――まるまる自分の手で作ったのであって、反射鏡まで自分で研磨し、さらに妹のカロライン――この人はハーシェルの家のきりもりをしながら、靴下の編み方から対数までなんでも学び取ったのであるが――の助けを得て、部分品の一つ一つを旋盤を使って自分で作ったのである。

熱に浮かされたように研究をし、無限の創造性のためにすさまじい勢いで仕事をしたこの時代のある日、ハーシェルは、自分に対して好意を持ってくれ、最良のものを期待してくれている人たちの小さな集りで、自分の力の衰えを嘆じた。そして、仕事をやり遂げるために、一つの仕事に一人で専心できる僅か二、三週間さえないとこぼした。たとえ他の仕事から解放された必要な時間を手に入れることができたとしても、こういったにぎやかな湯治場では、絶え間ない邪魔にさらされていないような場所がないと言うのである。出席者の一人である裕福な貴族が、他の人たちが黙っていたので、ややあってから、半ばとまどいながら半ば冗談めかして、自分はそのような場所を知っていると思うが、ハーシェルさんのお気に召すことはまずなかろうと言った。この貴族は、質問を受けたので、その場所は、ここからそう遠くない、ある村の入口にある小さな館で、わたしの家の持ちものなのですが、人は住んでおりません。もっと詳しく言うと、中に幽霊が出るので、住めないのです。いとこが一人そこで命を絶ったのだが、何年も無人のままになっていた。それから、もう一度そこに住もうと試みた人たちを、邪悪な亡霊は追い出してしまった。今はあの館はひどくいたんでいることだろう、と言うのである。

手短かに言うと、ハーシェルは数週間後にこの幽霊屋敷に引越した。妹も（当時二十六歳だったが）ためらうこともなく兄に同行した――もっと正確に言うと、ハーシェルが壊れかかった建物の中に人の住める場所を用意した後で、数日遅れて、彼の後に従ったのである。ハーシェルは、実際もう崩れ始めていた建物の中に、三つの窓のある大きな部屋を自分用に見つけ、その三分の二を仕事部屋として整えた。残りの三分の一は、安物の一本の棹に掛って動くカーテンで仕切って、寝室にした。このキャラコの壁を通る以外には寝室には入口はなかったのである。妹の住める部屋としては、恐らく二十歩の長さはあると思われる廊下の端にある小部屋しか見つけられなかった。

このような準備をしていた数日間には、いやなことに気づいたということはなかった。だが村人の中の誰一人、この地所に足を踏み入れる気にさせることはできなかった。この兄妹の滞在中に毎朝牛乳の容器を持ってきた娘も、その容器を庭の戸の所におくだけで、逃げ出したものである。

確かに、妹のカロラインが、最初に自分の部屋に通ずる廊下を行かなくてはならなかった時には、身震いしてから全速力で廊下を走り下り、部屋に飛び込むと、背後に扉を閉めたものである。しかし、カロラインがあたりに何か名状しがたいものを感じ、息苦しく胸苦しくなって、走らなくては廊下を渡れなかったという——このことは、この兄妹が言っているように、どこまでもすべて恐怖のなせるわざにすぎなかった。それから、彼らはそれぞれ自分の仕事を始め、ここで暮すことに慣れていったのである。

さて、ある晩ハーシェルは窓の前に移した机の前に座って、庭の木の上の最後の明るみを利用して表作りと計算の仕事をしていたとき、先に述べたカーテンの輪がかすかにかちゃかちゃと音を立てるのを聞いた。振り返って見て、一人の人物が部屋に立っているのを見た。この人物は年若い男で、眉目秀麗で、しゃれ者のみなりをしており、衿と袖にレースを付け、片手で刀の柄を握り、帽子を脇にかかえ、髪粉を振りかけていた。このものはすぐに数歩進み、机のところまでやってきて、全くものを言わずに、机の前の椅子に腰を下ろした。そのものは、ハーシェルに目を据え、夕闇の中で、青ざめた、ややはれぼったい顔と、黒い幾分憂いの色を帯びた目をハーシェルに見せた。

ハーシェルはペンを手にしてここに――人の入れぬはずの部屋からやってきた男はかしこに――と、両者は言葉もなく、しばしこうやって座っていた。それから、この天文学者が後で話したところによると、この無用の存在に対する激しい嫌悪がこみ上げてきた。このぞっとするほど無意味な存在は、ただこういう風にやってくるだけであり、みじめな無能力の故に、人生の単なる否定面でしかない……。だがそうしているうちにこんなことが起った。化生の物は固さを失ってゆき、輪郭がずれ始め、融けてゆき、その衣服を通してカーテンが見えてきて、そして消えた。

カロラインの方は、兄が遙かに後になって始めてこの出来事を知らせたのではあるけれども、この晩は、彼女の普通の歩き方で部屋に達し、眠ることができた。

筆者が、筆者の曾祖父のおじのこの体験を記録に価すると思った理由は、この心(しん)から冷静で、夢想などには縁のない人物が、我々の彼方の世界の本当の住人、すなわち星に向って彼の精神を近づけたいという、ただ一つの心の動きしか知らなかった、あの仕事一途の時代に、この事件が起ったということである。そしてもう一つの理由は、幽霊や幽霊払いのあまたの報告のなかで、この報告は、自分の仕事の価値と、さらに勿論往生した人たちの霊魂の不滅性とだけを確信しているハーシェルのような人によって、浮ばれぬ亡霊の一つを一刀両断に否定させているということによって、他に類を見ぬものと考えてよいと思うからである。

（訳・著者紹介＝石川實）

庭男

ハンス・ヘニー・ヤーン

ハンス・ヘニー・ヤーン

一八九四—一九五九。ハンブルク生まれの小説家・劇作家・オルガン設計者。第一次世界大戦当時からの無政府主義的反戦主義者で、戦後の二〇年代に、処女戯曲『牧師エフライム・マグヌス』が「猥褻」と指弾されるスキャンダラスな出発をした。代表作に長編小説三部作『岸辺なき流れ』がある。「庭男」は自選短編集『十三の不気味な物語』(白水社)中の一編。

果樹栽培の庭男がひとり、フィヨルドの百メートル高方、蛾蛾たる山塊の垂直に切り立った真紅の花崗岩壁にむかう途中、入り江にのぞむとある小さな掘っ建て小屋に住んでいた。ラールス・ソルヘイムという名だった。庭男はおそろしく年とっていた。頭髪は女の髪のように長く、雪のように真白だった。頬髭も真白で、水銀のようにたえずゆらゆらと風になびいた。からだは小柄で、痩せていた。何十年来というもののもう肉類を口にしたことがなかった。皮膚は蠟のようで、塩を投げこんだ火のほてりのように黄色かった。彼は死人に似ていた。ときおり庭男が話しかけてきて、顔を近寄せてくると、ぼくは恐怖の感情を抱かないわけにはいかなかった。この男には人間の通常の表情はおろか人間のまなざしさえもがあろうとは思えず、いわんや人間的な立ち居振舞いや理性があろうとは思えなかった。（異様な体臭が並みの人間ではないという印象を強めていた。）庭男はぼくに花を贈ってくれた。ヴァンゲンに住んでいるかぎり、それはほとんど気ちがい沙汰のように思われた。庭男は妖術に通じた人間だった。妖怪と交わっていたのである。――いいかげんなひとの噂を書きしるすことの愚は十分に承知している（しかしどんな事実や詮索がいいかげんでないだろう?）。しかもなお、ぼくはその愚かさをあえて犯さないではいられないのである。庭男は、彼がごくまれに妖怪を待ちうけるという場所を、ぼくに教えてくれた。それは巨人のような山塊の南壁のほとんど真下にある川原石の斜面であった。――その風景はいまもまざまざとぼくの脳裏に浮かんでくる。だがぼくの記憶は、このころの記憶が感覚の奥処にまで染みとおっているというのに、いくつかの叙景的な音しか並べたてることができない。ごくありふれた月並みな言葉だ。——

川原石は片石でできている。めずらしいケースである。ちょうど石でこしらえた薄い皺、というよりは、数百メートル四方に、花崗岩の地のうえに張りつめたつぎ切れのようである。淡い水の流れがとある岩の割れ目から流れだしている。木立のびっしり密集している白樺林が、すでに泥状に朽えた砕石のうえに生えている。白樺の木の根のまわりにはまばらな草が身を横たえている。さながら現実の場所ではなくて、架空の場所でもあるかのような、なごやいだ場所である。この場所につきまとっている奇妙な感じは、しかし、他の印象がしぶとく押し黙っているのに、あきらかな憂愁の気配が手にとるように聞こえてくることだ。嵐が逆巻きながらフラームスダルのほうから、あるいはオイエをこえて、突如襲来してきても、この場所だけはいくぶんその深い静寂をまもりとおしているようにぼくには思えてならない。——こんなふうにしてここに、晩秋の白樺の落ち葉になかばうもれて、一個の石がある。ごくありきたりの大きな岩である。この石のかたわらに、庭男は、妖怪の出現があることがよくわかっている夜、長々と身を横たえて眠るのだった。そして、胸苦しい思いもせずに眠っていると、やがて妖怪が目をさましてくれるのだ。——そんなふうに彼は語ってくれた。妖怪との会話の内容についてはなにも教えてくれなかった。庭男は、あれこれと望みのすじをかなえてくれる法力を秘めた、くさぐさの薬草に通じていた、おそらくそれもあの石のところで妖怪に教えてもらったのだろう。——

妖怪は動物たちの代理人なのだ。妖怪たちは、動物たちを苦しめる人間に罰をくだす。妖怪たちのお気に入りのある種の生きものは絶対に殺してはならない。ときおり妖怪たちは雌の大鹿やトナカイに恋着することがある。家畜類も妖怪たちの庇護（ひご）のもとにある。雌牛たちが妖怪に乳房をすっかり空（から）にされてしまうことがよくあるという。農夫たちがそれで実際に損害をこうむることはないのだという。妖怪は、天使たちと同じく、男である。これは秘密でもなんでもないのだが、妖怪たちの出生についてはほとんどなにも知られていない。人間よりいくぶんちいさめで（ぼくは、人間より大きい、という話も聞いたことがある）何千年もの昔から髭がない、というひともいる。黒いズボンをはき、目も綾な靴下どめをして、農夫のような服装をしてあるく。首のまわりに赤い布を巻いている。この赤い布をつけていない妖怪にであったひとはまだだれ一人いない。

ぼくは庭男にたずねた、「どんな夜が出そうな夜なの？」

庭男は答えてくれなかった。

庭男には癌（がん）の持病があった。家のなかを切り盛りしている大人になった娘が、そう教えてくれた。ぼくはいとわしげに、物問い顔で彼女の顔をみつめた。

「自分で知ってるのよ」と彼女は言った、「でもあの人は癌で死にはしないわ。百歳まで生きるように守られてるのよ」

「自分でそう言ったの？」とぼくはたずねた。

彼女はこくんとうなずいて、言葉をついだ、「わたしは信じてないわ。ときどき、あの人はもう死んでるみたいな気がするの。ずっとなんにも食べてないのよ」。涙が彼女の目からどっとほとばしりでた。

「あの人が好き?」ぼくは邪推ぶかくたずねた。

「気ちがいだわ——そうでなきゃ選ばれた人かどっちか」と彼女は言った、「お母さんはあの人に毒を飲まされて死んだんだと思う。全然好きじゃない。腐肉みたいなにおいがするんだから」

——

「わたしはもうお祈りすることができないの。黙っていることもできない。この家のなかはなんだかおかしいのよ」

「口がすぎるよ」とぼくは言った。

ある晩、庭男は息絶えた。かたく、ピンと硬直し、さらに黄色くなっていた。娘がヴァンゲンの町に駆けつけて、ことのしだいを知らせた。彼女はお通夜をしなかった。かなり気がたかぶっていたので、他所(よそ)の、親切な人の家に泊めてもらった。

ところが翌朝になると、まるで死んでいなかったのだというように、庭男はまた起きだしてきたのである。心臓の鼓動はとまり、肺は息を吸わなかった。皮膚は冷たく、革のようだった。目はくらく、燃えつきていた。彼はヴァンゲンに、広場にやってきさえした。てっきり死んだと思いこんでいる人びとのところへ。彼の姿を見て、みんなは言った、「あんたはもう死んじまってるのに」。庭男は答えた、「もうすこうし見るものがあってね」。そうして広場に立って、そこでなにをするでもなかった。花を売ろうとでもしているように、庭男は「花ぁ」といった。だが、花など全然手にしていなかったのである。彼はオーラフ・エイデスの小売り店の戸口のところまでいったが、戸口をあけはしなかった。敷石を横切ってホテルの便所のところまで足を引きずっていった。その半開きの扉を動かして、なかをのぞいた。教会にも、墓場にも、目をむけなかった。庭男は盲た目でいろいろなものを透視するのだった。なにかこれまでになかった点に気をつけるのだった。彼は言った、「ラグンヴァルドは強い骨をしている。あの骨は五百年たってもまだ消えてなくならないだろう」。筋肉のことは問題にしなかった。彼は家に帰り、また横になって、死んだ。つぎの朝、人びとは、またしても広場で彼に出会った。

「なにしにここにきた?」若い衆が大声で叫んだ。

「馬の骨をした人間はどこだ」と庭男は言った、「ガラスの骨をした人間、きれいな、白い、かたい骨をした人間はどこだ。ラグンヴァルドだ、それにペール、おまえだ、カーレ、おまえだ、シーグルド、おまえだ」。そしてその三人のからだにとくにさわってみるのだった。

三日目には十八人の人間の名前をなんとなくつぶやいた。つぎの日もつぎの日も、彼はまたやってきて、だれがたとえば山から降りてきたのかをあれこれ調べてみたり、若い衆たちを探るように眺めた。しばらくすると突然家々のなかにあらわれ、みだらな目つきで若い女たちを眺めては、ごろごろと咽喉を鳴らした。我慢ならないような臆面のなさであった。みんなは彼に食ってかかった。

「いやなにおいのする豚の鼻をしやがって」

「わかってるよ」と庭男は答えた、「もうじき終わりになるさ」

スヴェン・オンスタードは、山の領地から降りてきて、いろいろなことを耳にしたので、庭男のラールス・ソルヘイムにむかって言った。

「おれの家にきて、女房につまらないことを言ったら、痛い目にあうと思えよ」

老人は答えた、「大丈夫、大丈夫」

ところが、実際には若い農夫の目算とはまったくちがったことになった。夕方、山に帰る道すがら、ふいに庭男が彼のまえに立ちはだかった。猫のようにしなやかで、葉をむしった小枝のように痩せている。かすかな腐臭が空気のなかにただよった。スヴェン・オンスタードは両の拳が麻痺したような気持だった。老人は、その声が滝の音ででもあるかのように、でなければまぢかに聞こえる滝の音が彼の声ででもあるかのように、せわしなく話した。そして年若い農夫はどうしても言い返す言葉を思いつかないのだった。

「あんたは若い。若い骨っぷしの強い男はなにかやったほうがいい。わしのいう意味がいまにわかる。いまのこの時やなにかは、いいかね、古い記憶になってすぐに消えていってしまうだろう。あんたはきれいな奥さんのところへ帰るところだ。あんたの足はべつの道をいくことだってできる。いまにわかるさ。頭をちょっぴり冷やしさえすればな。あんたの返答などいらない。一分間のうちに、あんたとわしはひとつからだになるだろう」。そう語った。庭男はそばに寄ってきた。なにかを空中にふりあげた。たぶんなんでもなかったのだろう。だがスヴェン・オンスタードの頭蓋のなかを異様な痛みがはしった。若い男はその場に倒れた。彼の馬も驚いてわきにのいた。馬はわななきながら速がけした。あえいだ。そしてふたたびやむなく並み足になった。

スヴェン・オンスタードは地面から立ち上がって、言った、「はい、かしこまりました」スヴェン・オンスタードは自分の家に入っていった。彼は妻をじっと眺めた。彼は妻を絞め殺した。なんの理由もなかったのである。絞め殺しながらなんの感情もわかなかった。庭男がそこに立っていた。一言もしゃべらなかった。三人はもはや、なにも語り合うべきことがなかったのである。

スヴェン・オンスタードは、つぎの日、ふたたびふいにヴァンゲンに姿を見せると、額に褐色の傷を負っていた。彼は山でのできごとをしどろもどろに語った。突然、彼は教会の壁めがけてものすごい勢いで頭から突っこんでいった――春、はじめて灌木(かんぼく)や若木めがけてかりたてられるときの雄牛のように――さながら壁を突きこわそうとでもいうように。彼は三度頭を打ちつけた。すると脳がひらいて、血みどろになっていた。

若者たちの一団が、入り江に沿って庭男の小屋になだれこんでいった。一行は庭男をみつけた。庭男はベッドに横たわっていた。うつせ身のからだとしては物いわず石のように不動なのだった。

秋も深くなっていた。十一月の終わりか十二月初旬である。するとあの庭男がうちあけてくれた秘密がはげしく思い出されるのだった。葉の落ちた白樺(しらかば)林へのあこがれがぼくをとらえた。ぼくは分別をうしない、異常な冒険にあこがれた。はやい夕暮れが平地に闇をたなびかせるころ、ぼくは出立した。行きあうひとはだれもいなかった。ぼくは暗闇のなかをあの斜面によじのぼり、庭男に教えてもらった石のうえに腰をおろした。ぼくは静寂(しじま)に耳を澄ました。だんだんに期待は失(う)せていった。半月が向かいの山々にその光を投げかけていた。その場所、つまりぼく自身は影のなかにいた。——妖怪はぼくには会いにこないのだろう。ぼくは動物たちを愛していたし、ときには動物たちの代理人だったこともある。けれども、地の底深く眠っている妖怪の目をさますには、この愛はどんなに強くなくてはならなかったことだろう！——ぼくは自分が軽率だったことを思い知った。妖怪はあらわれないだろう。しかしいま、ぼくはガラスのように透明な空気や小川のかすかにチロチロと鳴る音や足もとの草むらのそよぐ気配をたのしんでいた。フィヨルドの対岸に見える高い花崗岩の台のうえには初雪がかかっていた。胸には大地のメロディーをとらえようとするあこがれがあった、白樺の葉が落ちて——初雪がきよらかな星のミルクのような雪解け水で——山の泉をはぐくむとき——白樺生える川石のかなでる歌をとらえようとするあこがれである。

　ぼくは腰を上げた。ふたたびあゆみはじめると、胸を襲っていたあの甘い痙攣が解けていった。想像もつかぬ憂愁のまっただなかでぼくは幸福だった。ぼくはいまにも泣きそうだった。けれどもぼくは涙をおさえた。ぼくは大股にあるいた。だれかが背後にいるような気配がした。でこぼこ道にその人の靴がきしむ音が聞こえた。ぼくは立ちどまり、ぼくよりずっと急ぎ足のように思えたので、やりすごさせようとした。それはひとりの男だった。その人は挨拶をしなかった。ほとんどぼくに気がつかなかったのだと思わざるをえない。その人が二十歩ほど先にでたとき、赤い布を首に巻いているのに気がついたような気がした。ぼくの胸は狂ったように高鳴りはじめた。ことの意想外のあまりぼくはほとんど気絶しそうだった。ぼくは男のあとをつけ、なんとかして姿を見失うまいとつとめた。したたかな猜疑のためにそれほどぼくは気弱になっていたのだ。ぼくたちはヴァンゲンに着いた。男は鍛冶屋のほうに道を曲がり、町の裏手、谷あいを山のほうに導く街道に出た。教会にいきつくちょっと手前で、見知らぬ男は道をはずれ、川のほうに降りようとでもするように、川原石だらけの草地を横切った。ところが——草地には数本の白樺の老樹が立っていた——白樺の木立ちまでいきつくと、そこで向きを変えて低地にあるとある小さな農家のほうにむかった。ぼくは、男が牛小屋の扉をあけて、なかに消えていくのを見た。ぼくはなにごとが起こるのだろうかと、扉のまえで待った。月はしらじらと谷の上空にかかっていた。水足の速い流れの遠雷のとどろくような音が聞こえた。家畜小屋からは牛の満ちたりた鳴き声のほかなにも聞こえてこなかった。ぼくは小屋の扉をあけた。五体がわなわなと震えた。赤みがかった角材のあいだにはめこんだ二つの低いはばのひろい窓から月光がさしこんでいた。人の姿は見えなかった。ぼくはねそべっている牛のうえに身をこごめた。牛は三頭いた。もう一頭の牛が切り妻壁のまえにもうろうとたたずんでいた。ぼくはその背中と尻尾をつかまえ、腹や乳房を手につかんだ。あの男はみつからなかった。それに家畜小屋の扉はぼくがくぐってきた扉ひとつきりなかったのである。ぼくは乾草架に腰をかけて待った。牛たちが人なつっこい不審顔でぼくのほうに首をよせてくる気配がした。一瞬のあいだ、ぼくは、いまぼくは幸福なのだ、と考えた。一人の男のあとをつけてきて、いま牛小屋のなかにひとりっきりでいるのだった。星たちがわかつ平和がぼくにも届いたのだ。ふいに、ここにいるのをだれかにみつかるかもしれない、という疑いが起こった。心によみがえった不安を抱きながら、ぼくは急いでその場を立ちさった。気がつくと、草が真白に霜をおいていた。月ははや隠れていた。もう夜もとっぷりと更けていたのである。

（訳・著者紹介＝種村季弘）

三位一体亭

オスカル・パニッツァ

オスカル・パニッツァ

一八五三―一九二一。ミュンヘン近郊の宿屋の息子として、イタリア人の父親とフランス系ユグノー教徒の母親との間に生まれた。精神病理学を専攻。外国留学の後に、梅毒をテーマにした戯曲『性愛公会議』でスキャンダラスなデビュー。以後、著書は相次いで発禁処分に遭い、晩年は精神病院に監禁された。狂気と現実諷刺と宗教的狂熱とが一体となった、奇怪なパニッツァ作品の本格的復活は、ようやく近年のことに属する。

「昔ムカシ大昔、オヨソ二千年ホドモ前ノコト、一人ノ裕福ナ男ガオリマシタ。男ニハ美シイ奥方ガアリ、二人ハオタガイニコヨナク愛シ合ッテオリマシタガ、カワイソウニ、子供ガ一人モアリマセンデシタ。二人ハ子供ガ欲シクテナラズ、奥方ハ昼モ夜モ、子宝ガ授カリマスヨウニ、子宝ガ授カリマスヨウニ、ト一心ニオ祈リヲシテオリマシタ。――〈アア〉ト奥方ハ、アルトキ世ニモ悲シゲナ風情デ申シマシタ、〈ナントカシテ、血ノヨウニ赤イ、雪ノヨウニ真白ナ子供ガ一人デキタラネエ〉――　――ソレカラ九ノ月ガ過ギマスト、夫婦ニ血ノヨウニ赤イ、雪ノヨウニ真白ナ子供ガ一人生マレマシタ。ソレモソノ子ハ元気ナ男ノ子デシタ。夫婦ハコノ子ヲ見テ、タイソウヨロコビ合イマシタ」

グリム兄弟
『お伽噺と家庭童話』

あれはたしかフランケン地方でのことだったと思う。もう何年も前、私は冬季の徒歩旅行の途上、夕暮時に、ほとんど涯しなくつづく、長い、コチコチに凍てついた街道を歩きながらそこにさしかかったのだった。あたり一帯には、近くに人間の住居のありかを知らせる煙はまったく見えなかった。暗くなりはじめていた。

私の背嚢は空だった。最後の弁当はお昼にもうすっかり平らげていた。十一月だった。見渡すかぎり、野面も森も、いちめんに氷と雪の硬い堅皮に覆われていた。地図も持たず、道程に要する時間をあらかじめ計算もせず、最寄りの農園や村々を気にもとめない私のだらしなさが、このときまことに厄介きわまる手口で復讐をしようとしているようだった。理性よりも想像力の逞しい人間は断じて徒歩の一人旅をしてはなるまい。そういう人間はいつも空想に耽りながら、地図には周囲三時間の界隈に一軒の旅籠とて記されていないというのに、なみなみと麦酒を注いだジョッキや喚声を上げている人びとで沸き返るような宿の客間を目のあたりにしているのである。ところが現実は、禁断のひそやかな空想を味わった廉でまことに手きびしい罰を下すのだ。この種の人間はそもそもがいかなる俗事をも企ててはならぬ、家を建てたり、国債を買ったりなどしてはならぬのだ！　——地上ばなれのした瞑想に耽ってさえいれば、失望もそれほど激甚ならずともすむではないか！

そんな思いに耽っていたので、相も変わらず涯しなく延びひろがる街道の上にずっしりと重い旅嚢を背負った男が一人こちらをさしてやってくるのが見えると心が弾んだ。出会いがしらに男はびっくりしたようにまじまじと私を見つめてこう訊ねた、「この夕暮時に周囲何時間も家のないこんなところにどうしておいでになされたのだ？　私自身は、眼が昼の光には堪えられないので、黄昏時と夜の間しか旅をしない。私は細道小道まで手にとるようによく知っている。しかしあなたは道に迷ってしまわれるだろう！」迫るような調子が私に思わぬ畏敬の念をかき立てたその見知らぬ男は、私が答えを返さぬので言葉をつづけた、「天はこの度はあなたにご配慮下された。十分ほどで着くこの山裾のすぐ向こうに旅籠が一軒ある。私はいまし方そこから来たところだ。しかしこの家はまったく知られていない。だからあなたはあの家を当てになさることはできなかったはずだ！　ところがそれがちゃんとあるのだ！　あれは地図には載っていない。私は最上の地図を持っているのだが。私自身、あれは今日はじめて見た。それでいて、あの《三位一体亭》はひどく古いのだ！　宿の人たちはいささか時代遅れで物腰は緩慢ではあるけれども、設備はよく整えてあるようだ。あの家なら気持よく泊めてもらえよう。ではごきげんよう！」――言葉の最後の方は、話しながら両足で冷たい鉄のような地面の上をくり返し踏みつけていた。凍えている様子だった。彼はすみやかに別れを告げ、われわれは別々の方向に分れた。「もう一つ質問をお許し下さい」と私は彼の背に向かって呼びかけた、「あなたはどんな商いをなさっておいでなのですか？　旅嚢がぎっしりと重いようですけれども！」「祈禱書です！　祈禱書です！」彼はすばやく叫びを返した、「しかしもう長くはない、もうそんなに長くはない……時が……」言葉の終りは聞きとれなかった。風が男の口からもぎ取ってしまったのである。私は道を急いだ。街道に向かって張り出している最寄りの丘の背に辿りつくと、実際、私は、ひっそりと閉じこもるように一軒の小さな家が建っている、ささやかな窪地に出た。弱々しい燭光のゆらめきが階下の低い窓から流れ出ていた。付近一帯の農家と同じように切妻屋根の縁で終わっている母屋は暗かった。近づいて行くと褐色に塗った木造りの低い扉の上に「三位一体亭」と白い石灰の地に描いた装飾体の表札が見てとれた。そのほかには六線星形を握ってつき出した腕も、泡のあふれる麦酒ザイデルも、旅籠印らしきものは何もなかった。しかしそれは別としても、家のぐるりには、特に目ぼしいものとして記さなくてはならぬようなものは何ひとつなかった。家の裏には堆肥の山があり、これは家の者がいささか農事に携わっていることの印だった。柵で囲った小さな庭。若い冬の種子を蒔いた、いくつかの仕切った農地。家の前には小ぎれいな丈の高い鳩小屋があり、そのゴシック風の塔頂にとりわけ苦心が費やされた形跡が見えた。

さるにても、いまやあたりはしだいに暮れかけていた。硬い、カラカラに乾いた一陣の東風が、薄い外套のなかを笛を吹くような音を立てて通りぬけた。私は扉口に近づいてノックした。しばらくすると玄関にけたたましく足を曳きずる音が聞こえ、わなわなとふるえる片手を撞木杖に支えた雪のように白い髪の老人が扉を開けた。「とうとうおいでなされたな?」老人は、古い馴染みの人間にたいしてするように、顔を近づけてよく確かめようともせずにそう言った、「あなたは長いことスペインにおられた。それからフランス中を歩き回り、英国に旅し、一時はノルウェー行きを思い立たれたこともあり、ほとんど一年間まるごとドイツを周遊なされ、町という町、場所という場所を知り、あらゆる教会塔をながめ、寺院という寺院に首をつっこみなさった！ そしてとうとう、この人里離れた、フランケン地方の小さな旅籠、三位一体亭においでなされた。いずれはおいでなさらないわけにはいかなかったのだ。儂は長いことおいでをお待ち申しておった！」——おそろしく高齢の老人はそんな奇怪な会話を私と交わしながら居間に通ずる扉を開けていた。私は、大きながっしりとした食卓や、数脚の節くれ立った椅子や、大きなタイル製煖炉や、振子の音の甲高い時計や、何幅かの聖画—殺戮図や、キリスト磔刑像やを農家風に飾りつけたその部屋に入った。「すぐに儂の愛息子を呼ぼう」と彼は言葉を継いだ、「息子はあなたにお会いすればさぞかし喜ぶでしょう。あれはまだ階上で勉強をしているはずです。私には遺憾なことながら、あれは勉強のしすぎなのです」——そう言うと老人は扉を開け、二階に向かって大音声を上げた、「クリスティアン！　——クリスティアン、息子よ、さあ階下へ降りておいで。儂らがあれほど幾久しい年月お待ちしていた、あのお若い方がおいでだ」——私はこの奇妙な歓迎ぶりにはいささかも驚かなかったが、老人にある質問をして自分の感情を言い表わそうと考えた。と、ちょうどこのとき階上でかすかに扉の開く音がした。臆したような足音が階段を降りてきた。それからすぐに、思わず息を呑むほど美しい顔立ちの、色蒼ざめた若い男が一人、物怖じするような、ほとんど少女のようなはにかみようで部屋のなかに入ってきた。裾の長い真白なマントを羽織っていたが、それは修道僧風に一本の質素な縄で身体にまつわりつけてあった。片方の手を腹蔵なげに差し伸ばし、言うに言われぬ好意をたたえた眼差しを向けながら彼は私の方に歩み寄ると、「ご機嫌よう！」と言い、言いながらその手を老人の方に向けて拒ぞけるようにした。「クリスティアン！」老人はほとんどむせび泣くような声を上げてそう叫び、同時に撞木杖をばったりと落としたまま両手を固く組み合わせた、「クリスティアン、息子よ、何という顔色をしているのだ！　また一晩中寝ないでいたのだね。勉強か、それとも思いわずらっていたのか。神よ、もしもお前が死んでしまいでもしたら！　クリスティアン、もしもお前が死んでしまって、儂とお前の母親を二人っきりに置き去りにしたら、どうなるというのだ！　すべてはお終いだ、儂らの望みはことごとく水泡に帰し、家は破滅してしまうではないか！」――この瞬間のことであった、家の裏手の、戸外の狭い、密封した小屋からやってくるらしい、なかばいななくような、なかばせせら笑うような、人間の言葉を声帯模写することのできる雄山羊の鳴き声に似た、にぶくくぐもった、ぞっとするような耳ざわりの、嘲けるような笑い声が耳についた。部屋のなかにいる者の顔がいっせいに血の気を失った。声の人間に似た風情に狼狽して、私も一歩足を引いて物問いたげに老人に眼を据えた。「豚小屋からくる声です」私の気を鎮めようとするように相手は言って、「あそこに男を一人閉じ込めてあります。その者が儂らをからかっているのです。あれが近所の畑や村々のどこやらで禍いを惹き起こさぬように、ここで飼っているのです。そうしておかぬとあれは危険なのです」――「お父さん！」――踵を接するように、青年が哀願するような、やわらかく乞い願うような声で言った、「お父さん、お父さん、後生ですからもうあれの名は口にしないで下さい。ご存知でしょう、あれはわれわれが破滅するのを望んでいるのです！」「あれのことは気にとめておらん」と老人は答え、言いながら撞木杖をまた手にとっていた、「だがお前のことが気がかりでならぬ。さあもう行きなさい、お前の母親のところへ行っておくれ。そして食事を持ってくるように言いつけるのだ、客人も一人おられるとな」――青年は白いガウンの裾を曳きずりながら、首をうなだれ、足どりもおごそかにゆったりと部屋を出ていった。ふたたび私と老人とが二人きりになった。「あの子のことが気がかりでなりません」ぎくしゃくと跛を曳いて歩きながらまたしても彼は声を強めた、「あの子は若い棕櫚のように華奢な性質（たち）です。こんな生活をしていたのではそれも不思議はない。野外に出て働くではなし、そのかわり階上（うえ）にかじかまって聖書用語索引とヴルガタ聖書の研究に打ち込んでいるのです。あの蒼白い、こけた頬！　平らな、脆弱な胸！　ときどき咳込んで、もうあれ以上よくはならんでしょう。あの子が気がかりでなりません」

これまでに見たり聞いたりしたものすべてに内心うろたえもし混乱させられもしていたので、私はすべての事柄を納得のいくイメージにまとめるのにどこから手を着けていいのかわからなかった。老人は私を誰か別の人間と思いちがえているのだ、私はてっきりそう思い込んでいた。そうでなければあの挨拶の仕方の説明のしようがなかった。その一方では私は、老人が玄関の扉口のところで語った事実に一字一句細部にいたるまで間違いはないことも認めないわけにはいかなかった。だが白い長衣を着た肺病やみの青年の、あの好意にみちた、ほとんど儀式的なまでの歓迎ぶりも、私にはきわめていぶかしいもののように思われた。青年の眼にはどこか子供のように放心した、夢見るように切なげな、世を避けるようでいて、しかも惜しみなく愛を授けるような風情が宿っていたので、かりに私ではなくて別の人間であっても誰でもがこんな風に迎えられるのだ、と私は確信した。私はそこから青年の精神状態を推断したが、好意的な評価には行き着かなかった。私の考えでは、この華奢な若い男には世俗にたいする抵抗力がそれほどないように思われたのである。この「父」と「息子」との間の血のつながりもはっきりしなかった。老人がこの若い男の父親であるはずはなかった。老人が杖音もけたたましく、足を曳きずりながら部屋のなかをあちこちと歩き回っている数瞬の間に、すべてこれらのことに私は懸命に考えを集中した。

根掘り葉掘り穿鑿して事情をあばき出したりすれば私の人となりについて立場を悪くするだろうという不安に引きとめられなかったら、いくらも質問をして筋道を立てたいところであった。目下のところ私は温良に手厚く迎えられていた。老人が私の人となりに関して失望に陥ったことを証すような事態が持ち上がれば、この奇妙な家族から戸外に放り出されるのではあるまいかと慮（おもんぱか）ったのである。実際、私の迷い込んだのが胡散臭げな宿であることは、とうにはっきりしていた。私はあの、『スペッサルトの旅籠』（グリルパルツァーの戯曲の名）の陰惨な場面や、それよりさらにいとわしい、古代の古典的な宿の亭主プロクルステスの、その不吉なベッドによる所業（しわざ）を記憶に喚び起こさないわけにはいかなかった。するとこのとき扉が開いて、濛々と湯気の立っている大皿を手にした若い婦人が入ってきた。老人は興奮した騒々しい右往左往をやめ、入ってきた婦人を横合いからまじまじとながめやり、それから私の方に向き直って言った、「これがマリア、娘のマリアです！」

　話をつづけようとするかのように、それから彼はまた咳払いをした。けれども口に出そうとした言葉は抑えて、またしてもやかましい室内行進を続行するのだった。私は若い婦人の顔を注視した。彼女の顔はまぎれもないユダヤの目鼻立ちをしていた。つながり合った左右の眉毛、顴骨がやや張り出し気味だが、それはせせこましいところのまったくない彼女の顔の調和を破るものではなかった。高貴な形をした鼻、瞳孔として潮解性の真黒な桜桃をはめ込んだ、扁桃形に切れ込んだ眼、かてて加えて、まがう方ない官能性を物語る二枚の力強い肉厚の唇。したたかにもつれて乱れた、漆黒の波打つ髪が、これらと相俟って近東人の典型を形づくっていた。しかしすべてこれらのもの以上に、あたかもやわらかい手が顔全体に上からかぶさっているかのようにその面差しの上にやすらいでいる、あの総じて眠たげな風情が大きなはたらきを演じていた。私の物珍らしげに探るような視線に、彼女はあざけるように狡猾な黙劇をもって応えた。自分にふさわしからぬ立場に置かれながら、その立場を認めようとせず、わざとらしい侮蔑で自分を救うすべを心得ている人間のそれである。若い女は実際ほとんど襤褸にくるまれており、下女の役目をはたしているらしかった。彼女の身なりがどの程度個人的なながやりと関係があるのかは、たしかめるすべもなかった。

若い女が持ち運んできたのは、濛々と湯気の立っている、みごとに甘皮のはじけた馬鈴薯の大皿だった。彼女はそれを一種の配膳台のようなものの上に置いたが、今度は例の大きな、がっしりとした作りの食卓の抽斗を開けて、なかから食器やナイフやフォークや塩入れを取り出した。食器を一人前ずつ並べ、熱い大皿を食卓の真中に置くとマリアは部屋を出ていったが、そのとき私は彼女のドレスの背後から見たながめが前から見るより一段となげやりであることに、気がつかないわけにはいかなかった。「あの淫婦が」老人が私の傍に立ち止まりながらそう言った、「わが家の不幸の一つなのです！」「どうしてですか」私は無邪気にも訊ねた、「料理が下手なのですか？」「いいえ、酵母のないパンも申し分なく作るのです。ですがそのことではない、そうではないのです！　ああ神よ、女というものはすこしばかり器量が好いとみんなこうなのだ。身体のなかに悪魔がいるのです！」「ヘェ、ヘェ、ヘェ、ヘェ、ヘェ！」このときまたしても家の裏からいななき笑う声がして、鉄の手足をしているかのように豚小屋にがつんとぶつかった。私はげしく驚愕して思わず身を縮めた。老人もギロリと眼をむいて前方を注視したが、このとき同時に居間の外の台所の方から、どうやら感じやすい人間の咽喉から出てくるらしい、はげしいむせび泣きが聞こえてきた。「神よ」と私は言った、「この家のなかは尋常ではない。ここでは誰もが生きていることを楽しんでいないのですね」この言葉を聞くと、老人はあらためてガラスのように無表情な、大きくとび出した、水色の眼で私をじっと見つめた。私はそのためにもはや言葉を返す気力を失ってしまった。折よくすぐに扉が開いて、水の甕とパンを持ったマリアが入ってき、一方、マリアの背後から泣きはらした眼をして現われた肺病やみの青年が私のために余分の食器セットを運んできてくれた。こうして全員が席につき、音もなく貧しい食事がはじまった。一家の者は内々だけでいるように振舞った。私を会話に加わらせようとする気配は露ほどもない。それでいて皿の上のものをどうぞご自由にと推めるのには余念がないのだ。こんな風にして団欒は成立しなかった。それまでは私にたいしていちばんうちとけていた老人でさえもが、他の者たちがいる前では同じように黙しがちになったように思われた。内々のなかでも彼らは一言も言葉を交わさなかった。こうした振舞がいつも通りのものなのか、それとも私がいるのを考えに入れて遠慮しているのかはわからなかった。食事の用意はごくつましかった。

　老人は食べる前に、どうやらユダヤ人の習慣と思われるような奇妙なしかめ面をしたり甲高い奇声を発したりしながら、ヘブライ語の文句を型通りにぶつくさと呟やき、それからおそろしい勢いで馬鈴薯に手を伸ばしたが、これはもう儀式の間に欲しくてたまらなそうにがつがつと窺っていたものなのだ。これとは百八十度対照的に、世俗のすべてに背を向けている肺病やみの青年は、二度三度狂信者のように天に向けて高く挙げた腕をふり動かしながら心をこめてお祈りの文句を言葉すくなに唱えたが、それは大体においてわれわれプロテスタントの「主イエスよ、来たりてわれらの客となり給え!……」に相当するものであった。一方、あの風態もなげやりなユダヤ女はまことに興なげにそのすべてに目をやってから、同じく不機嫌な、食欲のすすまぬていの面持ちで自分の席についた。それからはもう、貧しい単調な舌鼓の音しか聞こえなかった。しかしとうとう老人が口を切り、食事がつましくて申し訳ないと私に赦しを乞うた。ほかには家中に何もない、燻製肉はなくなってしまった、というのであった。

「空腹こそ」と私は応じて、「最高の料理です。それはまあ、フランケン地方の流儀でしたら、甘皮のはじけた馬鈴薯には脂ののった豚肉ソーセージが合うのは言うまでもありませんけれども」三人の一家はこの話を耳にするうちにいっせいに眼つきがガラスのようにすわってきた。「ヒュッ、ヒュッ、ヒュッ、ヒュッ、ヒュッ!」とまたしても裏の豚小屋から、いななくような、山羊の鳴くような声が起こり、あたかもそのものは嬉々として堆肥の上を踊りはねているかのようであった。私はしだいにこの気味の悪い出来事が不安でたまらなくなってきた。「お客さま」白衣の若者が言うに言われぬやさしい口調で私に言った、「もうお話をなさらぬ方がいいでしょう。心浄き者には一切が清浄です。けれども悪しき敵は、ことごとに私どもの心の動きを見衛っていて、破滅に陥れようとたくらんでおります」

この瞬間から、この家には何やらいまわしい秘密が隠されているのだと私は気がついた。裏の豚小屋に閉じ込められている男というのが、一家の者のすることなすことにある種の支配権を行使していて、この男がいわば三人の首根っ子に永久に宿った一種の呪いなのだった。それならばしかし、この三人自身は一体何者なのか？　彼らは何をしているのか？　彼らの体型、彼らの性格がそれぞれ区々（まちまち）なのは何故なのか？　奇妙に思われることには、三人は瞬時内々だけになるとヘブライ語を使い、喋りながら背中や腕を曲げたり反らしたり、さし招くようにしたり追い払うような手つきをしたり、しきりに身ぶり手ぶりをするのであった。ペキポキと音を立てて腹を突き出したり首を縮めたりもするのだが、それは近東人が取引きで物を値切ったり、感情が昂揚したりしたときにする仕草そっくりであった。特にマリアがこの熱狂した動作の点ではいちばんはげしかった。これほど多面的な表現方法を使っているので、相互の意思疎通は概してまたたくまにおこなわれた。すると三人はすばやくこちらを盗み見て、私に話の内容がわかりはしなかったか、自分たちの心の動きが言い当てられはしなかったかと探りかけるのだった。白いガウンを着たあのなごやかな結核患者クリスティアンは、なかでも動作のすべてがいちばん身についていないようだった。その彼にしてからがしばしば下唇を尖らせたり、下顎を突き出したり、あの音節の不分明な、熟語（フレーズ）全体を表現しているかに思える、ヘブライ語の音（おん）を発音しようとするもののように、上体を背後へ反らしたりするのだった。とはいえそれが、この環境のなかで見様見真似で憶えた動きであることに変わりはなかった。時あって狂信的な感情の激発の暴走を許すときには、彼はみごとに美しいドイツ語を話し、痙攣したり、腕を組んだり、大きく眼を見開いたりしながら、渇望するような、天上に向かって高まっていく姿態を見せるのだったが、その点ではこれ以上近代的プロテスタント的な身ごなしは想像もつかぬほどだったのである。こんな風に彼は、他の二人のなめらかで野卑で淫らな身ごなしの、完璧な対極をなしていた。――クリスティアンの髪はブロンド、皮膚の色は明るいゲルマン系のそれであった。だが目鼻立ちの方は、いわばそっくり引き写したようにマリアの顔に似ていた。かりにこの年若い好感の持てる青年を二十一歳、マリアの方を三十五歳とふむとして、後者が哀れな肺病患者の母親だというのなら、これはかなり蓋然性の高い話だった。たしかに母親となるにしては若すぎるにしても、帰するところ近東人の間でならさして異とするに足る年齢ではなかった。そうすればマリアが若者に飽(う)まずあたえているある種のひそやかな愛(いつく)しみも辻褄が合う。ここまでのところだけなら、この奇妙な部屋のなかの人物の顔や出来事に関わる私の探究はもって瞑すべきものであった。だが、それでは老人の一件はどうなるか？　老人はひっきりなしにクリスティアンを愛息子と呼んでいた。この父子関係は象徴的な意味合いでしかなかったのか？　マリアの方はすでに自分の娘と言って紹介した。老人は八十歳台に手が届きそうであったが、なお矍鑠(かくしゃく)として、気性の点でもおそろしく情熱的だった。この高齢の男がクリスティアンの父親なのだろうか？　しかもその相手が、当時のマリアはたしかにそうであったのに相違あるまいが、いとけない淫婦だったとは？　だが彼女のことを老人ははっきり娘と呼んだではないか?!　――青年も老人をお父さん！　と呼んでいた。むろん青年の度外れにセンチメンタルな呼びかけのなかのこととて、この「お父さん」は、理想化された、畏敬の念をこめた挨拶のように思われた。してみるといまや何事も辻褄が合いそうになかった。この混み入った血のつながりの関係に筋道をつける作業に私は絶望した。

　食卓はもうとり片づけられていた。クリスティアンはマリアと一緒に戸外の台所にいた。そこから皿をぶつけたり洗ったりする音が聞こえた。部屋のなかは静まり返っていた。壁の掛時計が単調に時を刻んだ。老人は抜け残った奥歯でパンの耳を噛んでいたが、何かある考えを追い払うとでもするかのように、ときおり巻き毛の白髪頭をふり立てながら、ふたたびぶつくさと口ごもりつつ足を曳きずって歩きはじめた。「いかん」ついに老人は声を上げて、「そうなればもう駄目だ！　わが家は破滅だ。あの若い身空で、私の希望のすべてを賭けている、愛しい、甘やかな、やさしいあの子が、こんな冷たい、北国の寒気のなかで、私を置いて死んでしまうのだとは！」——「あれは息子さんなのですか？」この機を逃してなるものかとばかり、私はすかさず訊ねた。老人は立ち止まって私に目をとめた。「息子とな？」鸚鵡返しに言った、「目のなかに入れても痛くない、愛しい息子です。血を分けた息子ではない。あれは」まだ皿のふれ合う音や水音が聞こえつづけている台所の方を、なだめるような、要慎を促すような手ぶりで指さしてみせてから、老人は声をひそめてつづけた、「あれは、戸外にいる、十四の年齢に私が家に引き取った、あの淫婦の子でな！」そう言いながら老人の表情の動きは、自分はこの関係をすこしも喜んではいないのだとばかり憤怒の形相を帯びた。指さしている腕はおのずとおどしつける拳固になった。——私は慎重に声を押し殺してある質問をさしはさもうとしたが、老人が合図をしてははげしく押しとどめた。私が口を緘すまで片方の手と撞木杖を台所の方に伸ばしてその合図をつづけた。私がこれから先も口をきいてはならぬというしるしに、彼は固く結んだ口の前に三、四度掌をくぼめてポンポンと打ち当ててみせた。相手の意中を察したしるしに、私も同じことをした。これで彼は満足であった。私はゆっくりと食卓の自分の席の方に歩いていった。——それからしばらくして、老人が跛を曳きながら近づいてくると私の耳元に口を寄せて、「アラメア語を話しますか?」と訊いた。――「いいえ!」と私は答えた。「それはいまいましいかぎりです!」老人が返した。「いや、アラメア語が話せれば水入らずにお話ができるのですがね。もっとも、あの二人はどのみちまもなく寝てしまいます。もう第三祈禱時頃ですな!」実際、それからまもなくして青年が入ってきた。彼はわななくように両の腕を大きくひろげて、部屋のなかのすべての人の上にきらきらと輝くその眼をすべらせながら声高に叫んだ。「夜の残りの時に主の加護と祝福とあれ、夜の暗き間に衛りと固めとあれ！　われらすべての頭上を平和の天使の見そなわされんことを！」祈りの間、狡猾なユダヤ女は青年の背後に立って、彼の言葉がどんな印象をあたえることになるかをつぶさに観察していた。それから彼女は青年の服の背後にぴったりついて出て行った。二人が家の階下の部分を去って階段を通り、二階に上がって行く音が聞こえた。

　いまやあたりは物音一つなかった。黒煙のくすぶる油ランプが、こってりとした黒い影をたっぷり混じえながら、部屋の家具の角張った縁や突出部にしたたかに黄色い光を注いでいた。隅に置いた緑のタイル製煖炉はまだ快適な熱を放射していた。しゃがれ声になった掛時計の時を刻む音が平然とつづいていた。無言の物思いに耽りながら老人は、その寛い、羊の毛皮裏のガウンに包まれて彼方此方と足を曳きずりあるいた。「今日あなたがおいで下さって」壁の棚から、大きなずっしりと重い葡萄酒の甕とグラスを二つ手にとって食卓の私の席に運んでくると、老人が突然そう言った、「私はまことに喜ばしい。惨めさを忘れるために、また一杯やるくらいはかまわんでしょう。ただし、医者にはとめられているのです。酒をやめんと、ノアのように朝になったら食卓の下に酔いつぶれて転がっていることになるぞ、というのでね。酒は近在のもので安酒です。しかし生一本です。ちょうど醸し加減が最高になったところです。ですから用心して下さい！」言いながら老人は食卓の向かいの席について二つのグラスを満杯にしていた。炭酸ガスのむやみにたぎり立つ、いくぶん緑色がかった、乳清が濁って白い葡萄汁であった。このとき気がついたことだが、老人ははげしい手の震えの発作の持主だった。私は老人が甕を手にとると早くも甕の中身に不安が萌した。だがそれから何度グラスを重ねても、手も言葉もむしろ確かになる一方だったのである。

「お若い方々は」と私は話に水を向けてみた、「ずいぶん早くお寝みになるのですね！」「ああ！」老人は撞木杖を手放して、自分の肘掛椅子に深々と腰を据えながら言った、「家族のなかの家族というやつですよ。二人して膝をつき合わせて儂をのけ者にする。料理も私語も二人きりで、儂に陰謀をたくらんでおる。日毎に手綱がわが手からすべり落ちていくさまがありありとわかる。瘤癪玉を爆発させないでいたらとうに統制がきかなくなっていたことでしょう！」「マリアがあまり恩義を感じているように見えないのはそのためなのですね！」「儂はたっぷり二十年以上も前、あの淫婦がまだスカートも短い時分に拾ってやった。それが今度はあの若者をひり出しくさったのだ！」「マリアはクリスティアンの母親なのですね？」私は短兵急に畳みかけた。「お飲みなさい、お若い方！　お飲みなさるがいい」私のグラスがまだ手つかずだったので、老人は言葉の合間に自分のグラスに酒を注ぎながら口早にそう叫び、するとまたしても石甕の注し口が彼のグラスにふれてかちかちと鳴った。私はしかし惑わされはしなかった。「あの美しい青年は」と私はまたはじめた、「ユダヤ女と大層よく似ていますね」――「ユダヤ女と?」――老人は「ユダヤ女」という言葉にアクセントを置いて胡散臭げな眼で問い返した。「何をおっしゃるおつもりかな? 儂自身もユダヤ人だ! 儂の種族を侮辱しないでいただこう!」――「別に他意はなかったのです」私はきっぱりと言った、「私があの方をユダヤ女と申したのは、彼女の顔が十度もそれが真実であることを誓約しているからです」「そう」老人は対話をあらためて取り上げた、「彼女は種族のなかでももっとも美しい女の一人だった。それがあの、この土地の当たり前の常識でいえば一人前になったかならぬかの青二才めが小僧を生ませおった……それはそれとして、儂はいまはあの子が可愛くてならぬし、わが子同然と思ってはいるけれども……」――「マリアはどんな男とあの青年を?」私はすかさず訊ねた。「ふむ」老人はあたかも自分の子ではないのを憾みに思うとでもいうように、あざけりと苦味の入り混じった調子で鸚鵡返しに、「マリアがどんな男とあの青年をか!……」「誰かしら父親がいるはずですから!」私は先を急いだ。冗談めかした言い回しをすれば話がすこしでもなめらかに進むのではあるまいか、と考えたのである。「……誰かしら父親がいるはずか!」わが宿の主人は機械的にそして物思わしげにくり返した。「青年はブロンドです」私はまたはじめた、「肌の色は白い。生粋の北方の子です。たぶん通りすがりのブロンドの若い職人が、いまの私のように、やむなくここで一夜を明かす破目になってあのユダヤ女を誘惑した」――「これはどうも! あの小女はその頃せいぜいが十四歳ですぞ!」老人がそう話している間に、私は豚小屋からはっきりと耳に立つ物音が押し寄せてくるのを聞いた。老人もその物音を聞き、ワイングラスをぐっと握りしめた――「すると強姦ですか?!」私は言い足した。——老人は席を立ち、はげしく手ぶりで合図をした。それから扉の蔭まで行って外の気配を窺った。万事異常はなく、背（そびら）を返してふたたび席につくと私に問いかけた、「ヘブライ語をいくらか話せますか？」——「全然！」私は答えた。——「あなたがすこしヘブライ語をお話しになれれば、いとも簡単に意思の疎通ができるのですが。いま問題になっている一件というのはまことに混み入った性質のものなのです！」——「驚きましたな」と私は応じて、「われわれがいま語り合っている問題は、あらゆる国語、あらゆる風土の下で不変のものです。問題はこうです。誰があの絵のように美しい若者を生ませた父親か？」——「マリアは、あれは人間ではなかった、と言っている！」——「ヘェ、ヘェ、ヘェ、ヘェ、ヘェ！」——またしてもこのとき裏手の豚小屋がどたどたと騒がしくなり、舌なめずりするような音が聞こえてきた。どうやらとんぼ返りを打っているらしかった。

　私はふいにはじかれたように椅子からとび上がった。私に嘔気と恐怖を起こさせたものが老人の返事なのか、あの見えない化物の声なのかは、いずれともさだかには決し難かった。宿の主人も口をつぐんで気おくれした恰好になっており、じっと陰気に目を凝らしながらわなわなと震える手に石の甕を握りしめた。家中がコトリともしなかった。時計だけが時を刻むそのあゆみを不屈に打ちつづけていた。私はふたたびのろのろとすわり直した。かなり長い間双方とも一言も口をきかなかった。——だがついに私の側で好奇心が勝利を占め、ほんの一滴の勇気さえ注げば老人から秘密を誘い出すことができるにちがいないという確実な感情が立ちまさったのである。——「人間ではなかった?!」私は老人の方にぐいと身を屈めて、声を殺しながらも問い訊す口調になってそうはじめた、「人間ではないとすると、一体何だったのです？」

その質問には答えたくもなければ答えることもできない、とでもいうように老人は当惑げに肩をすくめ、進退きわまったように、だがいくぶんほろ酔い加減で目にはうっすらと涙をさえ浮かべながらグラスを凝然と見つめた。「人間でなかったのなら」と私は審問官の声でくり返した、「一体それは何だったのです？」――「何かだ！」宿の主人は余儀なくささやくように声を押し出した。――「どんな何かなのです？」即座に私が合の手を打った。またしても肩をすくめる動作。「たぶんある気息――呼気（いき）――見えざる存在――ある力です」今度は老人が話に乗りはじめ、どうやら激して火のようになっている様子だった、「誰にわかりましょうか？　マリアは話してくれました、ある午後のことそこのあの部屋でうたた寝をしていたのだ、と。暑い日でした。窓は開け放し、鎧戸が閉（た）ててありました。マリアはこのときつい数週間程前にこの家に来たばかりでした。彼女（あれ）が嘘つきなのかどうかはわからなかった。子供というのはよく嘘をつくものですからね。彼女（あれ）もまだほとんど子供同然でした。稚（おさな）かった、稚かったのです！」老人は言葉をとめた。――「それで！　それから！　どうなったのです？」急（せ）くように私が訊ねた。――「マリアは着ているものを脱いで裸も同然になっていた。突然、マリアが話したところでは、一陣の強い風が家の上を吹きすぎるのが聞こえたというのです！　鎧戸が一つさっと開いて、突然……」――「突然――何が？」と私。「突然」老人がまた語りはじめた、「マリアは、淡い髪の色の、力強い、白い姿が目の前に立っているのを見たのです。これが彼女の身体の上に屈み込み、ささやきかけ、あの淫売がついに唐突な悲鳴を上げるほどの苦痛をあたえた。それからすべてが消えていました。

マリアが起き上がったとき、着ているものはしどけなく乱れ、部屋中に硫黄の煙が濛々と立ちこめていた。けれども戸外はさんさんと日光の輝く白昼でした。それから九箇月後に淫婦はあのブロンドの赤児を生み落としたのです！」ここで老人は言葉をとめ、すこぶる満足気になみなみと酒を満たしたグラスを飲みほした。――「その頃下男を雇っておいでではありませんでしたか？」一杯機嫌のセンチメンタルな気分を払うために、私は故意にいくぶん無愛想に言った。――「家中に一人もおりませんでした、近在一円にも！　そうでなくてもそう簡単に家の敷地に入ってくる者はありません。良からぬ評判を立てられている家ですからな！」――「あの淫婦は、自分の落度でもなければ、一人の男とそれと承知で媾わったのでもなくて、妊娠した、とあくまでも言い張るのですね？」――「それだけではない」老人が声を強めた、「彼女はこの一件全体を大さわぎに仕立てているのです。例の不可解な人物がささやきかけた言葉というのを誰にも教えたがらない。事件の全体は奇蹟で、子供は奇蹟の人だと思い込んでいるのです！　あの子を見れば誰しもそう断言せざるをえんのですが」――「あなたはそれを信じておられるのですか？」私は非常に驚いて言った。「信じざるをえませんでしたとも」老人は強調して、「さもなければ、家のなかのマリアの立場も近在の彼女にたいする評判も台無しになっていたでしょう。それがいま」宿の主人は一段と力をこめて言葉を継いだ、「あれから二十年も経ったいまは、かりにマリアの言い分を信じるのをやめようとすれば、この家のなかでの儂の立場はなくなってしまうでしょう。生涯の老年の部分が割りふられ、人さまに大目に見られていることをうれしがらなくてはならない、この期に及んではね」――「すると苦しまぎれの奇蹟なのですね？」私はほとんど憤激してそう問いつめた。――「問題はもはや儂の手に負えないところまできてしまった」老人はふいに立ち上がると、両手で絶望的に膝を打った、「問題をもとに戻すことはもはや不可能なのです！　奇蹟は奇蹟だ。淫婦がそう信じている。息子がそう信じている。儂がそう信じている。近在の連中がそう信じている、たとえ蔭では笑って眼くばせをしたりしているにもせよだ。しかも何よりもすごいのは、淫婦が来る年も来る年も、同じ部屋で、同じ日に、同じ時刻に、同じ服を着て、あの神秘なる人物の再来を待っているということなのです。そう、あれは来るでしょう！」

とこうするうちに夜は更けていた。老人は一向に寝支度をする様子がなかった。それどころか、大演説を弁じた後またもやあらたに酒を注ぎ直し、ある種のゆるがぬ立場を固めたいまこそこの先の精力的な討論を期待しているのだ、といわんばかりであった。私の方はその分だけ疲労困憊していた。なかばは旅のため、なかばは議論の成行からである。この老人が相手では、問題をこれ以上平静かつ論理的に理解するようになる見込みはまず絶対になかった。とどのつまり、こちらがいわゆる条理を楯に相手を攻める度が過ぎれば、老人が癇癪を起こすのが関の山だったろう。それこそは彼の切札だったのだ。そういうわけで私は立ち上がると、自分の寝る所を教えてはくれまいかと老人に乞うた。「もうお手上げなさるのかな？」相手はそう言って撞木杖を手にとった。「さよう、お若い方、年齢をとられるがいい！　無のなかを覗いたのだから何もあるはずがない、とお考えだな？　地上と天の間には幾千とも知れぬことがある。だが、それが見えるのでなくてはいかんのだ！」

私はこの議論にそれ以上深入りはしなかった。老人は獣脂蠟燭に火をつけて、跛を曳き咳払いをしながら私を先導して扉の外にあゆみ出た。廊下に出るとまず、向かって右手に出て手入れの好くない、真黒に煤けた台所の前を通った。それから行手は狭い梯子段になり、これが急角度に折れて階上に通じていた。梯子段のすぐ手前にもう一つ小さな細長い扉があった——「これが」老人が言って撞木杖の先でその入口をさした、「たっぷり二十年も前に不可解な事件が起こった、例の部屋だ。お若い方、こんなに狭い、ちっぽけな部屋をご自分のものと名乗れたら、さぞかしうれしかろうな！」それから彼は息を切らし咽喉をごろごろいわせながら階上に向かった。——「それはそうと」梯子段の上に来てから私の肩を無器用につかまえると老人が注意した、「この問題にはあまり気をお使いなさらんでいただきたい。明朝、娘や息子にも何も言わないでいただきたい。彼らの方も歓迎しません。みんなまだ若過ぎもするし……ではごゆるりとお寝みなされ……あなたの部屋はそこだ……ほれ、灯火(あかり)をお取り下され！」——私は空中をはげしくあちこちとあてどなくさまよう灯火をすばやく手に取って指定された小部屋に入ったが、別段異常なものは何一つ目につかなかった。やや青みがかった白塗りの室内、古いインクの汚点(しみ)だらけの、ゆがんだ、ぐらぐらする机一脚、排煙管の折れた小さな鋳鉄のストーヴ一台、やわらかいシーツとどっしりと重い赤目格子の羽根蒲団をかけ、四本の高い痩せた脚にのせた、黄色の縁取りのあるベッド、マルメロ色の寝室用便器のあるナイトテーブル、花模様のカヴァーが破れている肘掛椅子一脚。室内は寒かった。ぞっと寒気を覚えながら私はぎしぎしがさがさと軋むベッドにもぐり込んだ。階下ではまだ何やら騒がしい物音が聞こえたが、それから家のなかはコトリともしなくなった。

しかし私は寝つかれなかった。この家の三人の秘密、彼らの間の奇妙な関係、かつてはそのさやかな所有地の専制君主であった老人が狡猾なユダヤ女の奸計にかかって敗北しなければならなかった経緯、それらがたえまなく私の精神を忙殺せしめたのである。青年が、と私はひとりごちた、完全に母親の影響下に育つのは当然だった、と。どんな母親もわが子は思うがままの人間にするではないか。だが、躾けられたのではないもの、それが、たえず放心状態でいるように見えるあの若い男の、狂言者めいた奇矯な挙動だった。一家の者が誰もそうした傾向の性質を持ってもいなければ、そうした振舞を見せもしないとあれば、どこから身につけてきたものなのか？　青年が兵役に出たのだと仮定しようか。彼のような男は精神倒錯の廉をもって兵役猶予とされぬはずはなかろう。一方からすればまた、あの謎めいた出生はどうなったのか？　おさない少女ならどうかするとそんな話をして人をたぶらかすことがあるかもしれない。しかしそんな話は誰もが信じるわけではない。淫婦はやはり、子供は私生児であっても、父親が何者なのかを申し述べたのにちがいなかった。ではどんな男の名を言ったのか？　とどのつまり老人自身がその男だったのでは……？　とすれば少女が未成年であったのに恐慌をきたしてこんな作り話を捏造したのではあるまいか？　しかしそれくらいなら、通りすがりの若い職人に架空の罪をなすりつけた方がはるかに真実味があろう！

要するに、布石がいちいち食い違うのであった。それに、あの豚小屋に閉じ込められている化物はどういうことになったのか？　もう一度私は、老人が語ってくれた通りに、エピソードの全体を逐一眼前に浮かび上がらせてみた。虚構の産物であるにしてもそれが壮麗きわまるものであることを私は認めないわけにはいかなかった。現実と空想とをないまぜにして、どちらがどこではじまり、どちらがどこで終わるのか、事件全体を真に受けるべきか、一笑に付してしまうべきか、わけがわからなくしてしまう女性特有の作為がすこぶる特徴的だった。一人のおさない淫婦がある暑い日の午後半裸の姿態になって鎧戸の片翼を開け放したまま自室のベッドに横になっている、そのことを取り立てて重大視する人間はいないだろう。——階上に上がってくるとき老人が指さして教えてくれた部屋のことが、ふと脳裡に浮かんだ。私はひそかにつぶやいた。お前がいまこの家を出て行って、行く先々であの奇妙な作り話を吹聴してみるがいい、すると誰もがあの部屋のことを訊ねるだろう、と。そこで私は例の部屋を偵察してみることにきめた。明日の朝になっては時間も機会もないとわかっていたので、いますぐ階下に降りていくことにきめた。こうして私は起き上がり、まもなく靴下のままで廊下に出ていた。——もしも見つかったら⁈　しかし、この夜の夜中にどこへ行こうとしているのか、その口実はすでに用意してあった。——私の長靴はまだ扉の前の、自分で置いたところにあった。家のなかは物音一つしない。梯子段に辿りついた。梯子段の最初の段が耳ざとくギイッと鳴った。私は構わずに進んだ。ようやく階下に降りていた。壁を手探りして扉の把手を見つけた。扉を押す。錠が掛かっている。鍵は差し込まれていなかった。私は腹立たしくなり、何がなんでも部屋のなかに押し入ろうと心にきめた。階上の私の部屋で私はすでに錠がいわば蓋柄のような形をしているのに気がついていた。錠は家具や壁や屋内の設備や家そのものと寸分違わぬひどい有様になっていた。それでも階下の部屋のこの錠はいくらかしっかりしているようだった。私は扉を持ち上げた。こうすれば挺子の原理で爪車仕掛を合口から外せると思ったのである。そうやっても効果はなかった。私はしかし梯子を足場に渾身の力をこめて、もう一度その、手ごたえからすると作りつけの悪い、すわりが甘いらしい錠を無理に外そうとした。すると扉は突然金具ごとはじけとんで、私は上体から先に冷たい空気が流れている室内にぐいとのめり込み、同時に一羽の――鳩が、憤ろしげにごろごろと咽喉を鳴らしてすさまじく羽搏きながらなかば開いた窓から虚空へ飛びすさっていった。家のこちらの側には月が昇っていて、開いた窓の隙間から、冷たい、青みがかった光の束を投げかけていた。最初の驚きからわれに帰ると、家のほかの部屋と同じように簡素な室内が目にうつった。窓から顔をそむけたような一隅に、たったいま誰かが中に寝ていたようにくしゃくしゃに乱れた、真紅の毛布を掛けたベッドが一台あった。床一面はもとより、その毛布も鳩の糞にそこいら中びっしりと覆われていた。壁に向かって後ろ向きに青いズック地のすり切れた服が何着か、それにフランケン地方の農婦の着るような赤い毛織のペチコートが一着釘に掛かっていた。壁面には曇ってうつらない、割れた鏡の破片――戸外では、片翼開いた窓の間から見ると、冷たい、青みがかった月光が硬い大地の上にちらちらとまたたいていた。ここからは見えないが、家の裏手の鳩小屋からは、押し殺した、憤ろしげなごろごろ呻る鳩の鳴き声が聞こえた。しかし私はここでもう一人仲間がいるのに気がつき、まもなくその気配もさとったのである。そう、豚小屋がちょうど真向かい二十メートルの距離にあった。攻撃的な月光のせいだったろうか、それとも私が扉を破った瞬間に起こったつんざくような音のためだったろうか、そこに閉じ込められていた人非人は豚小屋の扉口の上に作りつけた覗き穴のなかから頭を突き出し、そこから気ちがいじみた渇望もあらわに、月を見上げてか、私の方に向かってか、哀訴の泣き声を上げているのだった。頭そのものははっきり見えなかった。覗き穴の上に張り出している豚小屋の板張りのために、覗き穴そのものの上が満月の真黒な影に染まっていたからである。しかし私には燃え上がるように黄色い眼が見え、固い、ずっしりと重い頭蓋骨を板張りに何度もぶつける音が聞こえた。この夜の死んだように静まり返った空気のなかで至近距離から押し寄せてくる、憤怒の泡を吹く呻り声には、すでに晩方居間で私を慄然とさせた、あのぐうぐうと呻る、犬の声に似た、あざけるような声音が入り混じっていた。骨の髄まで冷え込んで嘔気をおぼえながら私はその部屋を後にし、扉の錠をなんとか上手く閉ざした。私は自分のベッドへ戻り、夜の残りの時を浅い不安な眠りのうちにすごした。

　目が醒めると、はやくも部屋のなかは陽が射していた。熱い、むかつくような料理のにおいが階下の方から押し寄せてきた。昨夜の暮方と束の間の夜の間に味わった出来事に疲れて憤ろしい気分になりながら、私はあわただしく身支度を整えた。結局私は内心次のように言わざるをえなかった。この旅宿はその住人に関しては興味津々たるものがあるとはいえ、設備や賄いの点ではまるで落第だ、と。徒歩の旅をしている身としては、特別に欲深い注文こそなかったにしても、快適なベッドと滋養のあるスープぐらいはお目当てだったのである。こんなことを考えながら私は部屋を出て、長靴を取りにいった。長靴は磨かれていなかった。だしぬけに私は赫としていた。「クリスティアン！」私は廊下ごしに命令の口調で大声に叫んだ、「クリスティアン！」そして呼ばれた本人が梯子を登ってくると、「長靴が磨いてないではないか！　何という宿屋だ！」――若い男はその純白の僧服に身を包んでやってきたが、私の手から長靴を受け取ろうとすると、満身悲痛なパトスをこめながらむせび泣きにさえぎられた声を上げて絶叫した。「あなたのご懸念は、お客さま、一足の長靴とその輝きをめぐっています。しかし私は、お客さま、私の肉には飽まざる狂気の鋭い棘がささっているのです。全人類の穢れが私の胸のなかを荒れ狂っているのです。全世界への憐れみが私を捉えてもはや離れようとしない！　……私を連れていって下さい、お客さま、この家では腐ってしまいます。卑しい穢れと我欲にいまにも息がつまりそうです。どうか連れていって下さい、お客さま、広い世界へ、世界のために私が死ねるように！」その言葉とともに、この一瞬天使もかくやとばかりの美しさに装われていた青年は、床にひれ伏して私の膝を抱きしめた。いまや私は、この哀れな青年が精神を病んでいるのを目のあたりにした。私は咄嗟に彼の手から長靴をもぎ取って、自分の部屋へ戻った。

それから十五分後に、私は階下の居間で苦めの槲実珈琲と石のように堅いパンの食事をとっていた。ユダヤ女はもう姿を見せなかった。だが、台所で立ち働いている気配は聞こえていた。老人は身体を小刻みにぶるぶると震わせ舌回りもあわあわと狂って席につき、その背凭椅子のなかで完全に手足の動きがとれなくなっていた。眼はどろりととび出して涙に濡れていた。彼はしきりに私に話をさせようとした。私の方はしかしその度に受け応えを避けた。私は一刻も早くこの悲惨な家からとび出したくてたまらなかったのである。背嚢のなかを詰め終えると、私は宿と賄いの代を支払った。金額が僅少だったことは認めないわけにはいかない。老人は大骨折りのていでいくらかの釣銭を寄越したが、あとになってようやくわかってすくなからず驚いたことであるが、それは外国の貨幣でヘロデ王やローマのアウグストゥス帝の肖像に飾られていた。私は老人に別れの握手をしたが、相手はなおも二言三言回らぬ舌で話しかけた。私が歩き出すと、台所のユダヤ女が台所の扉をばたんと閉めた。玄関扉を開けたときにもまだ階上では青年のはげしいむせび泣きの声が聞こえていた。

戸外に出ると、昨夜とは打って変わってすべてが散文的で無味乾燥になったように思われた。それはあらゆる妄念を頭から追い払う、爽やかな冷える日だった。いまや私は、自分が経験し、あれこれ思案を重ねもした一切がわれにもあらず腹立たしかった。私は傍目もふらずに足を速めた。私はまもなく街道に出た。氷のように冷たい風が東の方から笛のような音を立てて吹きすぎた。およそ二十歩足らずのところに、しかし私の進むべき方向とは反対の向きに、石工が一人仕事をしていて、馴れた手つきでハンマーを振っていた。私は彼の方にあゆみ寄って行かないわけにはいかなかった。「もし、あなた！」と私は呼びかけた、「この裏の森のなかの宿屋をご存知ですか?」――「知ってるだとも！」相手は申し分のないフランケン訛りで返事をした、「あれは皮剝ぎ屋だで！」――「皮剝ぎ屋?」私は驚いて問い返した、「何をするのですか、皮剝ぎ屋とは?」――「なに、老いぼれ馬だの疥癬病みの犬だのをぶっ殺すところさね！」そう言って、相手は私の無知をあざけるように笑った。それから言葉をつづけて、「そんじゃわからんだべ！……人によっちゃ《毒小屋》とも言うでな！」――「毒小屋?」と私はいぶかった、「どうして?」――「なあに、あの家からは善人が出てきたためしはねえし、善え人は入っていきもしやしねえだ！」——私が仰天した面持ちで立ちつくして眼をむいているので、石工は話しつづけた、「あそこの家の者がどこから来たのか、何して生きとるのか、知っとる者はいやせん！」——「ほう、それは」と私は言葉を返した、「私はとにかく皮を剝がれないで出てきましたが！」——「めでたいこった！」石工は大声を上げて、石の粉が白く吹いたそのハンマーをはげしく振った、——「めでたいこった。さあ、おいでなされ。つまらん詮索はせん方がいい。あの皮剝ぎ小屋のことはお忘れなされ……」——「ヘェ、ヘェ、ヘェ、ヘェ、ヘェ」森の向こうの豚小屋から山羊のいななくような声が聞こえた。——私は思わずその声に駆り立てられた。私は石工に挨拶をすると、もはや一刻も傍目もふらずに、街道をがっしりとした足どりであゆみつづけた。

（訳・著者紹介＝種村季弘）

怪談

マリー・ルイーゼ・カシュニッツ

マリー・ルイーゼ・カシュニッツ

一九〇一年カールスルーエ生まれの戦後の西ドイツを代表する女流詩人。書籍販売業に携っていたが、すぐれた考古学者グィード・フォン・カシュニッツ＝ヴァインベルク男爵と結婚。夫の研究を助けてギリシャ、アフリカ、近東各地に滞在。五八年、夫がローマの考古学研究所長として没したあと、フランクフルト・アム・マイン市の大学で詩学を講じ、一九七四年、ローマで没した。第二次大戦後のドイツの精神的再建の問題意識に溢れたその詩、小説、エッセイなどは高く評価されている。本編は一九六〇年、クラッセン社から出版された短編集『長い影』からとった。

わたしに怪談を実際に体験したことがあるかとおっしゃるのですか？　ええ、あの怪談はまだよく覚えています。ですからあれをお話しましょう。ですが話がおわっても、質問なさったり、説明をお求めになったりしてはいけませんよ。だってこれからお話しすることしか知らないのです。それ以上はなにも。

お話ししようと思っている体験は、劇場で、それもロンドンのオールド・ヴィック劇場で、シェイクスピアのリチャード二世の上演のときに始まりました。わたしはあのときはじめてロンドンにいったのですが、夫も同じことでした。この町はわたしたちに大きな印象を与えました。ええ、わたしたちはふだんはオーストリアの田舎に住んでいました。もちろん、ウィーンは知っていましたし、ミュンヒェンやローマも知っていましたが、世界的都市と呼ばれるものは、まだ知らなかったのです。いまでも思い出します。劇場へいく途中、地下鉄の急なエスカレーターで下がったり上がったりしたり、プラットフォームの氷のように冷たい穴のなかの風に吹かれながら列車を追っかけたりして、はやくも興奮と喜びの奇妙な気分になっていたこと、またそれからはじめて舞台で演じられるクリスマスの童話劇を見る子供たちのような気分で、まだおりている緞帳を前にして坐っていたことを。とうとう緞帳があがってお芝居が始まり、やがて美青年、プレイ・ボーイの若い王様が登場しましたが、わたしたちは運命が彼をどう扱うか、どう彼を屈服させるか、またおしまいには彼がどのように権力を失って、みずからすすんで滅びていくかという筋は知っておりました。しかしわたしが芝居の展開に対してたちまち活発な興味をいだき、舞台や衣裳の燃えるような色彩に心を奪われて、舞台から目を離さないでいたのに、夫のアントンは急になにかほかのものに注意を奪われたように、気をそらされて、心ここにあらずといった様子でした。一度、同意を求めて夫のほうを向いたところ、夫はまるで舞台を見ておらず、せりふも上(うわ)の空で、わたしたちの前の列のちょっと右手に坐っている一人の女性を眺めているのに気がつきました。その方も、二、三度、夫のほうをふりかえりましたが、そのとき彼女の斜うしろむきの、こちらから見えない横顔には、内気な微笑のようなものが感じられました。

アントンとわたしは、当時、結婚してから六年もたっており、わたしは夫がきれいな女の方や若い娘たちの顔を見るのが好きなこと、また自分の美しい南国的なかたちをした目の魅力を試そうとして、彼女たちに喜んで近づくということを体験で知っておりました。このような態度が本物の嫉妬をおこさせる理由となったことは一度もなく、そのときも嫉妬は感じませんでしたが、アントンがこの結構なお楽しみのために、わたしにとっては格別に見たり聞いたりしておく価値があると思われたものをないがしろにするのが、いささか腹だたしかっただけでした。ですからわたしは、彼がこれからするつもりの女性征服には、それ以上注意をはらわずにおりました。一度、夫が第一幕の途中で、わたしの腕に軽くふれ、顎(あご)をしゃくり目蓋(まぶた)を下げて、向こうの美人をそっと教えたときでさえ、ただ、にっこりとうなずいただけで、また舞台のほうを向いたのでした。やがて休憩時間になりますと、もちろん、逃げ道がなくなりました。それというのも、アントンはできるだけすばやく身を起こすと、わたしを出口のほうへひっぱっていったのです。彼がそこであの未知の女性がわたしたちの前を通りすぎるのを待ちうけるつもりなのが、よく分かりました。もっとも彼女が席をたったときのことだったのですが。最初は、もちろん、こちらへくるようなそぶりは見せませんでしたが、彼女がひとりではなく、若い男性ときているのが分かりました。その男性は彼女と同じように、繊細で青白い顔色をしており、髪は赤味がかったブロンドで、疲れた、ほとんど生気のない印象を与えるひとでした。格別きれいな女性じゃないし、また格別エレガントな装いをしているわけでもなく、襞つきのスカートとセーターを着て、まるで郊外散歩のときの恰好だわ、とわたしは思っておりました。それから夫に外へ出てぶらぶらしましょうと申し出て、お芝居の話を始めたのですが、そんなことをしてもぜんぜん無駄だと早くも気がついておりました。

と申しますのは、アントンはいっしょに外へ出ようとしませんし、だいたい、わたしの話なんか、ぜんぜん聞いてはいなかったのです。座席からたちあがって、奇妙にゆるゆると、まるで夢を見ているような様子で、わたしたちのほうへ歩いてくる若い一組の男女を、夫は不躾なほど、じっと眺めておりました。夫には彼女に話しかけることなど、できない。ここでは、いや、どこでも、そんなことは礼儀に反することだし、もしここでそんなことをすれば、許しがたい過失になるとわたしは思っていました。その間に若い女はこちらの顔を見ないで、わたしたちのすぐ前を通っていきました。と思うと、その手からプログラムが絨毯の上に舞いおちました。まるで遠い昔、女と男を結びつける手段だった、ついていらっしゃい（suivez-moi）という合図の、レースのハンカチよろしくです。アントンはつるつるのプログラムのほうに身をかがめましたが、返すかわりに、ちょっと見せてくれるように頼み、ほんとうになかを見て、下手な英語で今夜のお芝居と俳優たちについて、いろいろ辻褄のあわないことをもごもごと言ったあげく、自分とわたしを見知らぬふたりに紹介したのですが、これには若い男のほうがすくなからずびっくりしたようでした。若い娘はあきらかにわざとプログラムをおとしたくせに、また光沢がない、いわば帷でおおわれたような目つきでしたが、夫の目を平気でのぞきこんでいたくせに、その顔には驚きと警戒の表情が現われているのでした。彼女はアントンが大陸風の流儀で、無邪気にさしのべていた手を無視し、名前も名乗らず、わたしたちは兄妹なんですとだけ申しましたが、その実にやさしく甘美で、怖ろしいところがぜんぜんない声のひびきが、わたしを妙にぞっとさせたのでした。アントンはこの言葉を聞くと、子供のように赤くなりましたが、それから四人でいっしょに歩きだして、回廊をぶらぶらしながら、どうでもいいようなことをとぎれがちに話しておりました。鏡がおいてあるところを通るたびに、その若い未知の女性は、立ちどまって髪を整えて、鏡にうつる夫に微笑んでみせるのでした。それからベルが鳴り、みんな座席に戻り、わたしは耳と目を舞台に奪われて、あのイギリス人の兄妹のことを忘れてしまいましたが、アントンは忘れなかったのです。もう以前ほど、しばしばあちらへ目をやることをしませんでしたが、芝居のはねるのが待遠しい一心で、ふけてしまったリチャード二世の怖ろしい孤独な死を、ぜんぜん気にかけていないことは、はっきり分かりました。緞帳が降りると、夫は拍手も、俳優たちが再びすがたを現わすのも、ぜんぜん待たずに、兄妹のほうに突進して話しかけました。自分に携帯品預り証をまかせてくれるように説得していたにちがいありません。なぜならそれからすぐに、ふだんの夫にはおよそ縁遠い不愉快なすばやさで、おとなしく待っている観客の間をぬって進み、やがて外套と帽子をかかえて戻ってきたからです。わたしはそのまめまめしさに腹がたち、夫とわたしがこの新しい知人たちから、結局、冷たくおさらばされるだろうということ、またシェイクスピアの悲劇で感激を味わったあと、失望して機嫌を悪くしたアントンといっしょに宿へ帰るよりほかはないということを確信していたのでした。

ところがすべては予想外のなりゆきでした。と申しますのは、わたしたちが身なりを整えて、玄関の前に出たとき、雨が強く降っており、タクシーがつかまりそうもなくて、アントンがさんざん走りまわったり、合図をしたりして、やっとのことでつかまえた一台に、わたしたちが四人でむりやりに乗り込んだとき、それが面白くて朗らかな気分がかもしだされ、笑い声もたって、わたしの不機嫌な気持も忘れさせてくれたのでした。どこへ？　とアントンが尋ねると、娘は高い甘い声で、わたしたちの家にきてくださいと言い、運転手に町名と家屋番号を告げ、わたしがびっくり仰天したことには、お茶を飲んでいくように、招待してくれたのでした。わたしはヴィヴィアン、兄はロオリーといいます。おたがいに洗礼名で呼ぶことにしましょうねと彼女は言いました。横からその若い女の顔を眺めると、以前よりははるかに生き生きしているのにびっくりしました。以前はまるで麻痺していたのが、わたしたちの、あるいはアントンの身体がすぐそばにあるので、やっと手足を動かせるといった様子でした。車を降りると、アントンが運転手のところへお金をはらいにいき、わたしは所在なく、ならんで建てられ、一軒一軒がまったく同じ恰好をして、ギリシア神殿風の円柱のある小さな玄関と一面同じ植物が生えている前庭をもった細長い家並みを眺めておりました。そしてこのなかの一軒をまた探しあてることは、きっとむつかしいにちがいないと機械的に考えておりましたので、兄妹の家の庭にちょっとかわったものが、石造りの猫の座像が見えたので、なんだかほっとしたような気分になりました。その間にロオリーが玄関のドアを開けていて、彼と妹がわたしたちの先にたって階段を上がっていきました。アントンは、わたしにささやく機会をつかまえて、たしかに知っている娘だよ、いったい、どこで会ったのか思い出せればなあと申しておりました。なかにはいると、ヴィヴィアンは紅茶の湯をわかすため、すぐすがたを消しました。アントンは兄のほうに、最近あなたがたは外国に出かけたことはないか、出かけたとすればどこかと聞きただしました。ロオリーはほとんど苦しそうな様子で、なにか口ごもりましたが、一身上のことについての質問に気を悪くしたのか、それとも思い出せなかったのか、どちらか分かりませんでした。しかし二、三度、額に手をやり、困った顔をしたところを見ると、どうやらあとのほうらしく、おかしな方、とわたしは思ったものです。なにもかもおかしいわ。けったいな家、こんなにしいんとして、真っ暗で、家具はほこりだらけのままで、どの部屋もずっと前から人が住んでいないようだわ。電球さえ、きれているか、はずされているかのどちらかで、蠟燭をつけねばなりませんでした。あちこちの古ぼけた家具の上に、背の高い銀の燭台がおかれ、蠟燭がたくさんさしてありました。蠟燭に火がともった眺めは、もちろん、美しく心のなごむ雰囲気をかもしだしてくれました。ヴィヴィアンがガラス盆にのせてもってきたお茶碗もまた結構で、織細で美しい紺色の模様がついていて、夢の国の全景が描いてあるのが分かりました。紅茶は強く、苦い味がしましたが、砂糖もクリームも添えてありませんでした。なんのお話ですのとヴィヴィアンが言い、アントンの顔を眺めました。すると夫はほとんど無礼なと思われるほど強い口調で、先刻の質問をくりかえしました。ヴィヴィアンは、ええとすぐ答えて、オーストリアのと言いかけたのですが、地名がでてこず、混乱して、こまかな塵におおわれた円テーブルをじっと見つめておりました。

この瞬間、アントンはシガレット・ケースを取り出しました。偏平な金のケースで、父親から遺産としてもらったもので、箱ごと煙草をすすめる現代の支配的流儀にさからい、愛用をつづけているものでした。彼はパチンとそれを開けて、みんなに煙草をすすめると、またそれを閉めてテーブルの上におきました。翌朝、夫がケースを紛失したことに気づいたとき、わたしはこのことをはっきり思い出すことができました。

それでわたしたちはお茶を飲み、煙草をふかしていたわけですが、突然、ヴィヴィアンが立ちあがって、ラジオのスイッチをいれると、スピーカーの音は、いろんなかん高いきれぎれの音や声から、静かにひびくダンス音楽にかわっていきました。踊りましょうとヴィヴィアンが言いながら、夫の顔をじっと見ました。アントンはすぐ立ちあがって、彼女を抱きました。彼女の兄は、わたしをダンスに誘おうという気がまえを見せませんでしたので、ふたりはテーブルについたままで、音楽に耳をかたむけ、大きな部屋の奥で、あちこち踊りながら移動していく一組を眺めておりました。この様子では、イギリスの女性は噂ほど冷たくないんだなとわたしは思っていましたが、自分がもうほかのことを考えていることに気がついておりました。というのは、この若い女性からは、あいかわらず冷たさ、優雅でおだやかな冷たさが発散されていましたが、それと同時に一種の奇妙な欲情が発散されていたからなのです。その小さな両手は、つる植物の吸盤のように、夫の肩にしがみつき、その唇は進退きわまったときの悲鳴の恰好をしているような感じで、音をたてずに、ぱくぱく動いておりました。当時はまだ精力的な若さで、ダンスが巧みだったアントンは、相手のこの異常な態度になにも気づかぬ様子で、おちついていとおしそうに彼女を見おろしていて、ときどき、気にしないで、これは一時のことさ、なんでもないんだよと言いたげに、わたしのほうをやさしく見やるのでした。だがヴィヴィアンが夫と軽がると踊っていたにもかかわらず、ラジオ音楽の常として、いつまでもおわろうとせず、リズムとメロディーだけが変化していったこのダンスは、夫を異常に疲れさせているように見え、その額はやがて汗のしずくでおおわれ、ヴィヴィアンとわたしのそばにくるたびに、呼吸がまるで喘ぎ呻いているように聞こえたのでした。わたしの横でかなり退屈そうに坐っていたロオリーが、突然、音楽にあわせて拍子をとりだしました。彼はそのために巧みに指の関節をつかったり、茶匙をつかったりしましたが、はては夫のシガレット・ケースまで用いて、シンコペーションも巧みに、テーブルを叩いたのです。これらのすべてが音楽になにか息をつけぬほどの切迫感を与え、わたしは急に不安な気持にさせられたのでした。罠だ、この二階に誘いこまれたのだ、身ぐるみはがれるか、誘拐されるのだと思いましたが、すぐになんとばかなことを考えるのだろう、わたしたちが誰だというんだ、たいしたことのない外国人、旅行者、観劇家で、芝居がはねてから、なにか食べにいくための用意のお金を少々、身につけているだけじゃないかと考えなおしたものでした。わたしは急に眠くなり、二、三度そっとあくびをいたしました。いただいた紅茶が異常に苦くはなかったか、ヴィヴィアンは注ぎおわったものを運んできたのだ、だからひょっとしたら、わたしたちの茶碗には睡眠薬がはいっており、兄妹の茶碗にははいっていなかったのではあるまいか、逃げだそう、ホテルへ帰ろうと思い、夫の視線を求めたのですが、夫はわたしのほうを見ないで、パートナーの繊細な顔を自分の肩にうずめさせたまま、両眼を閉じているのでした。

電話はどこにあるの？　タクシーを呼びたいの、とわたしが不躾にたずねると、ロオリーは、ただちにうしろへ手を伸ばしました。電話は飾り棚の上にのっていましたが、受話器をとってみると、発信音がぜんぜん聞こえませんでした。彼は、残念というように、肩をすくめただけでしたが、こんどはアントンがおかしいと思いだしたのか、立ちどまり、若い娘のからだから両腕をはずしました。彼女はあきれて彼の顔を見あげ、風に吹かれるやわらかな灌木のように、こちらがはらはらするほど、からだをゆらゆらさせていました。遅くなりました。もうおいとましなければ、と夫は申しました。びっくりしたことには、兄妹はいっこうにひきとめようとせず、四人の間で、素敵な一晩を送らせていただいてどうもありがとうございます、とかなんとか、愛想のいい丁寧な言葉が交わされただけでした。それから口数のすくないロオリーがわたしたち夫婦を案内して階段を降り、玄関へ導いていきました。ヴィヴィアンは上の階段の踊り場に立ち、手すりから身をのりだして、小鳥のだすような小さい軽い声をだしましたが、それはどういう意味にもとれるし、また意味がないともいえる声でした。

近くにタクシー・スタンドがありましたが、アントンはすこし歩こうと言いました。最初のうちは、口を開かず、ぐったりしていたようでしたが、急に元気づき、しゃべりだしました。ぼくはあの兄妹とたしかにどこかで、それも最近、たぶんこの春、キッツビュールで会っているんだ。この地名は外国人にとっては、たしかに覚えにくい名前だから、ヴィヴィアンが思い出せなかったのも決して不思議ではない。いや、はっきりと思い出したことがあるんだ。さっきダンスをしているときに思い出したんだ。ある山道で、自動車が前後して、車と車の間で視線が交わされていた。その一台にはぼくがひとりで、ほかの一台のスポーツカーにはあの兄妹が乗っており、あの娘がハンドルをにぎっていた。ちょっと交通が渋滞したあと、二、三分間、並んで走ってから、彼女の車がぼくの車を抜いて、もうまともじゃないスピードで、矢のように走っていったんだよ、と。それからすぐアントンは言葉をつづけて、あの娘はきれいで、ちょっとかわった娘だと思わないかと聞きました。たしかにきれいで、かわっているけど、ちょっと気味の悪いところがあるわとわたしは言い、あの住いの黴くさい臭いと、塵と、切れていた電話のことを思い出させました。アントンはこれらのことにぜんぜん気がついておらず、こちらの言うことに耳を貸そうとはしませんでした。だがわたしたちは口論する気はなく、非常に疲れていたので、それからすこしたつと、おしゃべりをやめて、仲良くホテルへ帰り、就寝したのでした。

わたしたちは翌日の午前中、テート美術館にいくつもりでした。わたしたちはこの有名な絵画のコレクションのカタログを事前にちゃんと手に入れていて、朝食のときに、それをくって、どの絵を見て、どの絵は見ないでおくか、考えていたのでした。しかし夫は、朝食後すぐ、シガレット・ケースをなくしたことに気がつき、わたしがそれをあのイギリス人の兄妹のうちのテーブルの上で最後に見たと申しますと、夫は美術館へいく前にとりにいこうと言いだしました。さてはわざとおいてきたなと思いましたが、わたしはなにも申しませんでした。わたしたちは市街地図であの通りを探してから、バスでその通りの近くの広場までいきました。雨はもうあがってい て、広々とした公園の芝生の上には、初秋の薄金色の霧が横たわり、円柱や破風のある大きな建物が浮かびあがるかと思うと、流れる霧のなかに神秘的な感じで、また消えていくのでした。

アントンは上機嫌でしたが、わたしも同様でした。わたしは昨夜の不安をすべて忘れ、あの知りあったばかりのふたりが、昼の光のなかでは、どのような立居振舞をするだろうかという期待で、わくわくしておりました。通りと家とはなんなく見つかりましたが、まだ寝しずまっているのか、住人が長い旅にでかけたのかと思われるほど、雨戸がみんな閉まっているのを見て、あきれてしまいました。はじめはわたしが、そっとベルを鳴らしたのに応じて人の動く気配がしませんでしたので、わたしたちはもっと強く、しまいにはほとんど不躾と思えるほど長いこと、大きな音でベルを鳴らしつづけました。ドアには、古風な真鍮のノッカーもとりつけてありましたので、しまいにはそれも使いましたが、内部で足音がしたり、声が聞こえたりしませんでした。あきらめて歩きだしましたが、二、三軒いったところで、アントンがまた立ちどまってしまいました。ケースのためじゃないと彼は言いました。あの若いふたりの身の上になにか起こったかも知れないじゃないか。たとえばガス中毒なんか。このあたりはどこでもガス暖房だし、あの居間にもひとつあったのをぼくは見ている。兄妹が旅にでたなんて信じられない。いずれにしても、警察を呼ばねばならない。ぼくはもうおちついて美術館で絵を見る気になれないんだ、と。その間に、霧が地面に降りてしまい、交通量のすくない通りと、あいかわらずしずかに死んだように立っていた七十九番の家屋の上には、晩夏の美しい青い空がかかっておりました。

お隣に聞きましょうとわたしは申しましたが、おあつらえむきに、右隣の家の窓がひとつ開き、肥った女が小さな前庭のかわいらしいヒナギクの上で、箒をふるいだしました。わたしたちは彼女に声をかけ、訪問の目的が分かってもらうように試みました。名はヴィヴィアンとロオリーとしか知らず、姓は知りませんでしたが、女はすぐに誰のことを言っているのか分かったようでした。女は箒をひっこめ、花模様のブラウスに包まれたがっちりした胸を窓枠の上にのせて、驚いたように、わたしたちの顔を見ていました。アントンが、ぼくたちはつい昨晩、この家にきていたのですが、置き忘れたものがあるので、それをもらいにきたのですと言いますと、女は急に疑わしげな顔をしました。女はきんきん声で、そんなはずはない。鍵をもっているのは自分だけで、あの家は空家なのだと申しました。いつから空屋なのと思わずわたしはたずねました。いまは明るい日光に照らされて、前庭にあの石の猫がいたものの、もうてっきり家屋番号を間違ったのだと思いました。

三カ月前に、あの若いおふたりは亡くなりました、と女はきっぱり言いました。亡くなったって？　とわたしたちは聞きかえし、そんなことは考えられない。きのういっしょにお芝居を見たし、ふたりの部屋でお茶を飲んだし、音楽をかけてダンスをしたんだから、とわたしと夫は、もうロぐちに言いだしたのでした。

ちょっとお待ちください、と肥った女は言い、窓を閉めました。てっきり電話をかけて、わたしたちを精神病院か警察に連れていかせるのだろうと思いました。しかし女はすぐ好奇心にみちた顔をして、片手に大きな鍵束をぶらさげて、通りにでてきました。わたしは気違いじゃありません。気はたしかです。あの若いおふたりは亡くなって、葬式もすみました。自動車で外国へいき、どこかの山のなかで、ばかげたスピードで走ったため、首の骨を折ってしまったんです、と女は言いました。

キッツビュールででしょう、と驚いて夫が聞くと、そういったかも知れないし、違っていたかも知れない。外国の名前って誰にもよく分かりゃしないと言いました。そうするうちに女は先にたって歩きだし、階段をのぼり、玄関のドアを開けて、ほんとうのことを言っていること、この家が空家であることを納得してください。部屋におはいりになってもかまいません。しかし電球は管理人の許可を得て、はずして自分のものにしたから、電気はつけてあげられませんと言いました。

わたしたちは女のあとについていきました。むっと黴くさい臭いがしました。わたしは階段の途中で、夫の手をにぎり、きっと通りを間違えたのよ。それとも夢を見たのよ。ふたりの人間が同じ夜に同じ夢を見ることは、あり得ることなのよ。だからもう帰りましょうと言いました。うん、そうだねとアントンはほっとしたように、きみの言うとおりだ。こんなところに用はないと言い、立ちどまって、隣の女の労に報いるために、お金をとりだそうとしてポケットに手をいれました。しかし女はもう上の部屋にはいっておりました。その気はとっくに失せ、すべては錯覚か空想だったと確信しておりましたものの、わたしたちは女のあとを追って、部屋のなかへはいらないわけにはいかなくなりました。さあどうぞ、と女は言い、雨戸を開けはじめました。しかし全部開けたわけではなく、一部分だけ、家具が全部はっきり識別できる程度に開けたのです。とくにまわりに椅子をぐるりと並べ、円盤の表面にこまかい塵がつもっている円テーブルが識別できるように。テーブルの上にはただひとつのものが載っていて、いまや一筋の光線に照らしだされて光っております。それはあの偏平な金製のシガレット・ケースなのでした。

（訳・著者紹介＝前川道介）

ものいう髑髏（しゃれこうべ）

ヘルベルト・マイヤー

ヘルベルト・マイヤー

一九二八―二〇一八。スイスの作家。その活動は多岐にわたり、長短編小説、詩、エッセイのほか、テレビドラマの脚本も手がける。本作品「ものいう髑髏」は短編小説集『解剖学の物語』中の一編である。翻訳はM・グレゴール＝デリン編『蠟人形の館――世界の幻想物語』によった。

肘掛椅子の両腕は白い鞣し皮の長手袋の折り返し、その先の握りは手袋の手だった。手袋は穴だらけで、釘付けにでもなっていたかのようだった。指もろくにそろっていない。左手は四本、右手は二本半。

これらの遺物が、かの人の背凭れの高い肘掛椅子にくくりつけられていた。そのわけは、月並みないい方ながら、神のみぞ知る。

坐るところには何色もの羽根飾りのついた鍔広の帽子が、いましがた誰かが帰ってきてぽいとそこに放りでもしたかのようにおかれてあった。

肘掛から肘掛にはしかし、埃のつもった飾り紐が張りわたされていた。そこから例のお馴染みのプレートがぶらさがっていて、いわく〈手ヲ触レヌヨウニ〉。

それを読めば、ここにあるこの帽子はもはやいかなる人間の頭に乗ることもないのだ、とただちに知れた。

帽子、肘掛椅子、そしてこの広間の持ち主は、旅行案内書をひもとけばわかるように、さらには庇帽の守衛が城を訪れる観光客に披露しもしたことであったが、

かの権勢ならびなきグリマルディ殿

であった。

故人の所蔵品、家具調度のかずかずが、この広間で閲覧に供されていた。陶製パイプ、煙草缶、嗅ぎ煙草入れ、祈禱書数冊、ベルトの飾り金具、使徒書簡集、拳銃、真新しく塗り替えられた漆喰壁にはぶっちがいに掛けさした猟銃やサーベルの類、さまざまな旗と火器、羽根飾りつきの帽子がさらにいくつか。一隅には皮長靴が一足と靴脱ぎ器、虫喰い放題のおまる。古文書、書簡、帆船と羅針盤の絵に飾られた手彩色の地中海地図、そのとなりには故人その人の遺髪。


師の髑髏は黒ビロードのクッションのうえにおかれ、壁の窪みに安置されていた。そしてこの髑髏からは、ときとして偉大な師の声が聞かれたのである。入場料がはねあがったのもむべなるかな。ものいう封建時代の髑髏など、そんじょそこらの資料館がおいそれと展示できるものではないからだ。師はほんのたまにしか口を開かなかった。満ち潮の時刻が関係している、との説がとなえられた。湿度が問題だ、との異説がたてられた。三年のあいだ、グリマルディ師のお告げの時刻が克明に記録された。規則性は見出されなかった。統計学の外挿法を適用してもむだだった。いっさいの予測はなりたたなかった。

「シニョールは気がむかれたときにお話になるんだよ」と資料館の守衛たちはいった、「そんなこたあ、シニョールが生きていらしたころから決まったこった」

新聞には〈グリマルディ通信〉と銘うたれたコラムがもうけられた。偉大なシニョールの声が聞きとられるたびごとにここにその旨が告知されたが、お告げの内容が報じられることはなかった。それにしてもこのコラムは空白のままのことが多かった。雑報のしたに白抜きの小さな帯が残された。なぜなら、しばしば一週間ちかくもシニョールの髑髏からはなんのお告げも聞かれなかったからである。かと思うと、シニョールはおなじ一日のうちに二度も口を開いたりもした。

くだんのコラムに〈昨日三時十五分から五時十五分にかけて、故人の頭部が語った〉というような記事がのると、資料館の守衛主任がちかくの居酒屋にあらわれて、土地っ子ならだれかれなく、そこにいあわせた者たちにアニスの香りの薄緑色の酒をおごった。

守衛主任にそんなふるまい酒ができたのは、シニョールが話をすると彼の帽子がチップでいっぱいになるからだった。硬貨やお札が石の敷居のうえにおかれることも珍しくなかった。帽子だけではまにあわなかったのである。

グリマルディ殿の声を聞いた者はその名を証人控え帳に記した。それは入場券売り場の横手にひらいてあり、来館者が自由にのぞけるようになっていた。そしてこの冊子をぱらぱらとめくってみた者はだれでも、なろうことなら自分もシニョールの謦咳に接して証人控えにわが名を永遠にとどめたいと願った。

だがなんとおびただしい願いが水泡に帰したことか！

何千という人びとが、このやけに音響のよいだだっ広い部屋で空しくお告げを待ちわびた。

ここに一人の歴史を専攻する若い学究が、かたわら通信技術の研究にも手を染めていて、ものいう髑髏の現象に科学のメスを入れてみようと思いたった。彼は資料館当局から委任状をとりつけることに成功した。当局はシニョール・グリマルディという金蔓をおおいに珍重しており、その観点からして、科学の波風をたてるのは望むところではなかった。金蔓がまだまだつづいているうちは、それを切ったり批判の風にさらしたりするべきではないからである。にもかかわらず、ひた隠しにされていたことながら、髑髏の託宣は役人たちに恐怖と迷信じみた戦慄を吹きこんでもいた。彼らはこの若い男の史的好奇心に、待ってましたととびついた。役人たちはこの若き歴史学者に勇猛果敢な騎士を見た。申請された学術調査計画は満場一致で承認された。

歴史学者は資料館の入館証を支給され、グリマルディ殿の部屋の合鍵もわたされた。いまや彼は思いのままに資料館に出入りし、ふるまうことができるのだ。初日に通信技術研究者兼歴史学者であるこの男がとった処置は、いかにももっともと思われた。守衛主任にポケットテープレコーダとマイクをわたして、シニョールがなにかいったらただちにスイッチを入れるよう頼んだのだ。

まずはお告げと呼ばれているデータを採集しなくては。しかるのちにその要因が探られるのだ。データ採集のために自分が城にいることもないだろう、とこの研究者は判断した。そんなことはアシスタントに任せておけばいい。彼はこの作業を守衛主任に任せた。

博物館の守衛たちというものはさほど勤勉ではない。つっ立っているか、でなければ坐っている。たまには巡回しもするが、すぐさまとなりの縄張りの同僚とでくわして、ぴかぴかに磨きたてた黒い靴の踵でくるりとむきなおり、もと来た道をひき返す。まだ字が読めないために、禁止もものかは、かたっぱしからさわってまわる子供たちが入来しないかぎりは、ついぞ自分から割って入るなどしない。彼らには、割って入るということば自体がおよそ暴力的な響きをもつのだろう。割って入りはしないのだ。手の合図で、目付きで、あるいは、ちっと舌を鳴らして警告を発するのだ。

守衛主任はいまや学術調査のアシスタントをも兼任することになったが、偉大な師が語るあいだ、あんぐりと口をあけている来館者の輪のなかでちょっとした録音をする手間暇など、彼にはどうということもなかった。

ある朝歴史学者は新聞で、きのうの三時二十三分から三時二十七分のあいだに故人の頭部が口をきいたことを知った。彼はすぐさま自転車にとび乗って、意気揚々城へと急いだ。

しかしこれはただのとっかかりにすぎない。問題は山積している。そう、たとえばお告げは一定で、しかもおなじ蓋然性でくり返されるのだろうか、それともくるくると変わるのだろうか。まずはそれをはっきりさせよう、と彼は考えた。つぎにシニョール・グリマルディの発する信号を集計し、その通信システムに取り組み、問題点を洗いだそう。発信者はどこにいるのだろうか？　髑髏はやはり通信回路、シニョールの通信の物質的メディアなのだろうか？　しかしその方法は？　メッセージの内容は？　そしてその目的は？

中世独特の狭い路地で、歴史学者の自転車の車輪がごつごつした舗石にぶつかった。そのとき、ぱっと閃くものがあった。通信？　なるほど。だがそもそも通信とはなんだろう？　きょうび、物故した人間の音信を待ち望む者がいるだろうか？　また、物故した人間が幾代へだてた未来の見も知らぬ受信者に、なにかを打ち明けたいなどと思うだろうか？

通信とは、みなさん、ダイナミックなシステムとシステムの間の交換であります。しかるに物故した人間はもはやダイナミックな存在とはもうせません。しかしシニョール・グリマルディは語るのであります。これは歴史的音響現象であり、それ以上のものではありません。

通信技術研究者がだだっ広い部屋に入っていくと、守衛主任は自分の椅子に坐って硬貨やお札を数えていた。テープを、とうながされて、金勘定に余念のない男はきょとんとして入りたての収入(みいり)から目をあげた。はあ？　テープがどうかしたって？　その顔はそう問うているようだった。

彼アシスタント氏は、シニョールの語ったことを録音することになっているのだ。そう主張するのが悪魔だったとしても、同意しないわけにはいかないだろう。そして新聞ははっきりと、きのうの三時二十三分から三時二十七分にかけて声が聞かれた、といっているのだ。

一時間前にもお話になられたけどな、と、硬貨でふくれあがった皮の巾着の口を締めながら、守衛主任はいった。

それが惜しいことにスイッチを入れ忘れてね。

「あやまればいいってもんじゃありませんよ！」歴史学者は叫んだ拍子にどんと片足を踏み鳴らしたので、シニョール・グリマルディの遺品陳列ケースが揺れて、いくつかの品物がかたかたとかすかな音をたてた。

いいと思うがね、と守衛主任はいった。だれだってお告げの魔力にもろにさらされてみろ、金縛りになっちまうんだよ、主任のおれだっておなじこと、腑抜けみたいになってなにもかも忘れちまう。だれだってちっとはぼけーっとなるさ。

なるほど、しかしお告げのどこがそんなに恐ろしいんですか、と歴史学者はたずねた。

アシスタント氏はお札を一枚一枚ていねいにたたんで、空のシガレットケースにしまった。それから庇帽ないし集金帽を頭にのせて、いった。

「シニョールのおことばを口外することは、わしらには禁じられてるんでね」

だれがそんな馬鹿げた禁令を出したんです、と歴史学者。

知らんよ、と守衛主任、でも規則は規則だ。

公的委託を受けた研究者は、自分は野次馬じゃない、と説明にかかった。彼の質問は学問的な根拠にもとづいているのだし、国から研究費も出ている。だから明確な、信頼に足る、いかなる利害にも煩わされないデータがほしいのだ。「シニョール・グリマルディはなにをいったんです？　たとえばでいいから教えてください」

守衛主任は窓のほうにむきなおり、そそり立つ要砦の壁に目をやった。壁は波に洗われていた。外では海が満潮を迎えていた。

歴史学者はやおら二十リラ札を取り出し、アシスタント氏の鼻先につきつけた。

守衛主任はちょっとおつにすました声になって、いった。「その雑をよこしおろう、下郎めが！」そして札を受け取ってくしゃみをした。紙幣が彼の鼻の粘膜を刺激したのだ。

「それだけ？」歴史学者はたずねた。旅行案内書の説明はこれとはまるで趣きがちがう。じつに神秘的なお告げがあるのだと、格調高く記されていたのに、雉なんて神秘的でもなんでもないではないか。

しかしともかくも、ものいう髑髏ってだけでじゅうぶん神秘的だよ、と守衛主任はいった。ねえ、学者で通信の技師さんとやら、どこかで空っぽの髑髏がしゃべるのを聞いたことがおありですかね？

「よし、それならいっしょに聞こうじゃありませんか」科学的任務を帯びた男はいった。

しかし何日も、二人はなにも聞くにいたらなかった。夜はともにシニョール・グリマルディの部屋で過ごすことにしたのだが、それも徒労だった。片言隻句も聞けなかった。歴史学者は、砲兵隊の兵舎から運びこんだ野戦用のベッドと毛布と枕を壁の窪みにしつらえた。アシスタント氏は、多くの守衛たち同様彼も日がな一日いねむりをする椅子で夜も寝た。宵の口にはワインを飲んだ。酒代はいつも歴史学者がもたされた。よけいな口はきかないことにした。偉大なシニョールの声を聞き逃してはならないからである。しかし声は聞かれなかった。声は発せられなかった。

いったいに歴史学者兼通信技術者などという人種は、しかつめらしく、目的にとり憑かれているものだ。この若い男はほどほどということを知らなかった。研究の現場を片時たりとも離れないですむならば、飾り紐と〈手ヲ触レヌヨウニ〉のプレートをつけて空しく壁際におかれているグリマルディ殿愛用の年代もののおまるさえ使いたいところだった。けれどもいかに彼とはいえ、歴史的遺物をわがもの顔にもちいることは許されなかった。なんといっても守衛主任が、ここは隅から隅まで彼の縄張りだと考えていたからである。しかも守衛主任は肩幅が広く、重い網をたぐりよせる漁師の拳をもっていた。通信技術者兼歴史学者は取っ組み合いを恐れた。そんな羽目になろうものなら、彼はすべてを失ってしまうだろう。眼鏡も、公的任務も。じっさい、守衛主任はこういって脅したのだ、学術研究ってやつが収入にひびくようなことになったら、すぐさまグリマルディ資料館のスタッフ全員の名においてあんたを訴えるからな。おれたちにゃ、国立施設守衛労働組合っていう強い後ろ盾がついてるんだ。組合は現状がほんのちょっとでも変更されようもんなら、介入してくれるんだからな。

歴史学者は、そんな介入は願い下げにしたかった。彼は歴史的なおまるの使用を断念した。薄明の部屋をあとに、階段をほんのすこし登って城に新設されたトイレに行った。

中央ヨーロッパ時間で五時五十一分だった。歴史学者が六時零分に部屋にもどると、いましも守衛主任が〈巻き戻し〉の印のついたキイを押しているところだった。

偉大なシニョールが語ったのだ。

おりあしく、歴史学者が恐れていたように、彼が部屋を空けていたあいだに。なにはともあれ、このたびのアシスタント氏はでくのぼうではなかった。お告げは録音されたようだった。

再生は成功した。

まず、重おもしい息の音がし、ざあざあという雑音が入った。雑音のカオスのなかから断片的な単語が浮かびあがった。雑音のカオスとは、この研究者がことの経過を記述するにあたって考案したタームである。叫び声と冷厳な指示の声が交互に飛んだ。壁がこだました。陳列ケースがかたかたと鳴った。おもむろに命令する声が響いた。「その雉をよこしおろう、下郎めが！」それが最後に聞きとれたことばだった。ぐぐぐと喉を鳴らすような音がして、お告げは終わった。

いつもこうさ、と守衛主任はいった。手始めに偉大なシニョールのぜえぜえいう息の音が聞こえて、そいからご命令があって、喉をぐうぐういわせて、それでちょん。見るも無残な成果だった。ここでよこすように命じられている品物のかずかずは歴史学の世界では周知のものばかりだった。ものの本で当たることができ、あまたの博物館で見ることができた。

ただ一つのことが歴史学者の注意を惹いた。シニョール・グリマルディは怒りにかられて叫び、唸るのだ。「ヴァイオリンに犬めをつっこむのじゃ！」このことばは、音楽家のものというより、むしろ破落戸者(ごろつき)にふさわしい、と研究者はアシスタント氏に教えてやった。ここでいっているヴァイオリンとは、このとなりの音楽関係の部屋に陳列されている古楽器のどれかのことではない。これは拷問具だ。

そんなこと知ってるよ、守衛主任はいった。

にもかかわらず歴史学者はさらに教え説いてやまなかった。封建的な支配の時代には、拷問具や責め具は音楽用語で呼ばれていたのだ。まあ、はっきりいえば、シニョールのことばはお告げというような性格のものではないだろう。この名高いものいう髑髏から聞きとれることは変哲もない日常茶飯事だ。そして歴史学者はレコーダを幻滅なテープもろとも、ポケットにしまいこんだ。

こうとなってはシニョールのことばはもはや重要ではない、と歴史学者は考えた。重要なのは物質的メディア、通信回路だ。この見地からこの髑髏ないしはものいう頭を徹底的に調査してみよう。

歴史学者は歩みよってシニョールの髑髏を壁の窪みからもちあげた。それを野戦用ベッドにハンカチを二枚敷いたうえにおき、死者の頭部の空洞を細心の注意でまさぐった。

乾いたコイル状のもののなかに手が入った。眼窩からかすかに煙がたち昇った。

彼はゆるゆると発見物を朝の光にかざした。

「神経だ！」彼は叫んだ。

そしてじっさい、歴史学者の手のなかにあったのは、灰色と白の、ミイラ化したテープ様のものだった。彼は空きリールを取り出し、この巻きついたテープ様のものをほどいてぐるぐる巻きつけた。末端をぴたりとおさめると、この髑髏の資料をポケットに入れた。

「どろぼう！」守衛主任がどなった。

「学術研究だ」と通信技術者兼歴史学者はいって、部屋をあとにした。

一週間、城の資料館からはなんの音沙汰もなかった。

グリマルディ通信のコラムは白抜きで残された。敷居の上の集金帽は空のままだった。守衛主任は居酒屋に姿を見せても隅のほうに席を占め、だんまりを決めこんで、土地っ子に酒をおごることは絶えてなかった。どうした、と常連たちはたずねた。城の見物人がガタ減りなんだろ、と誰かがいった、偉大なシニョールが黙りこんじまったのさ。

そうじゃねえ、と守衛主任は反駁した。シニョールはちょっと休んでおられるのさ。おっ死んだ奴が黙ってるからって文句はいえねえよ。またお話になるさ、そうだとも。

どうしてそんなことがわかる、と煙草屋がいった。

「経験だよ」落ちこんでいる男はいい返した。

役者にお告げをしゃべらせて、そいつを録音したやつを部屋が見物人でいっぱいになるたんびに聞かせりゃいいのに、どうしてそうしないんだ、と元ラジオ商がたずねた。

そいつはペテンだ、守衛主任は肯じなかった。

でも儲かるぜ、元ラジオ商はいった。

おれは故人のお人柄を知ってるんだ、そんなことをしたら、シニョールは墓のなかで七転八倒なさるよ、それだけじゃねえ、ご立派なご生涯の思い出の品をなにもかもぶっこわしておしまいになる。その品じなのおかげでいまでも守衛たちや掃除のおばさんたちが食ってるんだ。

これを聞くと、人びとは守衛主任をどっと嗤った。庇帽の男は居酒屋を出ていった。

守衛主任は家に帰り、組合の書記局に宛てて一通の手紙をしたためた。国が認可し財政的な援助を与えた学術調査が実施されたために、グリマルディ資料館の守衛たちは存亡の危機に瀕しております、と守衛主任は訴えた。来館者は、もはやシニョールのお告げが聞かれないために失望しております。かつては気前よくチップがとんだ師の部屋ですが、いまでは入室する者ものぞいたと思うまにそそくさと出ていってしまいます。古くからの習慣にしたがって帽子を敷居のところにおいておくと、それを拾いあげて、「守衛さん、お帽子が」などという人も二、三にとどまりません。意気そそうして空の帽子を受け取り、ていねいにお礼をいう私どもは、さぞかし帽子をきちんと被らないでうっちゃったりなくしたりしてしまう、だらしのない見張り人のように思われていることでありましょう。このような事態に守衛陣は神経をすり減らしております。いまこそ組合の介入が待たれるときであります。敬白。

ある日の午後、ベルの音がわずかばかりの見学者をシニョールの部屋から追い出しにかかったとき、故人の髑髏の前を離れない男がいた。守衛主任は丁重に話しかけ、おたくもベルにしたがって退出してください、といった。

男は振り向いた。その顔はいちめん白い雲脂に醜くおおわれていた。手には白い包帯が巻かれ、その包帯から指がにゅっと出ていた。守衛主任は指を数えたが、全部揃っているようだった。男が、調査は終了しました、といったとき、守衛主任はこの男がだれなのかわかった。

「なんてこった、どうした、ええ?」守衛主任は皮膚病にやられた歴史学者にたずねた。

「べつに」と男はいって、小さな白い紙袋を守衛主任にわたした。これをどうしろと?

故人の嗅ぎ煙草にいささか縁のある代物だ、と若い歴史学者はおどけていった。いや冗談、これは学術調査の残滓、粉ごなになったシニョールの神経で、たぶん外気に触れたためだろう、見る見るくずれてしまった。そのプロセスは運よくフィルムにおさめたから、映してみることができますよ。

「で、お告げは?」と守衛主任はたずねて、全身をぶるっと震わせた。

お告げは持ってきた、と通信技術者兼歴史学者はいった。聞いてみますか？　男は胸のポケットからちっぽけなレコーダを取り出して、守衛主任のてのひらにのせた。指の関節に雲脂が白く浮いていた。「スイッチを入れてください」と男はいった。

守衛主任は左端のキイを押した。

偉大なシニョールは、相も変らずぜえぜえと息をつき、叫び、どなりつけた。「わしの帽子、わしの帽子、わしの帽子はどこじゃ！」

「わしの連銭葦毛に鞍をおけ！」

「あの犬めを水漬けにしろ！」

「いまいましい靴脱ぎ器じゃ！」

「のうディアーナよ、折り返しが破れてしもうたぞ」

それからシニョールは飲み物にむせ、咳をし、ぶーっと鼻をかみ、くしゃみをし、げっぷをした。

シニョールは静かになった。ついで、バルコニーから眼下の群衆に演説をぶつような大声で話しはじめた。「封建社会が没落し、新たなる社会が勃興する。そこでは従来のような階級間の対立矛盾はおこらない。事態は様変りするであろう。新しい独裁権力がおこり、古い権力が抑圧されるであろう。その雉をよこしおろう、下郎めが！」

「こりゃ前代未聞だ」守衛主任はど肝を抜かれていった。こんなおことばは聞いたことがない。

でもシニョール・グリマルディの声でしょう、と歴史学者はたずねた。ああたしかに、と守衛主任は請けあった、でもお告げが目新しい。そのとおり、と歴史学者はいった、新しいのは組合の書記長がみずからセリフを入れたおまけの部分です。

「わしらのシニョールの話しっぷりそっくりだ！」守衛主任はうれしそうにいった。

そこで歴史学者が説明することに、組合はこのたびの事態を深刻に受けとめ、ある決定を下したのだ。つまり、いまやお告げがシニョール・グリマルディの〈神経テープ〉から発せられないのなら、これからはいついかなるときでも必要と認められればコントロールと再生が可能なように、これを近代的な複製システムに適応したものに改変しよう、というのだ。さんざん苦情がきているんだぞ、と書記長は歴史学者にいった、肝要なのは守衛の収入が今後ともずっと安定することだ、これからはお告げはテープレコーダから流そう、と。

自分は、と通信技術者にして歴史学者はつづけた、そんなやりとりのうちに、この組合のお偉方の発声器官がシニョール・グリマルディのそれとたいへんよく似ているということに気づいた。彼、歴史学者は、ついぽろっと口に出してしまったのだ、いつかある日、シニョールのお告げを入れたテープがオシャカになったら、書記長が新しく吹込めばいいほどですね、と。書記長は、いまそれをやろうじゃないか、といいだした。歴史学者がすこしでも反論しようものなら、げんこつで机をどんどんたたいた。書記長は、お告げにちょっとしたおまけをつけるんだ、それがいやなら、ものいう髑髏の魔法のテープをずたずたにしてやるぞ、といった。

そこでこの組合のお偉方をレコーディングスタジオにお連れして、予言をしゃべってもらったのだ。書記長の声とシニョールの声を聞きわけられる人はいなかった。これは**同一人物**だ、とだれもが思ったろう。

通信技術者兼歴史学者は、小型テープレコーダを偉大なシニョールの髑髏のなかにおさめ、人為的に髑髏にものをいわせるためのちっぽけなコードレススイッチを守衛主任にわたした。

かくしてシニョールの気紛れに振り回されることはなくなった。その日の夕方にも守衛主任は居酒屋にあらわれ、常連たちに魚のスープをおごった。彼の語ったところによると、あの歴史学者、城の資料館に出入りしていた性懲りのない研究家は、とうとう罰が当たったのだ。奴は疥癬（かいせん）にかかった。どこでもらってきたかはだれも知らないのだが、守衛主任にはお見とおしだという。あの若造はやたらしゃべったりいじくりまわしたりして、グリマルディ殿の遺物になにかへまをやらかしたのだ。資料館の収蔵品はどれも古くなった物質を含んでいるが、それが奴に復讐したのさ。

「おまえはあの男の手伝いをしてたんだろう?」テーブルにいた男がいった。

「そうとも」守衛主任は応じた、「でも手出しはしなかった」

そのとき、守衛主任は左手の人差指の関節のあたりにぽっつりと雲脂が浮いているのを見つけた。

えい畜生、守衛主任は思った、おれたちしがない守衛が疥癬なんぞにかかっちまったら、たちまちおまんまの食いあげじゃねえかよ!

守衛主任は爪で雲脂を掻き落として、ぷっとテーブルに吹いた。

ときにくだんの歴史学者だが、その皮膚病のおかげで医学史に名を残すことになった。この疾患は腐敗した神経との接触によってひきおこされうる、というのがおおかたの見解である。この疾患は伝染性で予後不良、発見の経緯にちなみ、デ、ル、マ、テ、ィ、テ、ィ、ス、・ヒストリカつまり歴史肌、ないしはグリマルディ疥癬と命名された。

（訳・著者紹介＝池田香代子）

写真

フランツ・ホーラー

フランツ・ホーラー

一九四三年、スイスのビールに生まれる。チューリヒ大学で文学を学んだ後、軽演劇、短編小説、放送など多岐にわたる分野で活躍。チューリヒに在住。一九六七年の処女作品集『無益な欠伸、および役に立たぬ作品集』以来、本編が収められている『オスタームンディゲンの境』をはじめ、怪奇と諷刺を基調とした作品を多数発表。児童文学の分野での活発な執筆も目立つ。

しばらく前、アルバムのページを繰っていると、両親の結婚式の写真が目につき、私は他の写真よりも少し時間をかけてそれを眺めた。写真の中にだれか見知っている人はいないかという好奇心もあったが、私自身すでに妻を持ち、写真の中の新婚の夫婦の歳を越えてしまっていたので、両親が今の私自身より果たして若く見えるかどうかに興味があったのである。しかし、写真の二人を、まるで私とは関わりのない人のように、まるでいつも私より年嵩である人ではないかのように眺めるのは不可能だった。それに、もしそうできたとしても、二人が私の目にほんとうに若く映ることはなかっただろう。写真の中の人物の服装や物腰から、それが過去の時代の人で、過去に若い時代を持った人だということを見てとると、たしかにその人にも青春があったのだとは思えても、実際にその人が若かったのだとは考えがたいものである。

写真は式を挙げた礼拝堂の前で撮ったもので、その中には両親の他に私の四人の祖父母も写っていた。今はそのうちの二人が存命しているだけである。それに曾祖父の一人。この曾祖父のことを私は直接には知らない。なんとも近寄りがたい感じの老人である。父の妹がもう今の連れ合いといっしょにいる。だが写真の叔父は今ほどくたびれた様子ではない。それに母の二人の兄弟。一人はまだ子供で、もう一人は士官の制服を着ている。この新郎新婦の家族を囲むように、祖父母の兄弟たちといった、多少縁の遠い親族が写っている。何人か、もう私には分からない顔もある。牧師の側には新郎新婦の友人たちがいる。大部分は私の知らない人たちだ。この中で、一人の男が私の目を引いた。この男は、写真の端の方で、木の下に置かれた石造りのベンチに坐り、結婚を祝う人々の様子を、まるで自分はその一団の一人ではないかのように眺めている。目は黒く、まなざしは真面目そのもので、頭には一本の髪の毛もなく、手は銀製のにぎりをつけたステッキの上にもたせかけている。さらに私の注意を引いたのは、この男が白い手袋をしていたことだった。私の知る限り、このころには白い手袋をする習慣などもうなかったはずだからだ。両親の知友として会った記憶もなかったので、私は機会があったら父にこの人物のことをたずねてみようと思った。

次に父の家を訪れたとき、私はいっしょに結婚式の写真の貼ってあるアルバムをめくってみた。しかし、礼拝堂の前で撮ったどの写真にもあの男は写ってはいなかった。父も私の説明に該当するような人物を思い出すことはできなかった。父は言った。おまえが写真で見つけた男というのは、たまたまそこを通りかかってベンチに腰を下ろした行きずりの人だったのだろう。礼拝堂はきれいな場所にあるから、よく訪れる人がある。散歩の目的地にしている人も多いからな。

私はこの説明に満足できなかった。あの男が写真撮影の間だけベンチに坐っていたとは考えにくかったし、写真の盛装ぶりから見ると、ただぶらぶら散歩していた人でも単なるハイカーでもあるはずがなかったからだ。それに、彼のまなざしには赤の他人のそれとは言いきれぬ関心がこめられているようにも思われた。

そのすぐ後に、私の手もとにあった写真を父に見せると、父は非常に驚いて首を振りながら言った。私にはこの男は見覚えがない。それに、いまおまえのアルバムに貼ってあるこの写真の中で見たような記憶もない。そういえば、あの日同じ礼拝堂でもう一組結婚式があって、私たちの式が終わるころにはもうそちらへ列席する客がぼつぼつ集まりかけていた。この写真は礼拝堂の前で撮った最後の一枚で、たまたま次の式に出るはずのこの男が早めに来て、写真の中にまぎれ込んで写ってしまったということではなかろうか。

この説明は一応は私を納得させた。他の式へ出るはずの客が、なぜ写真に写ってしまう場所に坐るような無作法な真似をしたのかはどうにも腑に落ちなかったのではあるが。なんどもこの写真を見直しているうちに、私にはこの男が、私の結婚するすぐ前に亡くなった母と何かわけがあったのではないかとも思えてきた。この男など知らないと父が強く言い張ったところを見ると、父も同じことを考えたのだろうと私は思ったが、このことで父を問い詰める気にはなれなかった。

私がこんなことに気を取られていることを妻がそろそろ気にしだした。妻には、なぜ私が父の説明をそのまま受け入れないのかが理解できなかったのである。それで、親戚へあちこち問い合わせてみても何の埒も明かなかったこともあり、答えの出ないまま私はこの男についての穿鑿を断念した。

しかしそのあとの平穏は表面的なものでしかなく、すぐに別の新しい出来事によって乱されてしまうことになった。――しばらく前に結婚した私の妹が子供を産み、私に代父になるように頼んできた。私はその役を引き受け、洗礼式は妹の住む村の教会で行なわれた。赤ん坊の両親の近親だけが集まったささやかな式だった。写真がうまいからと呼ばれた義弟の友人がカメラマンになった。

しばらくして、妹は参列者にこの友人の撮った洗礼式の写真を貼った小さなアルバムを送ってきた。写真にはナンバーがふられており、もし焼増しが欲しいものがあれば、最後のページにその番号を書き込むようになっていた。私の目は真っ先に12と番号の付いた写真の上に止まった。それは代母と私が教会の前に並んでいるのを撮ったものだったが、赤ん坊を腕に抱いた私の二歩ほど後ろにあの禿げ頭で白い手袋をした男が立ち、私の肩越しにこちらを見ているのだ。男は腕組みをして写っていたが、両の白い手袋はたしかに見てとれた。例の結婚式の写真に写っていたステッキは今度は見えなかった。

私はすぐに妹に電話をかけ、この男を知っているかとたずねた。自分はそんな男が写っているなんて気がつかなかった、と妹は電話の向こうで答えた。いま妹の手もとには写真がないというので、私はこの写真を撮った男に電話し、あの写真の番号を言って、私の後ろに写っている男について訊いてみた。自分のプリントにはそんな男は写っていない。どうしてもとおっしゃるからネガも調べてみたが、代母になった方とあなたと洗礼を受けた赤ちゃんが写っているだけだ、というのが彼の答えだった。私はその写真を切り取ると、残りのアルバムを妹のところへ送り返した。

その日私は、こんなことは信じまいと心に決めた。そうすればこの男は二枚の写真から消え失せるかもしれないと私は秘かに期待したのだが、それは無駄だった。そして私がこれを見せただれの目もその男の姿を認めたのだった。以前にこんな真似をしたことはなかったのだが、たとえば階段を上っている時や広場を横切っている最中に、私は突然後ろを振り返るようになった。映画館に坐っている時や店で買物をしている時も同様だった。一人で部屋に坐っている時でさえもそうだったし、むしろこの時がいちばん頻繁でさえあった。だれかが私を見つめているという感覚はますます嵩じ、夜中に思わず身を起こしてスタンドのスイッチに手を伸ばすようなことさえあった。ベッドの端の方にだれかが腰を下ろして私の寝顔をじっと窺っているように思えたからだ。どこかの駅やバスの停留所で下車する時など、だれかが私を待っているような気がして、ほんとうにそんな人間がいるかどうか、まずしばらくの間確かめなければならないこともよくあった。何かを待ち受けているようなこんな状態が続いたが、それが現実のものに変わるだろうとは私には思えなかった。

事情が一変したのは先週のことである。路面電車の後ろに乗って窓ガラスに背中をもたせかけていたとき、私はまただれかにじっと見つめられているような気がして後ろを振り向いた。すると、後ろに連結された車輛の中に、あの禿げ頭で白い手袋をした男がいたのだ。男は窓ガラスのむこうに私と向き合うように立っており、私が見つめると右の手を上げてこちらにほほえみかけた。私は身じろぎもできず、終着駅まで電車の中に立ちつくした。電車が止まると、私はすぐに降りて後ろの車輛に行ってみた。しかしそこにはもうだれの姿もなかった。

この時から私にはもう不安はなくなった。私は、自分がこの男から逃れられないことも、また、この男との出会い、今度は実際の出会いが間近であることも覚悟している。どのようにしてこの男に出会うことになるか、それは分からない。どこで出会うのかも分からない。どうしてあの男と出会わなくてはならないのか、私は知らない。あの男が私をどうしようというのかも分からない。私に分かっているのは、これがただの偶然ではないこと、他の誰でもないこの私があの男の目当てだということだけなのだ。

（訳・著者紹介＝土合文夫）

超自然の露出（編者あとがきにかえて）

種村季弘

夢をみていたのだろう、といわれてしまえばそれまでである。あるいは、同じことだが、ひとりよがりの思いこみだろう、とくる。これで万事休すだ。幽霊もＵＦＯも、たしかに見たのだから見たのだと、いい募ればそれだけ、鼻の先であしらわれるのが関の山だ。物証のない自白は、犯罪事件に限らず、こと怪談についても無効である。ブツがなければお話にならない。共同主観としての物語としては成立しない。それ以上悪くしがみつけば、ではこちらへと、しかるべき施設に案内されて一巻の終わりとなる。

ただ怖い話、不気味な物語というだけでは怪談にならない。怪談が怪談として成立するためには恐怖が手ににぎれる物質と化していなくてはならない。死神がずっと道連れになっていたのはうすうす感づいていたのだ。信号機のところでならんで立っていた黒ソフトの男、あれがそうだったのかもしれない。しかし、ああ、こいつだったのか、と気がついてからではもうおそい。そのときにはもうあちら側の世界に引きずりこまれている。万一そちら側から奇蹟の生還を果たして、その体験を人に聞かせたとしても、ブツが、超自然のこちら側への露出であるような、だれの眼にもまざまざと見える何かがなくては物語にはならない。すくなくともいたって拡散した物語効果しか期待できない。

そのものはなんでもいい。ひょっとすると、なんでもないものであればそれだけいい。それ自体として身の毛もよだつような事物である必要などさらさらない。できればごくありふれた、日常の事物。たとえば犬のピンと立った耳、シガレットケース、一枚の写真、みがいた、あるいはみがいてない長靴、一にぎりの土、瓶のなかの昆虫、シュトローミアンという犬の名、廃屋の窓。そんなありふれたものが、ある日、突然意味を変え、まったく別の顔になって立ちあらわれる。そうでなければ意味と思っていたものが無であったことを、仮面をかなぐりすてるようにして劇的に、あるいはさりげなく、みせつける。

そういう物語に重点をおいて怪談集を編んでみた。中世以来黒死病の記憶のいまだに失せないドイツだけあって、さすがにペストにまつわる話が多い。肉体の無意志的記憶は、フォークロアの共同性が色あせたあとにもまだしぶとく生きのこるらしい。

何篇かはすでに怪談の時代が過ぎたことを如実に語っているかもしれない。闇は啓蒙と合理主義の光にくまなく照らし出されて、幽霊の正体が枯れ尾花であったことの消息をはしなくも漏らしてしまう。幽霊譚は十八世紀のヘーベルあたりから、そろそろ滑稽話と紙一重になりかかっていた。だからといって恐怖そのものが消滅したわけではあるまい。むしろより狡猾にかくれ、変身して、人目を韜晦しているというのが実情なのではあるまいか。

編者のせまい知見のかぎりでも、これ以外にもドイツには怪談の傑作というべきものはいくつもある。長すぎるとか、あまりにも人口に膾炙しすぎているとか、の理由で省かれたものもすくなくない。それよりも一口にいって、百鬼夜行をにぎやかにしようという編集意図からこういう結果になった。

末尾ながらこの場を借りて、それぞれ望み得る最上の訳文を提供して下さった、訳者各位に敬意と感謝の気持ちを捧げたい。

一九八八年十月二十九日

初出一覧

「ロカルノの女乞食」
『ドイツ幻想小説傑作集』（白水社Uブックス72）
種村季弘編　白水社　一九八五年

「廃屋」
『ホフマン短篇集』（岩波文庫）
池内紀編訳　岩波書店　一九八四年

「金髪のエックベルト」
『ティーク』（ドイツ・ロマン派全集 第1巻）
前川道介編　国書刊行会　一九八三年

「オルラッハの娘」
『月下の幻視者』（ドイツ・ロマン派全集 第8巻）
前川道介編　国書刊行会　一九八三年

「幽霊船の話」
新訳

「奇妙な幽霊物語」
新訳

「騎士バッソンピエールの奇妙な冒険」
『小説／散文』（フーゴー・フォン・ホーフマンスタール選集 2）
高橋英夫他訳　河出書房新社　一九七二年

「こおろぎ遊び」 新訳

「カディスのカーニヴァル」 『現代ドイツ幻想短篇集』（世界幻想文学大系 第13巻）
前川道介編 国書刊行会 一九七五年

「死の舞踏」 『シュトローブル短篇集 刺絡・死の舞踏他』
前川道介訳 創土社 一九七四年

「ハーシェルと幽霊」 『現代ドイツ幻想短篇集』（世界幻想文学大系 第13巻）
前川道介編 国書刊行会 一九七五年

「庭男」 『十三の無気味な物語』（白水社Uブックス52）
種村季弘訳 白水社 一九八四年

「三位一体亭」 『パニッツァ小説全集 三位一体亭』
種村季弘訳 南柯書局 一九八三年

「怪談」 『現代ドイツ幻想小説』
種村季弘編 白水社 一九七〇年

「ものいう髑髏」 新訳

「写真」 『ドイツ幻想小説傑作集』（白水社Uブックス72）
種村季弘編 白水社 一九八五年

◉小堀桂一郎（こぼり・けいいちろう）

1933年、東京に生まれる。東京大学卒。東京大学名誉教授。比較文学、ドイツ文学専攻。著訳書――『森鷗外―文業解題』、『西学東漸の門』他多数。

◉石川實（いしかわ・みのる）

1929年、京都市に生まれる。京都大学卒。大阪大学名誉教授。ドイツ文学専攻。著訳書――『シラーの幽霊劇』、『十八世紀ドイツ市民劇研究』、『宗教とエロス』（シューバルト）他。

◉池田香代子（いけだ・かよこ）

1948年、東京に生まれる。東京都立大学卒。ドイツ文学者、翻訳家、エッセイスト。著訳書――『グリム童話集』、『ソフィーの世界』、『世界がもし100人の村だったら』、『夜と霧 新版』他多数。

◉土合文夫（どあい・ふみお）

1950年、秋田市に生まれる。東京大学卒。元・東京女子大学教授。ドイツ文学専攻。著訳書――『夢の王国』、『ベンヤミン・コレクション』、『パリ論／ボードレール論集成』他。

◉種村季弘(たねむら・すえひろ)

1933 〜 2004 年。東京生まれ。東京大学卒。元・國學院大學教授。ドイツ文学者、評論家、エッセイスト。著訳書は数多く、『種村季弘のラビリントス』全 10 巻、『種村季弘のネオ・ラビリントス』全 8 巻にまとめられている。

◉池内紀(いけうち・おさむ)

1940 〜 2019 年。姫路市生まれ。東京外国語大学卒。元・東京大学教授。ドイツ文学者、翻訳家、エッセイスト。著訳書は数多く、選集『池内紀の仕事場』全 8 巻がある。

◉前川道介(まえかわ・みちすけ)

1923 〜 2010 年。京都市生まれ。京都大学卒。同志社大学名誉教授。ドイツ文学専攻。著訳書――『ドイツ怪奇文学入門』、『蜘蛛・ミイラの花嫁他』(エーヴェルス)他多数。

◉佐藤恵三(さとう・けいぞう)

1935 年、弘前市に生まれる。京都大学卒。京都産業大学教授。ドイツ文学専攻。著訳書―― 『ドイツ・オカルト事典』『スウェーデン王カール十一世の幻視について』、『蜘蛛・ミイラの花嫁他』(エーヴェルス)他多数。

「死の舞踏」
Karl Hans Strobl : Gebärden da gibt es vertrackte　1921 年

「ハーシェルと幽霊」
Albrecht Schaeffer : Herschel und das Gespenst　1928 年

「庭男」
Hans Henny Jahnn : Der Gärtner　1963 年

「三位一体亭」
Oskar Panizza : Das Wirtshaus zur Dreifaltigkeit　1893 年

「怪談」
Marie Luise Kaschnitz : Gespenster　1960 年

「ものいう髑髏」
Herbert Meier : Sprechschädel　1968 年

「写真」
Franz Hohler : Die Fotografie　1973 年

「ロカルノの女乞食」
Heinrich von Kleist : Das Bettelweib von Locarno　1874年

「廃屋」
Ernst Theodor Amadeus Hoffmann : Das öde Haus　1815年

「金髪のエックベルト」
Ludwig Tieck : Der blonde Eckbert　1797年

「オルラッハの娘」
Justinus Kerner : Geschichte des Mädchens von Orlach　1834年

「幽霊船の話」
Wilhelm Hauff : Die Geschichte von dem Gespensterschiff　1826年

「奇妙な幽霊物語」
Johann Peter Hebel : Merkwürdige Gespenstergeschichte　1811年

「騎士バッソンピエールの奇妙な冒険」
Hugo von Hofmannsthal : Das Erlebnis des Marschalls von Bassompierre　1900年

「こおろぎ遊び」
Gustav Meyrink : Das Grillenspiel　1916年

「カディスのカーニヴァル」
Hanns Heinz Ewers : Karneval in Cadiz　1943年

本書は、一九八八年十二月に河出文庫より刊行された
『ドイツ怪談集』を新装のうえ復刊したものです。

新装版 ドイツ怪談集

一九八八年一二月 二 日　初版発行
二〇二〇年 三 月一〇日　新装版初版印刷
二〇二〇年 三 月二〇日　新装版初版発行

編　者　種村季弘
発行者　小野寺優
発行所　株式会社河出書房新社
〒一五一－〇〇五一
東京都渋谷区千駄ヶ谷二－三二－二
電話〇三－三四〇四－八六一一（編集）
〇三－三四〇四－一二〇一（営業）
http://www.kawade.co.jp/

ロゴ・表紙デザイン　粟津潔
本文フォーマット　佐々木暁
印刷・製本　中央精版印刷株式会社

Printed in Japan　ISBN978-4-309-46713-9

エドワード・ゴーリーが愛する12の怪談　憑かれた鏡

ディケンズ／ストーカー他　E・ゴーリー〔編〕　柴田元幸他〔訳〕　46374-2

典型的な幽霊屋敷ものから、悪趣味ギリギリの犯罪もの、秘術を上手く料理したミステリまで、奇才が選りすぐった怪奇小説アンソロジー。全収録作品に描き下ろし挿絵が付いた決定版！　解説＝濱中利信

ラテンアメリカ怪談集

ホルヘ・ルイス・ボルヘス他　鼓直〔編〕　46452-7

巨匠ボルヘスをはじめ、コルタサル、パスなど、錚々たる作家たちが贈る恐ろしい15の短篇小説集。ラテンアメリカ特有の「幻想小説」を底流に、怪奇、魔術、宗教など強烈な個性が色濃く滲む作品集。

ボルヘス怪奇譚集

ホルヘ・ルイス・ボルヘス　アドルフォ・ビオイ＝カサーレス　柳瀬尚紀〔訳〕　46469-5

「物語の精髄は本書の小品のうちにある」（ボルヘス）。古代ローマ、インド、中国の故事、千夜一夜物語、カフカ、ポオなど古今東西の書物から選びぬかれた九十二の短くて途方もない話。

幻獣辞典

ホルヘ・ルイス・ボルヘス　柳瀬尚紀〔訳〕　46408-4

セイレーン、八岐大蛇、一角獣、古今東西の竜といった想像上の生き物や、カフカ、C・S・ルイス、スウェーデンボリーらの著作に登場する不思議な存在をめぐる博覧強記のエッセイ一二〇篇。

夢の本

ホルヘ・ルイス・ボルヘス　堀内研二〔訳〕　46485-5

神の訪れ、王の夢、死の宣告……。『ギルガメシュ叙事詩』『聖書』『千夜一夜物語』『紅楼夢』から、ニーチェ、カフカなど。無限、鏡、虎、迷宮といったモチーフも楽しい百十三篇の夢のアンソロジー。

チリの地震　クライスト短篇集

H・V・クライスト　種村季弘〔訳〕　46358-2

十七世紀、チリの大地震が引き裂かれたまま死にゆこうとしていた若い男女の運命を変えた。息をつかせぬ衝撃的な名作集。カフカが愛しドゥルーズが影響をうけた夭折の作家、復活。佐々木中氏、推薦。

ヌメロ・ゼロ

ウンベルト・エーコ　中山エツコ〔訳〕　46483-1

隠蔽された真実の告発を目的に、創刊準備号（ヌメロ・ゼロ）の編集に取り組む記者たち。嘘と陰謀と歪んだ報道にまみれた社会をミステリ・タッチで描く、現代への警鐘の書。

アフリカの白い呪術師

ライアル・ワトソン　村田惠子〔訳〕　46165-6

十六歳でアフリカの奥地へと移り住んだイギリス人ボーシャは、白人ながら霊媒・占い師の修行を受け、神秘に満ちた伝統に迎え入れられた。人類の進化を一人で再現した男の驚異の実話！

服従の心理

スタンレー・ミルグラム　山形浩生〔訳〕　46369-8

権威が命令すれば、人は殺人さえ行うのか？　人間の隠された本性を科学的に実証し、世界を震撼させた通称〈アイヒマン実験〉――その衝撃の実験報告。心理学史上に輝く名著の新訳決定版。

大いなる遺産　上

ディケンズ　佐々木徹〔訳〕　46359-9

テムズ河口の寒村で暮らす少年ピップは、未知の富豪から莫大な財産を約束され、紳士修業のためロンドンに旅立つ。巨匠ディケンズの自伝的要素もふまえた最高傑作。文庫オリジナルの新訳版。

大いなる遺産　下

ディケンズ　佐々木徹〔訳〕　46360-5

ロンドンの虚栄に満ちた生活に疲れた頃、ピップは未知の富豪との意外な面会を果たし、人生の真実に気づく。ユーモア、恋愛、友情、ミステリ……小説の魅力が凝縮されたディケンズの集大成。

フィネガンズ・ウェイク　1

ジェイムズ・ジョイス　柳瀬尚紀〔訳〕　46234-9

二十世紀最大の文学的事件と称される奇書の第一部。ダブリン西郊チャペリゾッドにある居酒屋を舞台に、現実・歴史・神話などの多層構造が無限に浸透・融合・変容を繰返す夢の書の冒頭部。

フィネガンズ・ウェイク 2

ジェイムズ・ジョイス　柳瀬尚紀〔訳〕　46235-6

主人公イアーウィッカーと妻アナ、双子の兄弟シェムとショーンそして妹イシーは、変容を重ねてすべての時代のすべての存在、はては都市や自然にとけこんで行く。本書の中核をなすパート。

フィネガンズ・ウェイク 3・4

ジェイムズ・ジョイス　柳瀬尚紀〔訳〕　46236-3

すべての女性と川を内包するアナ・リヴィア＝リフィー川が海に流れこむ限りなく美しい独白で世紀の夢文学は結ばれる。そして、末尾の「えんえん」は冒頭の「川走」に円環状につらなる。

バスカヴィル家の犬　シャーロック・ホームズ全集⑤

アーサー・コナン・ドイル　小林司／東山あかね〔訳〕　46615-6

「悪霊のはびこる暗い夜更けに、ムアに、決して足を踏み入れるな」——魔犬の呪いに苛まれたバスカヴィル家当主、その不可解な死。湿地に響きわたる謎の咆哮。怪異に満ちた事件を描いた圧倒的代表作。

とうに夜半を過ぎて

レイ・ブラッドベリ　小笠原豊樹〔訳〕　46352-0

海ぞいの断崖の木にぶらさがり揺れていた少女の死体を乗せて闇の中を走る救急車が遭遇する不思議な恐怖を描く表題作ほか、ＳＦの詩人が贈るとっておきの二十二篇。これぞブラッドベリの真骨頂！

最後のウィネベーゴ

コニー・ウィリス　大森望〔編訳〕　46383-4

犬が絶滅してしまった近未来、孤独な男が出逢ったささやかな奇蹟とは？魔術的なストーリーテラー、ウィリスのあわせて全12冠に輝く傑作選。文庫化に際して１編追加され全５編収録。

とうもろこしの乙女、あるいは七つの悪夢

ジョイス・キャロル・オーツ　栩木玲子〔訳〕　46459-6

金髪女子中学生の誘拐、双子の兄弟の葛藤、猫の魔力、美容整形の闇など、不穏な現実をスリリングに描く著者自選のホラー・ミステリ短篇集。世界幻想文学大賞、ブラム・ストーカー賞受賞。

ナボコフの文学講義　上

ウラジーミル・ナボコフ　野島秀勝〔訳〕　46381-0

小説の周辺ではなく、そのものについて語ろう。世界文学を代表する作家で、小説読みの達人による講義録。フロベール『ボヴァリー夫人』ほか、オースティン、ディケンズ作品の講義を収録。解説：池澤夏樹

ナボコフの文学講義　下

ウラジーミル・ナボコフ　野島秀勝〔訳〕　46382-7

世界文学を代表する作家にして、小説読みの達人によるスリリングな文学講義録。下巻には、ジョイス『ユリシーズ』カフカ『変身』ほか、スティーヴンソン、プルースト作品の講義を収録。解説：沼野充義

ナボコフのロシア文学講義　上

ウラジーミル・ナボコフ　小笠原豊樹〔訳〕　46387-2

世界文学を代表する巨匠にして、小説読みの達人ナボコフによるロシア文学講義録。上巻は、ドストエフスキー『罪と罰』ほか、ゴーゴリ、ツルゲーネフ作品を取り上げる。解説：若島正。

ナボコフのロシア文学講義　下

ウラジーミル・ナボコフ　小笠原豊樹〔訳〕　46388-9

世界文学を代表する巨匠にして、小説読みの達人ナボコフによるロシア文学講義録。下巻は、トルストイ『アンナ・カレーニン』ほか、チェーホフ、ゴーリキー作品。独自の翻訳論も必読。

毛皮を着たヴィーナス

L・ザッヘル=マゾッホ　種村季弘〔訳〕　46244-8

サディズムと並び称されるマゾヒズムの語源を生みだしたザッヘル＝マゾッホの代表作。東欧カルパチアとフィレンツェを舞台に、毛皮の似合う美しい貴婦人と青年の苦悩の快楽を幻想的に描いた傑作長篇。

残酷な女たち

L・ザッヘル=マゾッホ　飯吉光夫／池田信雄〔訳〕　46243-1

八人の紳士をそれぞれ熊皮に入れ檻の中で調教する侯爵夫人の話など、滑稽かつ不気味な短篇集の表題作の他、女帝マリア・テレジアを主人公とした「風紀委員会」、御伽噺のような奇譚「醜の美学」を収録。

陰陽師とはなにか

沖浦和光　41512-3

陰陽師は平安貴族の安倍晴明のような存在ばかりではなかった。各地に、差別され、占いや呪術、放浪芸に従事した賤民がいた。彼らの実態を明らかにする。

カルト脱出記

佐藤典雅　41504-8

東京ガールズコレクションの仕掛け人としても知られる著者は、ロス、NY、ハワイ、東京と九歳から三十五歳までエホバの証人として教団活動していた。信者の日常、自らと家族の脱会を描く。待望の文庫化。

死してなお踊れ

栗原康　41686-1

行くぜ極楽、何度でも。家も土地も財産も、奥さんも子どもも、ぜんぶ捨てて一遍はなぜ踊り狂ったのか。他力の極みを生きた信仰の軌跡を踊りはねる文体で蘇らせて、未来をひらく絶後の評伝。

黒死館殺人事件

小栗虫太郎　40905-4

黒死館を襲った血腥い連続殺人事件の謎に、刑事弁護士法水麟太郎がエンサイクロペディックな学識を駆使して挑む。本邦三大ミステリの一つ、悪魔学と神秘科学の一大ペダントリー。

アリス殺人事件

有栖川有栖／宮部みゆき／篠田真由美／柄刀一／山口雅也／北原尚彦　41455-3

「不思議の国のアリス」「鏡の国のアリス」をテーマに、現代ミステリーの名手６人が紡ぎだした、あの名探偵も活躍する事件の数々……！　アリスへの愛がたっぷりつまった、珠玉の謎解きをあなたに。

見た人の怪談集

岡本綺堂 他　41450-8

もっとも怖い話を収集。綺堂「停車場の少女」、八雲「日本海に沿うて」、橘外男「蒲団」、池田彌三郎「異説田中河内介」など全十五話。